LE PRINCE DU CONTRÔLE

RENEE ROSE

Traduction par
VALENTIN TRANSLATION

Traduction par
BÉRENGÈRE AMADIE

 Formaté avec Vellum

https://BookHip.com/QQAPBW

LIENS FAMILIAUX

Note de l'auteure :

Les Héritiers de la Bratva met en scène les enfants désormais adultes de la série *Chicago Bratva*. Il n'est pas nécessaire d'avoir lu cette série pour apprécier celle-ci. Si vous avez lu la série *Chicago Bratva*, n'essayez pas de calculer l'âge des personnages de cette série. Nous avons pris quelques libertés. Considérez cela comme un saut temporel façon série télé. :-)

Pour les fans de ma série *Chicago Bratva*, cet arbre généalogique montre les liens familiaux entre les personnages des *Héritiers de la Bratva* et ceux de *Chicago Bratva*. Les lecteurs qui découvrent mes personnages de la Bratva peuvent passer cette section. Je ne voulais pas vous ennuyer ou vous embrouiller avec trop d'informations dans le livre, j'ai donc créé cette section à la place.

Les héritiers de la Bratva

Ben « Baron » Baranov – Fils de Lucy et Ravil (*Le Directeur*)

Liliya « Lili » Baranov – Fille de Lucy et Ravil (*Le Directeur*)

Lennox Taylor – Fils d'Oleg et Story (*L'Homme de Main*)

Jude Taylor – Fils d'Oleg et Story (*L'Homme de Main*)

Tuesday Taylor – Fille d'Oleg et Story (*L'Homme de Main*)

Leonid « Leo » Popov – Fils de Maxim et Sasha (*Le Stratège*)

Mila – Fille de Pavel et Kayla (*Le Soldat*)

Zoya « Zoe » Novikova – Fille de Dima et Natasha (*Le Hacker*)

Anya Novikova – Fille de Dima et Natasha (*Le Hacker*)

Lara Turgeneva – Fille d'Adrian et Kat (*Le Nettoyeur*)

Darya Taylor – Fille de Flynn et Nadia (*Le Coureur*)

Rustik Taylor – Fils de Flynn et Nadia (*Le Coureur*)

Alexei « Alex » Petrov – Fils de Kira et Maykl (*Le Gardien*)

Feliks Petrov – Fils de Kira et Maykl (*Le Gardien*)

PROLOGUE

Note de l'auteure : Ce premier chapitre a été initialement écrit comme épilogue bonus à la série Chicago Bratva *pour mes contributeurs Kickstarter, mais je me suis rendu compte qu'il était trop important pour* Les Héritiers de la Bratva *pour être laissé de côté, je l'ai donc inclus ici. Ce sera la seule partie du livre écrite du point de vue de Ravil.*

Ravil Baranov

Mes yeux me brûlent alors que ma femme, Lucy, et moi sortons du dortoir des étudiants de première année de l'université Thornecroft.

— Notre nid est officiellement vide.

Je serre sa main.

Ben, notre aîné, est en dernière année à Thornecroft, et nous venons d'aider notre plus jeune enfant, Liliya, Lili pour faire court, à emménager. J'ai accroché ses tableaux d'affichage et soulevé des meubles pour placer son tapis là où elle le voulait, puis il ne restait plus qu'à partir. Notre présence dans la chambre universitaire ne servait plus à rien. Lili ne pouvait pas faire connaissance avec sa nouvelle colocataire avec nous deux qui tournions autour.

Pourtant, laisser ma précieuse fille ici me serre le cœur. C'est une émotion inattendue. Je ne l'ai pas ressentie avec Ben, mais il a toujours semblé plus mature que son âge. Lili est ma *princesse* bien protégée. Notre bébé.

Mais Thornecroft, surnommée le « Harvard du Midwest », est l'université la plus sûre au monde. Nichée dans la banlieue de Whisper, dans l'Illinois, les personnes riches, élitistes et, comme moi, les plus dangereuses du monde y envoient leurs enfants étudier depuis plus de deux cents ans. Les fils de sénateurs, les filles d'ambassadeurs et les membres de la royauté mondiale côtoient dans les salles de classe les enfants de stars de cinéma richissimes, de chefs de cartels et de mafieux.

La sécurité est stricte, et le chancelier Ogden, un homme dangereux en soi, parvient d'une manière ou d'une autre à empêcher les guerres, les assassinats ou les paparazzi de pénétrer la bulle de sécurité qu'il maintient autour du campus. Des rumeurs circulent selon lesquelles il ferait partie d'une dangereuse cabale qui dirige le monde. D'autres rumeurs prétendent qu'il est un ancien agent de la CIA. Il est possible que ces deux histoires contiennent une part de vérité.

Lucy prend une longue inspiration, comme si elle retenait ses larmes, et je me tourne vers elle pour l'enlacer. Nous nous arrêtons au milieu du trottoir, créant un obstacle pour les parents et les étudiants qui poussent des chariots remplis de décorations pour les dortoirs depuis leurs voitures jusqu'aux bâtiments occupés par les étudiants de première année.

J'embrasse le sommet de la tête de ma femme.

Je ne m'attendais pas à ce que le syndrome du nid vide me laisse un tel manque. Je pensais que cette journée serait plutôt une fête. Une ligne d'arrivée. Nous avons élevé deux enfants brillants et compétents jusqu'à l'âge adulte et nous avons maintenant le temps de nous recentrer sur notre relation. Mais j'ai l'impression qu'il nous manque quelque chose.

— Elle va tellement me manquer, dit Lucy, la gorge serrée.

— Je sais. Moi aussi.

Je passe mon bras autour de sa taille pour la guider vers notre SUV Lucid Gravity.

— On va dire au revoir à Ben, puis je t'emmène pour un week-end au spa.

Lucy me regarde, ses yeux bruns brillant de larmes, l'expression chaleureuse et douce.

— Vraiment ?

Je m'arrête à nouveau pour lui caresser la joue.

— Oui, *kotyonok*. J'ai pensé qu'on aurait besoin d'un endroit pour se retrouver avant de retourner à Chicago.

— Ça me semble parfait.

La voix de Lucy est encore étouffée par les larmes. Cela me donne envie de dégainer une épée et de tuer tous les monstres qui entourent ma femme. Mais bien sûr, il n'y a pas de monstres à tuer.

C'est exactement comme ça que ça devrait être. Les enfants grandissent et quittent la maison. Leur vie d'adulte ne fait que commencer alors que nous entrons dans l'âge mûr. Ce n'est pas comme si notre vie allait être ennuyeuse sans les enfants à la maison.

Je suis *le pakhan* d'une dynastie bratva qui s'étend désormais sur deux continents. Lucy tire les ficelles de notre empire politique, gérant les campagnes de nos sénateurs, gouverneurs et représentants triés sur le volet. Parce que quand on est à la tête d'une dynastie de la pègre, il est utile d'avoir des amis haut placés.

Nous nous rendons à la maison Baranov, une vaste demeure victorienne située à la périphérie du campus. Oui, elle porte mon nom. Ben m'a demandé de faire un don de cinq millions à l'école pour l'acheter, afin d'avoir une forteresse encore plus sûre que les dortoirs où il pourrait protéger ses amis. La plupart des jeunes hommes s'empressent d'intégrer une fraternité ou cherchent à entrer dans l'une des maisons d'élite de la Thornecroft Society. Le mien a trouvé le moyen de créer la sienne. Il est venu me voir au milieu de sa première année avec une proposition : créer sa propre maison sur le campus — une fraternité sur invitation uniquement, à l'image des autres, qui servirait de refuge à ceux qu'il protégeait.

Thornecroft compte des fraternités et des sororités, mais ce qui fait vraiment la renommée de l'école, ce sont ses sociétés privées. Ces maisons étaient autrefois réservées à un seul sexe, mais certaines sont désormais mixtes. Il s'agit de sociétés très exclusives et sélectives, sur invitation uniquement, qui vont au-delà des fraternités classiques. Elles ne se contentent pas de tisser des liens entre étudiants : les sociétés privées de Thornecroft entendent exercer un pouvoir et une influence capables de peser sur les élections à l'échelle mondiale.

Ben a promis de me rembourser chaque centime de mon don.

Je lui ai dit que ce n'était pas nécessaire, que je m'attendais à ce qu'il profite de son expérience universitaire avec ses amis. Que je me moquais qu'ils transforment l'endroit en une Animal House, comme dans le vieux film américain.

Au lieu de cela, ils m'ont impressionné en le transformant en une entreprise. À l'intérieur de la maison Baranov, ou ce que les étudiants du campus appellent *le Goulag*, pour des raisons que je préfère ignorer, Ben et sa bande de *frères* — *et* de sœurs, puisque les temps et les rôles de genre ont évolué — mènent diverses activités lucratives légales et illégales. Ils m'envoient un paiement chaque mois, comme s'ils faisaient partie de l'une de mes cellules bratva.

J'ai essayé d'éloigner Ben du business de la Bratva, mais

malgré tout, il s'est façonné exactement à mon image. Il a en fait créé sa propre Bratva, même s'ils ne s'appellent pas ainsi.

Je me gare en double file derrière la Range Rover de Ben dans l'allée, puis nous sortons et marchons jusqu'à la porte. La maison est un mastodonte de quatre étages et vingt chambres, avec de vastes espaces communs que Ben et son équipe transforment en piste de danse et en salle de fête le week-end.

J'avais insisté pour qu'ils installent un système d'alarme et des vitres pare-balles lorsqu'ils avaient acheté la maison, mais il semble qu'ils aient ajouté de nouvelles mesures de sécurité depuis ma dernière visite. Désormais, les portes sont équipées de serrures biométriques. Des caméras sont fixées à chaque bord du toit, dont certaines échappent sans doute à mon regard, surveillant et enregistrant chaque centimètre carré de la propriété.

J'appuie sur la sonnette, car la sécurité est trop stricte pour permettre l'entrée sans rendez-vous. À l'intérieur, des jeunes hommes et quelques jeunes femmes se prélassent sur des canapés, des fauteuils et des tabourets de bar. Dans le passé, Ben m'a présenté tous les résidents. Leurs compétences variées sont impressionnantes.

Anders, le meilleur ami de Ben, un Norvégien d'origine asiatique qui joue le rôle de directeur social de la maison et de porte-parole pour la plupart de leurs activités, ouvre la porte.

— *Hei hei !* s'exclame-t-il dans la salutation de son pays. Baron est juste là.

Baron est le surnom de Ben, diminutif de Baranov qui convient bien à la royauté bratva. D'après ce que j'ai compris, c'est Phoenix, le colocataire de Ben en première année, qui le lui a donné.

Ben se détourne de Zoya, qui se fait appeler Zoe à l'américaine, l'une des jumelles aux cheveux auburn de mon hacker, à qui il donnait des instructions. Elle et sa sœur sont en deuxième année. Toutes deux ont commencé dans les dortoirs de première année comme Lili pour se faire des amis, mais ont fini par emménager à la maison Baranov dès le premier mois, sous l'insistance de Ben. Il a un besoin compulsif de protéger sa famille, et il semble que les liens de la Bratva soient plus forts que les liens du sang, même pour la nouvelle génération.

— Je m'en occupe, dit-elle à Ben en nous faisant signe avec un sourire.

Sa jumelle, Anya, est assise sur le canapé, un ordinateur portable sur les genoux. Son attitude me rappelle celle de son père, Dima, qui avait l'habitude de se prélasser dans mon penthouse, les doigts tapant sur le clavier tandis qu'il piratait une agence gouvernementale tout en regardant un film d'action avec son frère. Nos enfants ont grandi ensemble, avec Leo, le fils de l'homme qui règle les problèmes au sein de la Bratva, et Alexei et Feliks, les fils de mon gardien, qui ont seulement seize mois d'écart et sont tous deux bâtis comme des armoires à glace. Ils jouent désormais au football américain pour l'université Thornecroft et seront probablement recrutés par la NFL.

Le reste de nos amis de notre cellule bratva d'origine vit désormais à Los Angeles. Le jumeau de Dima, Nicholai, a déménagé là-bas parce que sa femme est responsable des relations publiques du groupe The Storytellers, lauréat d'un Grammy Award, qui sont des amis à nous. Lui et mon ancien homme de main et soldat gèrent pour moi un empire immobilier légitime à Hollywood. Leurs enfants ont grandi sous les feux de la rampe, entre gloire et fortune, grâce aux Storytellers. La femme de mon ancien soldat Pavel et sa fille de dix-neuf ans, Mila, sont toutes deux des actrices célèbres aujourd'hui.

Anya et Zoe viennent toutes les deux nous embrasser.

Tous nos enfants aînés sont restés à Whisper cet été pour continuer à diriger leurs entreprises.

— Salut, Ravil. Salut, Lucy.

Leo m'adresse un large sourire en s'approchant pour embrasser Lucy. Il a dix-huit mois de moins que Ben, mais ils sont aussi proches à l'université qu'ils l'étaient pendant leur enfance.

Je lui serre la main.

— Vous partez ? demande Ben.

Nous avons dîné avec toute la bande hier soir, nous avons donc déjà passé du temps avec lui lors de ce séjour.

Lucy se jette dans les bras de Ben, qui l'enlace. Il est plus grand que moi, maintenant, avec ses épaules larges, ses cheveux blond sable et les yeux marron de Lucy. Il embrasse le sommet de sa tête, comme je le fais souvent, et ma poitrine se serre de fierté.

Je regrette le sérieux de son regard, ses yeux qui semblent bien plus vieux que son âge ; son attitude vigilante et maîtrisée, toujours à l'affût du moindre élément de son univers qui échapperait à son contrôle.

C'est ma faute. J'ai essayé de protéger ma famille de la violence de ma profession, mais elle a quand même fini par s'infiltrer. Ben a eu du sang sur les mains dès son plus jeune âge, dans des circonstances dramatiques.

Afin de contrôler son univers et d'éviter un nouvel incident, il est devenu un leader. Il a appris à ne jamais ignorer d'où vient chacun, à tout anticiper pour protéger ceux qui l'entourent.

Je lui serre la main, puis l'attire à moi dans une accolade virile.

— Prends soin de ta sœur.

Je lui donne une tape dans le dos, mais ma voix est grave.

— Je le ferai, répond Ben sur le même ton.

Son regard est intense et sérieux.

— J'aimerais qu'elle emménage ici.

— Je sais, mais elle veut sa liberté. J'ai vérifié son dortoir, et la sécurité est stricte. Elle ira bien si elle reste vigilante.

— J'ai son emploi du temps, donc je sais où elle se trouve à tout moment et où sont les dangers.

Ben jette un coup d'œil à Anders.

— Je me suis déjà occupé du professeur connu pour s'en prendre aux étudiantes.

Je hausse les sourcils. C'est la première fois que j'en entends parler. Je réprime l'inquiétude de n'avoir pas su ce qui s'était passé et de ne pas l'avoir conseillé sur la marche à suivre. Je lui ai beaucoup appris, mais il ignore peut-être comment éviter les poursuites. Et où se débarrasser d'un corps à Whisper.

Mais il n'a probablement pas agi de cette façon. Il peut gérer les affaires tout seul, à sa manière. Même si j'ai envie d'intervenir et de l'aider, je dois le laisser voler de ses propres ailes.

Je ne peux toutefois m'empêcher de lui rappeler :

— Tu sais que si tu as besoin d'aide pour *quoi que ce soit*, je peux envoyer quelqu'un ici ou venir moi-même. Il suffit d'un simple coup de fil.

Je ne peux pas dire devant Lucy ce que je voudrais : que j'enverrai un homme de main. Ou un exécuteur. Un nettoyeur. Tout ce dont il a besoin.

— Je sais.

La voix de Ben a l'autorité d'un leader. Je vois le poids de la responsabilité de toute son équipe – tous ceux qui vivent dans cette maison avec lui – et peut-être même de tout le campus, reposer sur ses larges épaules.

Je connais l'événement qui l'a rendu ainsi. Il me hante autant qu'il le hante encore.

Mais il porte ce fardeau comme un roi. Il a la force et le

courage nécessaires pour supporter la couronne de plomb qui repose sur sa tête.

Le jeune prince a bien grandi.

Mon téléphone vibre pour signaler l'arrivée d'un SMS, et je jette un coup d'œil à l'écran. C'est Adrian Tergenov, mon *pakhan* à Moscou. Il utilise notre code pour les urgences.

— Excusez-moi, dis-je à Lucy et Ben. Je dois passer un coup de fil.

Je traverse la maison et sors par les portes-fenêtres qui donnent sur l'immense jardin paysager que la maison Baranov utilise pour ses fréquentes fêtes sur le campus.

J'appuie sur le bouton d'appel pour Adrian.

À une époque, il était mon meilleur nettoyeur. Il y a dix-huit ans, je l'ai envoyé avec sa femme Kat à Moscou pour prendre la direction de notre branche de la Bratva sur place.

— Qu'y a-t-il ?

— J'ai un problème. Un gros problème.

Je perçois dans la voix d'Adrian une violence contenue que je n'avais plus entendue depuis l'époque où il était venu me demander de l'aider à retrouver sa sœur et les trafiquants sexuels qui l'avaient kidnappée.

— Raconte-moi.

— C'est à propos de Lara.

Je me fige. Lara est la fille unique d'Adrian et Kat, elle fait ses études à Paris.

Les affaires sont les affaires, mais tout ce qui concerne nos enfants est sérieux. Nous avons enfreint le code de la Bratva en nous mariant et en ayant des enfants. J'ai été le premier, et j'ai autorisé le reste de ma cellule à faire de même. Le mariage est proscrit par le Code : les femmes et les enfants peuvent être utilisés comme pions contre nous.

C'est pourquoi j'ai redoublé d'efforts pour bâtir un empire et gagner en influence. Tout ce que j'ai fait, c'était pour protéger nos familles.

— Le fils d'Anatoli Rostov, Abrasha, lui court après. Maintenant, il m'appelle pour me proposer une alliance par le mariage.

Anatoli Rostov fait partie des hommes les plus riches et les plus dangereux de l'oligarchie russe. Il possède des résidences en Turquie, dans Émirats arabes et sur la Côte d'Azur. Il contrôle une grande partie du monde politique en Russie. Ben a eu une altercation avec son fils l'année où il était en pension en Suisse.

Nous avons dû nous battre pour accumuler assez de pouvoir et rester à l'écart des trafics de Rostov. Pour bâtir notre empire sans empiéter sur le sien. J'ai dû prouver que notre influence, tant politique que militaire, suffisait à dissuader quiconque de s'en prendre à nous.

Je pensais que nous avions réussi à le dépasser en puissance en Russie, mais si Rostov essaie de retourner Adrian, nous avons un problème.

Rostov est connu pour ses tortures sadiques et ses exécutions horribles. Il gagne en pouvoir par la peur. Ben m'a dit que son fils était un psychopathe pur et dur.

— L'a-t-il kidnappée ? La retient-il pour faire pression ?

— Non. Il semble qu'ils se soient vus plusieurs fois. Quand j'ai interrogé Lara au sujet d'Abrasha, elle semblait indifférente. Mais selon Rostov, ils forment déjà un couple. Il cherche à unir nos maisons par le mariage.

Je serre les dents.

— Que lui as-tu répondu ?

— Je lui ai dit que ce n'était pas possible, car ma fille est promise depuis longtemps à ton fils.

Je reste silencieux, assimilant toutes ces informations.

— C'est la seule chose que j'aie trouvée pour la soustraire à son emprise. Il ne te provoquera pas, surtout s'il s'agit d'un mariage arrangé depuis la naissance.

Je me retourne pour regarder à travers les portes vitrées.

Mon fils est toujours là, avec sa mère. Ben capte mon regard et le prend comme un appel. Il hoche la tête et se dirige vers les portes.

Blyad'. Il le ferait. Ben a le même instinct protecteur que moi. Il protège les faibles, les vulnérables. C'est pourquoi Thornecroft était la seule université où je pouvais envoyer Lili en toute confiance. Je sais qu'il veillera sur elle et qu'il éliminera tout danger.

Si je le lui demandais, il accepterait le mensonge d'Adrian et épouserait Lara pour la protéger.

Mais cela mettrait fin à la vie qu'il a choisie. Il est déjà bien plus mûr qu'un jeune de son âge. Est-ce que je veux vraiment qu'il se marie à vingt-deux ans ?

Après tout, ce pourrait être un mariage blanc. Il pourrait continuer à mener sa propre vie, à condition de protéger Lara ici, dans cette maison, et de jouer le rôle de son mari.

Lucy me tuerait, cependant. Elle n'a jamais voulu que ses enfants soient mêlés à ce monde. Mais d'un autre côté, elle ne voudrait pas non plus voir la fille de Kat et Adrian piégée dans un mariage avec un homme qui, enfant, torturait tous ceux qui étaient plus faibles que lui.

Mon esprit tourne à toute vitesse. Ce ne sera peut-être pas pour toujours. Cinq ans, peut-être, jusqu'à ce que Rostov renonce à utiliser Lara comme un pion dans son jeu.

J'expire bruyamment.

— Mets-la dans le prochain avion pour Whisper.

Le soupir de soulagement d'Adrian résonne à l'autre bout de la ligne.

— *Spasiba, pakhan*. Tu m'honores.

— Tu es mon frère. Je ne laisserais jamais le malheur s'abattre sur l'un des tiens.

Je mets fin à l'appel et range le téléphone dans ma poche, les yeux rivés sur les haies parfaitement taillées, comme si elles pouvaient me révéler la meilleure façon d'annoncer à mon fils que je viens de sceller ce qui pourrait être le reste de sa vie.

Les portes-fenêtres s'ouvrent et Ben apparaît.

— Tu avais besoin de quelque chose ?

— Oui.

Je me passe la main sur le visage.

— Ben, j'ai quelque chose à te demander.

CHAPITRE UN

Trois jours plus tard

Baron

Je ne suis pas du genre à être très émotif, mais j'ai toujours pensé que je ressentirais *quelque chose* le jour de mon mariage.

J'imaginais aussi que je connaîtrais vraiment la femme que j'épouserais et que j'aurais déjà terminé mes études.

Je suis dans ma Range Rover, sur le tarmac de l'aérodrome privé, à tapoter le volant en attendant l'arrivée du jet qui amène ma future épouse.

La femme que mon père m'a dit, il y a trois jours, que je pourrais protéger en lui passant la bague au doigt.

Lara Turgeneva n'apparaît sur aucun réseau social que j'aie pu consulter. Probablement parce qu'elle est une princesse de la Bratva, et qu'on lui a appris, comme à nous tous, à faire profil bas.

J'ai demandé à Anya de fouiller Internet, mais elle n'a rien trouvé jusqu'à ce qu'elle pirate les bases de données du gouvernement russe. Là, seulement, une photo de passeport et un permis de conduire sont apparus. Difficile d'en tirer des conclusions. Elle est peut-être jolie, peut-être pas.

Personne n'est à son avantage sur ces photos.

Apparemment, nous nous sommes croisés enfants, avant que sa famille ne quitte Chicago pour Moscou. Je n'en ai aucun souvenir. J'aimerais en savoir plus sur elle. Elle a probablement peur. Je n'ai pas l'intention d'entamer une véritable relation amoureuse, mais je ferai de mon mieux pour que les choses se passent bien. C'est gênant pour nous deux. Je m'assurerai qu'elle comprenne que je ne m'attends pas à ce que le mariage soit consommé ou à ce qu'elle partage mon lit.

Elle peut même sortir avec qui elle veut, à condition d'être prudente et de garder le secret.

Le rugissement des réacteurs me fait lever les yeux. Un petit jet glisse dans les airs et atterrit avec élégance. J'attends qu'ils aient ouvert la porte et fixé la passerelle avant de sortir de la Range Rover.

Je porte un costume. Non pas pour impressionner ma future épouse, mais pour montrer ma bonne foi. Pour lui prouver que je ne veux pas de ce mariage, mais que je ferai en sorte que cela fonctionne. Je vais suivre les instructions de mon père : aller la chercher, l'épouser et l'installer dans la maison Baranov, où je pourrai la protéger. La loi exige toutefois un délai de vingt-quatre heures entre l'obtention de la licence de mariage et la cérémonie.

Je ne le fais pas seulement parce que mon père me l'a demandé, même si je l'aurais fait pour lui. Je sais qu'il est un tueur impitoyable, à la tête d'une organisation criminelle internationale, mais il ne m'inspire que de l'amour et du respect.

Je l'aurais fait, même sans sa demande. Quand j'ai appris qui voulait épouser Lara et pourquoi elle avait besoin de ma protection, je n'ai pas pu refuser.

Brash Rostov est un psychopathe. J'ai passé une année

misérable avec lui dans un internat en Suisse. C'est le fils du célèbre oligarque russe Anatoli Rostov. S'il était simplement arrogant et imbu de lui-même comme le reste des riches connards avec lesquels j'ai dû cohabiter cette année-là, je laisserais Lara se débrouiller avec lui. Mais il n'est personne – pas même une inconnue – que je laisserais être livrée à cette bête sadique, alors que tout ce que j'avais à faire pour la sauver, c'était de lui donner mon nom.

J'ai été renvoyé de cette école parce que j'ai tabassé Brash.

Il incarne tout ce qu'il y a de mauvais et de répréhensible dans l'oligarchie russe : un sadique haineux qui, d'après ce que j'ai entendu, torturait les professeurs, les animaux et les garçons plus jeunes.

Les filles le trouvaient charmant, il savait bien cacher cette facette de sa personnalité en leur présence. Mais je l'ai surpris en train d'étrangler la fille du bibliothécaire, et cela a marqué la fin de mes études dans cette école privée.

Si j'avais su qu'il était si facile de se faire renvoyer, je me serais battu avec lui plus tôt. Je détestais vivre avec ces *svolochs*, ces ordures arrogantes issues de la haute, mais cette année m'a préparé à réussir à Thornecroft.

Si Brash et son père en ont après Lara, je suis heureux d'intervenir et d'être l'obstacle qu'il ne pourra pas contourner. Pour ce qu'il en sait, le père de Lara m'a promis sa main à sa naissance, et il ne peut se soustraire à cet arrangement sans risquer une guerre avec le mien.

Je m'approche de l'escalier lorsqu'une silhouette élancée apparaît dans l'embrasure de la porte.

Lara porte une tenue décontractée, mais noire, comme si elle pleurait notre mariage imminent. Elle a rassemblé ses cheveux noirs en un chignon négligé, haut sur la tête. Elle porte un grand sac à main en bandoulière, et lorsque son regard se pose sur moi, elle le serre plus fort contre elle, comme si elle avait peur que je le lui vole.

Ce geste m'intrigue, alors que nous nous approchons l'un de l'autre.

Elle se tient avec autorité, les épaules droites, le menton levé. Tant mieux. Ce n'est pas une petite souris effrayée que je vais devoir réconforter. Moins nous nous attacherons, mieux ce sera. Cela facilitera le divorce lorsque le mariage ne sera plus nécessaire.

Alors qu'elle avance, j'observe son visage. Elle est magnifique. Elle a des cheveux noirs, ébouriffés, sauvages. Une peau pâle, des yeux bleu vif, bien espacés. Une constellation de taches de rousseur foncées recouvre son nez. Elle ne porte que peu ou pas de maquillage, sa beauté est naturelle. Elle me fixe sous ses cils épais. Ses lèvres sont pulpeuses, mais pincées, comme si elle était en colère.

C'est à ce moment-là que je commence à vaciller sur mon cheval blanc. Je me voyais comme le chevalier en armure brillante, venu sauver la demoiselle en détresse.

Mais la demoiselle a l'air de vouloir me coller son poing dans la figure.

Je m'arrête et la laisse venir à moi. J'avais prévu de l'embrasser sur la joue. Peut-être de la serrer rapidement dans mes bras si elle était du genre câlin. Comme elle a plutôt l'air d'être du style à donner des coups de pied dans l'entrejambe, j'abandonne toute idée de la toucher.

— Lara.

Elle m'est familière, même si je n'ai aucun souvenir d'elle. Nous étions encore à la maternelle lorsqu'elle a déménagé.

Elle plisse ses grands yeux bleus et s'arrête devant moi, son sac à main toujours fermement serré contre elle.

— *Da*.

Son ton est tranchant. Elle lève le menton, tend sa main libre et se désigne d'un geste sec.

— Me voici, convoquée par ta famille pour devenir ta

femme, dit-elle en russe. J'espère que je corresponds à tes attentes.

Je cligne des yeux, m'efforçant de garder un visage impassible tandis que les pièces du puzzle s'assemblent lentement dans mon cerveau.

Puis je comprends. *On lui a menti.*

Pour une raison quelconque, son père n'a pas jugé bon de lui dire la vérité. Soit il ne la croit pas capable de faire semblant, soit elle était réellement amoureuse de Brash.

Si c'est le cas, je me retire. Elle peut le garder. Je n'ai pas besoin de subir le mépris d'une femme qui pense que ma famille contrôle son avenir comme si elle était un objet.

Alors que j'envisage de la lui rendre, quelque chose en moi se rebelle. Ce n'est pas seulement mon instinct protecteur, même si je continuerai à la défendre contre tout homme qui tenterait de lui faire du mal. Ce n'est pas seulement mon esprit de compétition qui me pousse à vouloir gagner toute confrontation contre Brash. Au-delà de cela, je ressens une possessivité que je n'avais jamais éprouvée auparavant.

En regardant cette femme fougueuse qui me lance un regard noir, j'abandonne mon projet initial de faire de ce mariage une imposture. Elle m'appartient. Nous sommes faits l'un pour l'autre. Je ne sais pas vraiment pourquoi j'y crois, mais quelque chose dans son attitude me semble familier. Pas comme si je la connaissais, mais plutôt comme si j'avais attendu toute ma vie de la rencontrer. Tout en elle m'excite. Notamment le fait qu'elle représente un défi.

Le fait est que Lara est à moi.

Elle m'a été promise en secret, mais nous allons nous marier légalement, ce qui signifie que je suis le *seul* homme qui puisse l'avoir.

Est-elle comme je l'imaginais ? Je lui réponds en anglais d'un ton sec :

— Pas vraiment.

Sa peau pâle rougit. Au moins, je sais qu'elle comprend l'anglais.

Je lui tends la main.

— Viens. Nous avons une licence de mariage à récupérer.

———

Lara

Benjamin Baranov n'a pas l'air aussi menaçant que mon père et la plupart de ses associés, mais j'ai l'impression qu'il est dangereux, malgré les apparences. Ses cheveux blonds tombent sur son front dans un style décontracté, comme après une journée à la plage, mais ses yeux, sous des sourcils épais et foncés, semblent anciens sur un visage si jeune.

Vêtu d'un costume coûteux, il ne ressemble pas à un étudiant qui jouerait un rôle. Il le porte avec une élégance décontractée. Il n'y a aucune agressivité apparente dans sa posture, juste une force tranquille dans le port de ses épaules. Comme s'il régnait sur son royaume avec maîtrise et sang-froid, prenant des décisions calculées.

Je serre mon sac à main contre moi jusqu'au SUV noir brillant de Benjamin, suivie par les hôtesses de l'air qui transportent les cinq valises géantes qui contiennent toutes les affaires que j'ai pu emporter dans l'heure que mon père m'a accordée avant de me faire monter dans le jet privé.

Hier encore, je rentrais chez moi, épuisée après une journée de cours à l'Académie Internationale des Langues de Paris, suivie d'une leçon de trois heures dans le cadre de mon nouveau stage. Celui pour lequel j'avais passé les deux premières années de l'université à me préparer. J'ai ouvert la porte et j'ai trouvé mon père assis à la table de la cuisine, les sourcils froncés.

Il ne m'avait pas dit qu'il avait quitté Moscou pour venir à

Paris. Quand je lui ai demandé s'il avait amené ma mère, il m'a répondu qu'elle était trop en colère contre lui.

Quelle idiote !

J'avais pensé qu'il venait m'annoncer leur divorce.

Jamais je n'aurais pu imaginer cela.

— *Fais tes valises, Lara. Je t'envoie dans l'Illinois.*

Je cligne des yeux. Mon cerveau cesse de fonctionner.

— *Quoi ?*

Il hoche la tête d'un air grave.

— *Il y a quelque chose que j'aurais dû te dire il y a très longtemps.*

Mon cœur bat à tout rompre dans ma poitrine.

— *Que veux-tu dire ? De quoi parles-tu ?*

— *J'ai conclu un contrat avec Ravil Baranov quand tu étais bébé.*

Je le fixe du regard. Tout cela n'a aucun sens. Ravil Baranov est le puissant pakhan de la Bratva de Chicago, là où mon père a rejoint la confrérie. Ils sont des associés proches. Des amis.

— *Tu vas épouser son fils, Benjamin.*

Je vacille, soudain prise de vertige.

— *C'est... c'est absurde.*

— *C'était il y a longtemps, et je ne savais pas qu'il avait l'intention d'honorer l'accord. Certainement pas si tôt, alors que vous êtes tous les deux encore étudiants.*

Je m'éloigne de mon père.

— *Non.*

Ma tête secoue toute seule.

— *Je ne veux pas. Je ne peux pas. Je viens de commencer mon stage. Il me reste encore un an d'études. C'est fou. Pourquoi épouserais-je un inconnu ?*

— *Ça doit être maintenant. Ravil l'a exigé, et c'est un homme bien trop dangereux pour qu'on le contrarie.*

— *Mais... pourquoi ?*

Cela n'a tout simplement aucun sens. Nous ne vivons pas à l'époque médiévale. Le patriarcat est en train de mourir. Je ne devrais pas être la propriété d'une machination de la Bratva.

— Je ne sais pas pourquoi maintenant, simplement qu'il a ses raisons. J'ai pris des dispositions pour que tu sois transférée à Thorne-croft, où Benjamin étudie, afin que tu puisses terminer tes études. C'est l'une des universités les plus prestigieuses au monde.

Mon nez me brûle. Des larmes de colère inondent mes yeux. C'est fou !

— Et si je refuse ?

Ma voix tremble, même si j'essaie de parler d'une voix calme.

L'expression de mon père s'assombrit davantage.

— Alors aucun d'entre nous ne sera en sécurité.

Comment est-ce possible ? Mon père, l'un des hommes les plus puissants de Russie, ne peut pas protéger sa femme et sa fille de la Bratva sur un autre continent ?

C'est pire que le divorce de mes parents. C'est tout mon monde qui s'écroule sous mes pieds.

Pas étonnant que ma mère soit en colère contre lui.

Une larme coule sur ma joue, et je vois une lueur de détresse sur le visage de mon père.

Il tend la main vers moi, mais je m'éloigne.

— Je suis désolé, mais épouser Benjamin Baranov est le seul moyen de te protéger.

Me protéger de quoi ?

Je n'ai aucune idée de ce que les Baranov ou la Bratva de Chicago me réservent. Je n'arrive toujours pas à croire que mon père m'ait envoyée *ici, seule.* Je pourrais tomber dans un piège. Peut-être ont-ils l'intention de me prendre en otage pour forcer papa à faire ce qu'ils veulent.

Peut-être *s'agit-il* d'un mariage. Serai-je otage pour le reste de ma vie ? Après tout, le mariage est l'un des moyens les plus anciens d'assurer une alliance avec d'autres clans.

Je jette un coup d'œil au prince bratva qui marche à mes côtés. Va-t-il s'attendre à ce que je partage son lit ? Que je consomme ce mariage ? Que je lui donne des héritiers ?

Mon estomac, qui est noué depuis que mon père est apparu dans mon appartement, se retourne.

Benjamin prend mes bagages des mains des valets et les range sans effort dans le coffre de sa voiture. J'aperçois des tatouages sur le dos de ses mains et ses poignets. Il est donc l'un des leurs. Je me demandais, comme il est à l'université, s'il était déjà membre de la confrérie.

Bien sûr que oui.

J'aurais aimé connaître la signification de ces tatouages. Mon futur mari a-t-il déjà tué quelqu'un ? Torturé quelqu'un ?

Ma bouche s'assèche. *Violé quelqu'un ?*

Va-t-il me forcer ?

Mes paumes sont couvertes de sueur froide. Ces gens sont si dangereux qu'ils ont fait trembler *mon* père, qui est pourtant un monstre à sa manière. Il ne m'aurait pas enlevée de l'université à Paris s'il n'avait pas eu d'autre choix. Ma mère ne l'aurait pas laissé faire. Cette décision devait être au-delà de sa volonté.

Benjamin m'accompagne jusqu'à la portière côté passager du SUV et l'ouvre.

Oh, tant mieux. C'est rassurant de savoir que le tueur auquel on m'a promise a de bonnes manières.

Il attend que je monte, comme s'il était mon chauffeur. J'évite son regard, jusqu'à ce que je réalise qu'il m'observe, appuyé contre le toit de la voiture.

— Y a-t-il une arme dans ton sac à main, Lara ?

Sa voix a un ton taquin.

Mes jointures blanchissent sur mon sac à main et je lève brusquement les yeux vers lui, qui me domine. Je vois de l'amusement dans ses yeux bruns et l'ombre d'un sourire sur ses lèvres.

Un frisson me traverse. Il est tellement sûr de lui qu'il n'a pas peur d'un pistolet chargé.

Aucune réponse ne me vient à l'esprit. Je serre les mâchoires et le fusille du regard.

— Tu comptes me tirer dessus ?

Une fois de plus, il est complètement détendu. Il semble s'amuser à mes dépens.

Oh, regardez ma jolie mariée qui s'est présentée avec un pistolet pour me tuer.

J'essaie de déglutir, en vain. Mon visage est en feu. Mes jambes tremblent, prêtes à courir comme une gazelle pour échapper au lion qui me poursuit.

Il tend la main.

— Donne-moi le pistolet, *princesse*. Nous n'allons pas nous faire de mal comme ça.

De quelle manière allons-nous nous faire du mal, Benjamin ?

Cette pensée m'amène à imaginer une souffrance contrôlée. Le genre de douleur qui procure du plaisir.

Attends, non.

Je *ne* m'imagine *pas* Benjamin Baranov m'attacher et me fouetter à coups de cravache.

C'est... dingue. Ça ne m'intéresse pas.

Je regarde ses jointures tatouées, me demandant ce que ça ferait de les sentir se refermer sur ma gorge pendant que nous faisons l'amour.

Va-t-il me forcer ?

Pourquoi est-ce que je l'imagine me forcer ?

Je ne veux pas ça. Bien sûr que non.

Je ne bouge pas, alors il me fait signe de la main.

— Le pistolet, Lara.

Le ton taquin disparaît de sa voix. J'entends une autorité froide.

Je reste assise là et je me demande ce qu'il ferait si je refusais. Ou si je sortais l'arme et la pointais sur lui.

Je me rends compte que malgré son attitude détendue,

son regard est intense. Concentré. Si je pointais l'arme sur lui, je devrais être prête à appuyer sur la gâchette.

Comme s'il lisait dans mes pensées, il secoue la tête.

— Tu n'es pas une meurtrière, *printsessa*. Et tu es en sécurité avec moi. Ou tu le seras, si tu te comportes bien.

Sa douceur me brise le cœur. Les larmes me montent aux yeux.

Je ne veux pas qu'il les voie, alors je lui tends mon sac à main et détourne le regard pendant qu'il l'ouvre, en retire le pistolet et le glisse dans sa ceinture comme un pro.

Quand il se glisse sur le siège à côté de moi, je lui demande :

— Es-tu un tueur, Benjamin ?

Il se tourne vers moi pour m'observer. Je retiens mon souffle sous l'intensité de son regard.

— J'ai tué.

Je ne peux plus respirer.

Il démarre le SUV et passe la première.

— Et je tuerais encore, pour toi.

Je retiens mon souffle. Je me sens soudain étourdie. Choquée et légèrement excitée.

— Pourquoi ? demandé-je.

Une légère tension se dégage de ses épaules. Quand il répond, ses mots sont plats et sans émotion :

— Tu es ma femme.

CHAPITRE DEUX

Baron

Après nous être arrêtés au tribunal pour obtenir notre licence de mariage, j'emmène ma femme à la maison Baranov, ou le Goulag, comme on l'appelle sur le campus. Lara m'a ignoré pendant presque tout le trajet, et je n'ai pas essayé de la mettre à l'aise.

Je ne suis pas le type charmant, c'est plutôt Anders ou Leo.

Je suis celui qui élabore des stratégies et garde le silence. Celui qui a toujours deux coups d'avance sur les autres, afin de pouvoir contrôler les événements qui m'entourent. Ma mère appelle cela un syndrome de stress post-traumatique. Moi, j'appelle cela être un leader.

En ce moment, j'ai beaucoup de scénarios à revoir. Je dois trouver comment protéger une mariée réticente. Je vais devoir la contrôler pour assurer sa sécurité, mais j'ai le sentiment qu'elle va se battre bec et ongles.

Mon cerveau envisage de l'installer définitivement dans le donjon de la maison.

Oui, nous avons un donjon au sous-sol. C'est pourquoi la maison Baranov est connue sur le campus sous le nom de Goulag. Les rumeurs à ce sujet sont folles, et je les encourage toutes. Certains disent que c'est une chambre de torture de la Bratva, l'endroit où nous traînons nos ennemis pour nous venger.

D'autres savent qu'il s'agit d'un club échangiste.

Nous n'autorisons quasiment jamais les étrangers à y entrer, ce qui renforce le mystère de la maison à un niveau épique. Presque tous les fêtards ici passent leur temps à essayer d'être invités au sous-sol. C'est ce qui me permet de faire payer des sommes exorbitantes aux gens les soirs où nous décidons de n'autoriser l'entrée qu'aux personnes invitées.

Ceux qui sont invités signent des accords de confidentialité et sont ensuite contraints au secret par des menaces voilées.

Je trouve que l'imagination des gens est bien plus efficace pour contrôler leur comportement que n'importe quelle menace ou promesse que je pourrais faire.

J'imagine déshabiller Lara et attacher ses poignets et ses chevilles à la croix de Saint-André. La taquiner en lui procurant un plaisir intermittent jusqu'à ce qu'elle devienne folle et me supplie de la libérer.

Ou mieux encore, une véritable relation.

Mais je me contenterais de son orgasme.

C'est une pensée délicieuse.

Bien sûr, l'enfermer contre son gré ne marchera pas. Je vais devoir attirer Lara dans le donjon comme je le fais avec le reste du monde : en lui refusant l'entrée.

En attendant, je la garderai près de moi afin de pouvoir veiller sur elle. Mon plan initial était de faire appel à un entrepreneur pour diviser ma grande chambre en deux. Mais je suis content de ne pas avoir eu le temps de passer cet appel.

Ma femme ne dormira nulle part ailleurs que dans mon lit.

Si son père pense qu'elle est en danger au point de l'envoyer ici quelques jours après mon accord, je dois prendre sa protection au sérieux. Cela signifie la garder près de moi.

Faire en sorte que notre mariage semble réel aux yeux de tous ceux qui nous observent.

Je ne m'interroge pas sur les raisons plus personnelles qui me poussent à vouloir la garder dans mon lit.

Je me gare dans l'allée à côté de la voiture de Leo.

— C'est chez nous.

Elle jette un regard méfiant à la maison, comme si celle-ci pouvait soudainement s'animer et l'attaquer.

— *Notre* maison ?

— Pas seulement à nous. Il y a vingt membres dans cette maison. Vingt-et-un maintenant, avec toi. Entre. Je vais te présenter.

Je prends deux de ses valises et les amène jusqu'à la porte d'entrée, utilisant mon empreinte digitale pour ouvrir la serrure.

La moitié des membres de la maison traînent dans le salon. C'est ma version de la communauté fraternelle que mon père a cultivée dans la tour de Chicago où beaucoup d'entre nous ont grandi.

Nous sommes les héritiers de la Bratva. La génération née dans le royaume de mon père. Une bande de frères et sœurs avec nos propres règles : rester vigilants. Se protéger les uns les autres et protéger ce qui nous appartient à tout prix. Défendre les faibles contre les brutes. Arracher le pouvoir aux autocrates du campus. Tirer de l'argent des enfants de riches pour financer notre entreprise.

Ils nous regardent tous fixement lorsque nous entrons, les valises à la main. La façon dont ma main repose légèrement dans le dos de Lara. Ma déclaration subtile qu'elle m'appartient. Elle est sous ma protection, et ils l'accepteront, comme ils acceptent tous ceux que j'amène dans notre cercle.

Zoe est assise en tailleur sur le canapé, à côté de Phoenix et de sa jumelle, Anya, qui est allongée sur le canapé d'angle, un ordinateur portable sur les genoux. Leur père, Dima, est un hacker qui travaille pour mon père. Il n'y a pas de pare-feu qu'il ne puisse franchir, et l'année dernière, lorsqu'elle a emménagé à la maison Baranov, Anya a perfectionné ses compétences en piratage informatique, mais aussi en blanchiment d'argent complexe.

C'est l'un des nombreux services que nous proposons moyennant des honoraires exorbitants, parmi bien d'autres activités illégales.

Mon père a essayé de m'éloigner de la Bratva, allant jusqu'à m'envoyer en pensionnat lorsque je suis devenu obsédé par l'idée d'y adhérer. Mais il m'a permis d'observer. Après avoir eu du sang sur les mains à un âge trop jeune, il m'a laissé m'entraîner à toutes les formes de combat, des arts martiaux mixtes au tir de précision. J'ai absorbé ce mode de vie de toutes les manières possibles. On pourrait dire que la pomme n'est pas tombée loin de l'arbre.

— Bonjour tout le monde.

Je me rends compte que j'aurais dû les prévenir au sujet du mariage arrangé avant de faire venir Lara. Je suppose que je refusais d'admettre l'impact considérable que sa présence aurait sur la dynamique et les activités de notre maison.

Mais si je les avais prévenus, l'un d'entre eux aurait pu mentionner que ce mariage était une imposture, ce que Lara ne doit pas savoir.

— Voici Lara Turgeneva, ma fiancée.

— Ta... quoi ?

Phoenix pose la manette de jeu et me regarde depuis le canapé où il jouait avec Zoe.

Je fais un signe de tête vers la porte.

— Il y a deux autres valises dans le coffre.

Il se lève d'un bond.

— Je m'en occupe.

En passant devant Lara, il lui serre la main.

— Je m'appelle Phoenix. Enchanté.

Il me lance un regard qui semble dire « c'est quoi, ce bordel ? » en sortant.

Anders et Leo me jettent des regards similaires, mais Anders va aider Phoenix, s'arrêtant au passage pour serrer la main de Lara et se présenter.

Phoenix était mon colocataire en première année. Étudiant transgenre originaire de Caroline du Nord, il avait été pris pour cible dès la première semaine de cours, jusqu'à ce que je remette les choses au clair. C'est pour assurer sa sécurité que j'ai cherché à louer cette maison. J'avais besoin d'un endroit où je pourrais créer le genre de communauté dans laquelle j'avais grandi, et y protéger mes amis.

— Tu as une fiancée ? demande Anya en se levant.

— Quand est-ce que ça s'est passé ? demande Zoe en l'imitant. Je suis tellement confuse.

Je jette un coup d'œil à Lara, qui se tient raide à côté de moi, refusant de me regarder. Je m'éclaircis la gorge.

— Nos parents ont arrangé notre mariage à notre naissance.

— *Vos* parents ? répète Anya, incrédule.

— Oui.

— Waouh. D'accord.

Elles s'approchent, et Zoe serre Lara dans ses bras.

— Bienvenue à Thornecroft.

Lara se raidit et ne lui rend pas son étreinte, mais quelque chose en elle s'adoucit. Je lance un regard reconnaissant à Zoe lorsqu'elle s'écarte.

— Voici Anya et Zoya. Mais elle se fait appeler Zoe.

Je les présente en russe, afin que Lara sache qu'elle aura ici des amis qui parlent cette langue, non pas que son anglais ne soit pas parfait. Bien sûr qu'il l'est. Elle a passé ses premières années dans ce pays, et elle a une tante, un oncle et des cousins à Los Angeles à qui elle rend probablement visite.

— Enchantée, dit Lara.

— Leonid. Appelle-moi Leo.

Leo se présente en russe et s'avance pour embrasser Lara sur la joue, ce qu'elle accepte.

Une part de moi est reconnaissante à Leo pour son charme naturel, mais j'ai envie de le frapper pour l'avoir touchée.

— Mes parents ont eu un mariage arrangé, reprend Leo.

— Attendez... quoi ?

Zoe regarde Leo, puis Anya.

— Tante Sasha et oncle Maxim ont eu un mariage arrangé ?

Zoe est la responsable des réseaux sociaux et de la publicité de la maison. Elle annonce les soirées que nous organisons et, en échange, touche une partie des droits d'entrée.

Leo acquiesce.

— Mon grand-père était sur son lit de mort, et ma mère était sur le point d'hériter de tous les intérêts de ses puits de pétrole. Il avait besoin de la protéger, et mon père était le seul homme en qui il avait confiance.

Anya tourne son regard vers moi.

— Pourquoi ton mariage a-t-il été arrangé ?

Elle, alors !

— C'est entre mon père et le sien.

Mon ton dit « va te faire foutre ».

Anya laisse tomber.

— *Pozdravleniya.*

Elle me félicite en russe.

— Leo, tu vas devoir enregistrer son empreinte digitale pour la porte.

Je commence à donner des ordres, comme à mon habitude.

— Anya, pirate le registre et regarde s'ils ont déjà un emploi du temps pour elle.

Les cours commencent demain.

Anders et Phoenix apparaissent avec les deux autres valises. Je passe à l'anglais, car ils ne parlent pas russe.

— Ma chambre, leur dis-je.

Anders prend une des valises que j'ai apportées et monte les escaliers avec un bagage dans chaque main. Phoenix le suit avec la troisième.

— Tu as faim ? demandé-je à Lara.

Elle secoue la tête. Elle semble sous le choc. Je comprends. La maison Baranov et ses occupants sont difficiles à accepter, même pour ceux qui n'ont pas été brusquement déracinés et envoyés se marier avec un inconnu.

— Allons te coucher, tu as eu une longue journée.

Lara résiste lorsque j'essaie de la diriger vers les escaliers et me lance un regard furieux.

Je la regarde en gardant une expression douce.

Sa bouche se tord en une ligne rebelle, mais elle redresse les épaules et se dirige vers les escaliers.

Je ramasse les dernières valises, admirant le déhanché délicieux de ses fesses tandis que je monte derrière elle.

Fulmine autant que tu veux, princesse. Tu m'appartiens, désormais.

Lara

Je ne sais pas où je vais, ce qui rend ma sortie beaucoup moins dramatique que je le voulais. Tout ce que je sais, c'est que je n'apprécie pas d'être contrôlée par un gangster de vingt-deux ans qui a plus d'assurance que la moitié des hommes de mon père.

Qu'est-ce que... c'était que tout ça ?

Mon cerveau a du mal à assimiler tout ce qui se passe ici.

À première vue, cela ressemble à une vie étudiante normale avec des étudiants normaux. Bien sûr, je ne suis jamais allée dans une université américaine, mais j'ai vu des films. Depuis que nous avons déménagé en Russie, je suis retournée plusieurs fois aux États-Unis au fil des ans. Ma tante Nadia et mon oncle Flynn vivent à Los Angeles.

Je prends tout en compte. C'est une grande maison, comme les maisons des fraternités ou des sororités dans les comédies américaines, remplies de jeunes gens sympathiques et beaux. Mais cette vieille maison victorienne est en parfait état, comme si elle venait d'être rénovée. *Beaucoup* d'argent a été investi dans cet endroit. Et le système de sécurité par empreinte digitale ? Pourquoi est-ce nécessaire ? Le mobilier est de grande qualité et la maison est impeccablement propre, ce qui, à mon avis, ne correspond pas à une résidence étudiante. Et le plus étrange, c'est la façon dont les étudiants obéissent aux ordres de Benjamin comme s'il était leur *pakhan*. Un seul regard de sa part suffit pour qu'ils se précipitent pour obéir. Plusieurs d'entre eux parlent russe, ce qui signifie qu'ils pourraient être nés dans ce pays. Comme lui. Comme moi.

Un frisson me parcourt le corps.

Je suis en danger ici. Je le sens.

Je ne comprends toujours pas ce qui se passe. Il y a une réalité plus large que je ne peux pas voir, et le courant sous-jacent de secret et de violence m'effraie.

Je croise dans les escaliers l'Asiatique au nom et à l'accent norvégiens – Anders, je crois – et Phoenix, une silhouette menue qui pourrait être transgenre. Je dois être dans la bonne direction. Je m'arrête au premier étage.

— Continue, *malyshka*, murmure Benjamin derrière moi.

Je rougis et me retourne.

— Je ne suis pas ton bébé.

Il me regarde sans émotion, juste avec une pointe d'amusement. De pouvoir. Je déteste qu'il me déstabilise avec son expression insondable. Il ne dit rien, il se contente de me regarder. C'est plus intimidant que n'importe quelle réponse qu'il aurait pu me donner.

Soudain à bout de souffle, je me retourne et continue à monter. Je m'arrête au palier suivant.

— Encore un.

Au sommet de la dernière volée d'escaliers se trouve une immense chambre, manifestement celle du prince. Elle est aussi belle que le reste de la maison, avec un parquet en chêne poli, recouvert d'un épais tapis orange à poils longs. Trois murs sont percés de grandes fenêtres. Le quatrième abrite un placard et une salle de bains attenante, avec une petite fenêtre.

C'est étonnamment joyeux pour le repaire d'un criminel.

Il y a un lit king size à baldaquin, recouvert de ce qui semble être une couette moelleuse en duvet d'oie dans une housse en soie gris tourterelle. Tout comme Benjamin, la literie témoigne d'une maîtrise mesurée. Le lit est fait, mais les oreillers en plumes king size sont empilés négligemment à la tête du lit.

Benjamin pose la valise qu'il transportait à côté d'un repose-pieds et l'ouvre.

— Je vais faire venir une deuxième commode pour tes vêtements pliés. Pour l'instant, il y a assez de place et de cintres dans le placard pour tout ranger.

Il entre dans le dressing et sort de sa ceinture le pistolet qu'il m'a pris. Il ouvre un coffre-fort et j'aperçois des liasses de billets lorsqu'il le dépose à l'intérieur.

Je suis trop fatiguée pour défaire mes valises. Je veux juste prendre une douche et aller me coucher.

— Où vais-je dormir ?

Je ne sais pas pourquoi je prends la peine de poser la question. Il est évident qu'il s'attend à ce que je dorme dans son lit géant.

Avec lui.

Aussi épuisée que je sois, mon corps s'échauffe à l'idée d'être sous les couvertures avec lui.

— Dans mon lit.

La façon dont il prononce chaque mot me fait me retourner pour voir son visage. J'ouvre les lèvres pour reprendre mon souffle quand je remarque comment il me regarde.

Comme un chasseur qui vient d'attraper sa proie. Comme un lion affamé qui regarde son prochain repas.

Son regard envoie une décharge électrique entre mes jambes. Mon sexe se contracte. Mon clitoris palpite.

Mais je refuse d'être excitée à l'idée qu'il me possède.

— Je ne dormirai pas dans ce lit avec toi.

Je soupçonne que cette bataille est déjà perdue, mais je n'aurais plus aucun respect pour moi-même si je ne manifestais pas clairement ma résistance.

Benjamin secoue la tête avec un air de faux remords.

— Ma femme ne dort pas par terre.

— *Elle* pourrait.

Ce n'est peut-être pas mon argument le plus convaincant. Comme je l'ai dit, je n'ai pas beaucoup d'espoir de gagner cette bataille.

— Pas dans ma maison. Pas avec ma femme dans la chambre.

— Je ne suis pas encore ta femme, dis-je d'un ton sec.

Ses yeux brillent d'anticipation.

— À demain, *printsessa*.

Je me tiens debout, les jambes tremblantes, et je le fixe. Pour une raison incompréhensible, ma culotte est humide, et je ne peux m'empêcher de me demander ce qui se passera demain lorsque nous reviendrons dans cette chambre.

— Il y a des serviettes et des gants de toilette dans la salle de bains. Tu as besoin d'autre chose ?

— De retourner à Paris.

Ma voix tremble, et je me maudis de lui montrer ma douleur.

Il comble la distance qui nous sépare, et je me retrouve soudain dans ses bras.

Je tente de le repousser, mais il attrape l'arrière de ma tête et incline mon visage vers le sien.

— Je sais que tu n'as pas demandé ça.

Il croise mon regard et le soutient.

— Moi non plus. Mais nous allons tirer le meilleur parti de la situation.

Je veux me débattre, mais mes larmes brouillent son visage.

— Ensemble, *malyshka*. Nous formons une équipe, maintenant.

Il a pitié de moi et détourne son regard, attirant mon visage contre sa poitrine.

Je ne veux pas qu'il me réconforte. Je déteste le sanglot qui monte dans ma gorge, mais il s'échappe dans un soupir quand Benjamin embrasse le sommet de ma tête. Je ferme les yeux et mes larmes trempent sa chemise.

Son pouce masse la base de mon crâne. C'est merveilleux.

Non. Je ne vais pas me laisser séduire par son attitude gentille. Je sais qu'il est tout sauf gentil.

— Non, dis-je en l'écartant, et il me laisse faire.

— Nous ne formons pas une équipe. Je suis ta prisonnière. Et je me battrai jusqu'au bout.

Je me précipite vers la salle de bains. Quand je me retourne pour fermer la porte, je le vois, toujours debout, qui me regarde. Le petit sourire qui joue sur ses lèvres me confirme que mon instinct avait raison.

Benjamin Baranov n'est *pas* un type sympa.

C'est le diable.

CHAPITRE TROIS

Baron

Je descends et les trouve tous réunis.

Bon. Après avoir rapidement revu mes plans, je décide de les mettre tous dans la confidence.

Si je cache un secret à ma femme, je préfère ne pas en cacher un à mon équipe. Mes meilleurs amis. J'ai besoin de leur soutien.

— Réunion dans une demi-heure dans le donjon, dis-je.

Le donjon est insonorisé, sécurisé par des serrures à empreintes digitales. Les autres occupants de la maison, principalement ma fiancée réticente, ne peuvent rien entendre de ce que nous y faisons ou y disons.

— Alex et Feliks sont-ils revenus de l'entraînement ?

Leo consulte les caméras de surveillance sur son téléphone.

— Ils arrivent en ce moment même.

— Bien. Informez-les de la réunion. Oh, et aussi, Melinda Tracy est bannie de la maison Baranov cette année. Assurez-vous que tout le monde soit au courant.

Anders tourne brusquement la tête à la mention d'une de

nos visiteuses régulières du donjon. C'est une personnalité de type A qui utilise la douleur pour se détendre. Je pense qu'Anders a un faible pour elle, mais comme elle vient généralement me voir pour que je lui inflige de la douleur, elle ne l'a pas encore remarqué.

— À cause de son père ?

J'acquiesce. Son père vient d'être nommé comme candidat à la vice-présidence. S'il gagne, Melinda fera envahir le campus par les services secrets, et je ne peux pas les avoir près de nos opérations.

Je sors mon téléphone pour envoyer un SMS à Lili, ma sœur, afin qu'elle se joigne à nous. Elle aussi doit être mise au courant.

Je ne voulais pas que Lili découvre l'existence du donjon. Quand j'ai pensé qu'elle allait emménager ici avec nous, j'allais le fermer. Si ça ne tenait qu'à moi, elle serait ici, à la maison Baranov, où je pourrais la protéger, mais elle a réussi à convaincre nos parents de lui laisser sa liberté.

Je déteste ça, mais j'ai demandé à Leo d'installer un dispositif de localisation dans la carte-clé de sa chambre et dans son téléphone, ainsi que des caméras de sécurité supplémentaires dans le couloir, afin de m'assurer qu'elle est en sécurité.

Comme je n'ai pas fermé le donjon, il était probablement inévitable qu'elle le découvre. Elle en aurait entendu parler sur le campus et elle aurait harcelé l'un de nous — moi ou les jumeaux, dont elle est proche — jusqu'à ce que nous la laissions entrer.

Je me dirige vers la cuisine pour avaler un morceau. Après avoir rationalisé et élargi nos activités génératrices de revenus à la maison Baranov, j'ai embauché une cuisinière, en plus de l'équipe de nettoyage. Emma, une jeune mère célibataire de Whisper, vient cinq jours par semaine faire les courses et préparer les dîners. Elle aime ce travail parce qu'elle peut amener sa fille de trois ans, May, avec elle.

J'aime me rappeler que tout ce qui traîne ici doit avoir l'air suffisamment anodin pour être vu par des étrangers, y compris une enfant de trois ans.

Trente minutes plus tard, nous nous réunissons dans le salon du donjon. Des canapés en cuir moelleux, des causeuses et des fauteuils club sont disposés autour des tables basses, prêts à servir de lieu de discussion ou d'observatoire.

Pour l'instant, ils sont regroupés pour discuter.

— Vous êtes vraiment des pervers.

Lili descend les escaliers avec Zoe, les yeux écarquillés.

Je grimace. Elle n'avait pas besoin de savoir cela à mon sujet.

— Tu ne peux parler à personne de ce que tu vois ici ce soir, l'avertis-je après lui avoir donné une rapide accolade.

— Je t'en prie, dit-elle d'un ton moqueur. Le Goulag est littéralement le seul sujet de conversation dans la résidence des étudiants de première année, surtout quand ils entendent mon nom de famille. Tout le monde veut savoir ce qu'il y a au sous-sol et pourquoi je ne vis pas ici. Une rumeur circule déjà à notre sujet. Apparemment, il y aurait un énorme drame entre nous et nous nous détestons.

Je hausse les sourcils. J'ai construit la réputation du Goulag autour des ragots du campus, donc cela ne me dérange pas.

— Ne les détrompe pas. Ce sont les rumeurs folles qui attirent les gens.

Lili secoue la tête en me regardant.

— Tu es exactement comme papa.

— Je vais prendre ça comme un compliment. Je sais que tu es encore en période d'orientation, mais cette semaine, j'ai besoin de te voir dans notre salle de sport pour un entraînement d'autodéfense, lui dis-je.

Elle me regarde d'un air perplexe, et je réalise qu'elle n'est pas au courant de l'entraînement rigoureux que j'impose aux membres de la maison. Tout le monde ici a suivi une formation approfondie en Krav Maga, et nous nous entraînons chaque semaine dans notre salle de sport.

— De quoi parles-tu ?

— Je t'enverrai le programme, dit Leo. Tu pourras t'entraîner avec moi.

Lili a l'air agacée. Elle pensait avoir plus de liberté à l'université que ce que je vais lui accorder.

— Comment s'est passée la semaine d'orientation ? lui demandé-je, me rappelant comment se comporterait un frère normal.

Je sais déjà où elle est allée et ce qu'elle a fait, car j'ai suivi chacun de ses mouvements. Me sentir en contrôle de chaque issue possible m'aide à lutter contre les cauchemars. Maintenant, je dois ajouter Lara à ma liste de soucis.

— Sympa, répond-elle d'un ton léger.

Lili a vécu le même traumatisme que moi, mais cela ne l'a pas affectée de la même manière. Peut-être était-elle trop petite pour que ce danger s'imprime dans chacune de ses cellules. Ou peut-être a-t-elle une confiance aveugle en ma capacité à la protéger de tout.

Je la crois parce qu'elle a l'air joyeuse. Heureuse. C'est une bonne chose, car je serais prêt à résoudre tous ses problèmes ou tuer quiconque lui ferait du mal, mais elle me détesterait pour cela.

— Je me suis fait des amis. Ma colocataire est sympa. Tout va bien. Alors, quelle est cette urgence ?

— Je vais me marier.

Lili me regarde, bouche bée, comme les autres l'ont fait quand j'ai ramené Lara à la maison. J'explique la situation à tout le monde, y compris le fait que le père de Lara a menti à Anatoli Rostov en lui disant que nous étions fiancés depuis notre naissance, et que ma future épouse ne savait pas que c'était un mensonge.

— En gros, je dois la protéger, mais elle pense que je suis son ennemi.

Leo hoche la tête comme si tout cela était parfaitement logique. Alex et Feliks sont comme des statues, absorbant tout d'un air impassible, attendant les ordres. Il n'y a pas une seule bataille que je voudrais mener sans eux à mes côtés. Anders et Phoenix ont l'air dubitatifs. À en juger par leurs sourcils froncés, les femmes n'apprécient clairement pas la situation.

— Et si tu lui disais, tout simplement ? demande Lili.

— Oui. Tu n'es pas l'ennemi. Elle devrait le savoir, ajoute Zoe.

— Je ne peux pas. Si son père ne lui a rien dit, c'est parce qu'il a besoin que cela ait l'air réel, ou parce qu'il ne lui fait pas confiance et craint qu'elle ne retourne voir Brash Rostov.

— C'est vrai, dit Leo. Tu penses qu'elle est amoureuse de lui ?

Je hausse les épaules, masquant l'irritation que me cause cette idée. Si elle est amoureuse de lui, elle sera encore plus difficile à protéger et courra encore plus de danger que son père ne le soupçonne.

Heureusement, l'instinct d'Adrian l'a poussé à l'éloigner de lui le plus vite possible.

— Je dois le découvrir. Anya, si je te donne son téléphone ce soir, peux-tu le pirater pour que je puisse la suivre et surveiller tous ses appels et messages ?

Lili pousse un petit grognement de protestation.

— Tu ne peux pas faire ça. C'est une atteinte à sa vie privée.

— J'ai été chargé de la protéger. Je ferai tout ce qui est nécessaire.

Ce n'est pas qu'une horrible jalousie m'étreigne la gorge à l'idée que ma charmante épouse soit amoureuse d'un autre homme.

Pas du tout.

— J'ai juste besoin de son téléphone pendant vingt minutes, précise Anya.

— Parfait. Je te l'apporterai une fois qu'elle sera endormie.

Je regarde ma sœur.

— Lili, j'ai besoin que tu corrobores l'histoire. Papa a arrangé mon mariage il y a des années. Nous le savons tous les deux depuis le début.

Lili lève les yeux au ciel et soupire, mais acquiesce.

— Quand est le mariage ? Je devrais y aller, puisque je suis ta sœur. Je devrais être demoiselle d'honneur ou quelque chose comme ça, non ?

— Je veux être demoiselle d'honneur ! s'exclame Zoe, ravie.

Anya ricane.

— C'est juste un petit tour à la mairie après les cours.

Je jette un coup d'œil à Anya.

— À propos...

— Voici l'emploi du temps.

Anya me tend une feuille imprimée listant les cours de Lara. Je les parcours rapidement. Ils sont principalement dans le département de linguistique. Ma future épouse semble étudier les langues modernes. Cela explique pourquoi elle a fait ses études à Paris.

Je prends une photo de l'emploi du temps et l'envoie à tout le monde par SMS.

— Gardez un œil sur elle. Prévenez-moi si vous la voyez avec quelqu'un qui a l'air louche. Je vais trouver une photo de Brash et vous l'envoyer.

Alex s'éclaircit la gorge comme s'il voulait dire quelque chose. Je hausse les sourcils.

— Je ne sais pas si c'est le bon moment, mais...

Mon besoin de contrôle reprend le dessus. S'il y a une

fuite – dans mes systèmes, dans notre sécurité, dans nos entreprises – je dois le savoir.

— Dis-moi.

— J'ai entendu certains membres de l'équipe discuter avant l'entraînement. Ils ne savaient pas que Feliks et moi étions là.

Blyad'.

— Qu'ont-ils dit ?

— Je n'ai pas tout entendu, mais ils ont clairement dit : *On va démolir la maison Baranov cette année.*

Feliks acquiesce.

— On a fait passer les fêtes de la maison Titan pour nulles l'année dernière.

La maison Titan est une confrérie masculine. La moitié de l'équipe de football en fait partie, et les autres membres sont des héritiers – leur place se transmet de père en fils, depuis la fondation de l'école.

Avant que la maison Baranov ne domine la scène sociale de Thornecroft, ils régnaient sur l'école avec des fêtes élitistes réservées aux rois du campus qui attiraient les filles les plus populaires des sororités.

J'acquiesce. Je peux gérer tout ce qu'ils nous réservent. Je m'attendais à des problèmes et je m'y suis préparé.

— D'accord. Essaie de deviner comment ils vont nous attaquer. Je vais graisser tous les rouages nécessaires avant notre fête.

— Revenons-en à ce mariage. As-tu une bague ? demande Lili.

Je grimace. Une bague. Ce serait une bonne idée pour une cérémonie de mariage. Surtout une cérémonie que je dois faire passer pour légitime.

Je veux dire, ce sera légitime. Demain soir, Lara Turgeneva sera ma femme.

Une sombre satisfaction m'envahit à cette pensée, mais je

la réprime. Lier Lara à moi légalement n'est que la première étape de cette bataille. Il y a trop de variables pour que je puisse déjà célébrer ma victoire.

— Je vais acheter une bague. Et je serai présente à la cérémonie, dit Lili avec fermeté. Comment je paie ? Je prends la carte American Express de papa ?

— Non.

Je fouille dans ma poche et sors ma carte Gold de l'étui de mon téléphone pour la lui tendre.

Lili l'inspecte et secoue la tête.

— Tu as ta propre carte Gold. Je... je ne veux même pas savoir ce qui se passe ici.

— Non, tu ne veux pas, dit Leo, tout aussi protecteur envers ma petite sœur que je le suis.

— Je viendrai te chercher pour la cérémonie, précisé-je.

— Je viens aussi, fait Leo.

— Moi aussi, ajoute Zoé.

Anya lève la main, comme si nous faisions l'appel. Phoenix et Anders en font de même.

— On a entraînement de foot, dit Alex d'un ton d'excuse en inclinant la tête vers son frère cadet, mais plus grand que lui.

— Pas de souci, dis-je. Ce n'était pas prévu comme ça.

— Vraiment ? me défie Lili. Tu vas *te marier.* Et je sais que tu fais ton stoïque, difficile à cerner, mais on dirait que...

Elle s'interrompt et hausse les sourcils, jouant avec la tension.

— Que quoi ? dis-je quand elle s'attarde trop longtemps.

— Que ça te plaît.

CHAPITRE QUATRE

Lara

Il fait encore nuit quand je me réveille, et pendant un instant, je ne sais pas où je suis. Puis tout me revient d'un coup, avec un sentiment de malaise.

Je suis aux États-Unis. Dans la chambre de l'homme que je suis censée épouser.

J'ouvre les yeux et scrute le lit. Est-il là, avec moi ? Le décalage horaire m'a assommée hier soir, alors j'ai dormi comme une souche jusqu'à ce que mon corps décide qu'il était temps de se réveiller. Je n'ai pas entendu Benjamin rentrer, s'il l'a fait.

Je retiens mon souffle et tends l'oreille, mais je ne sais pas si je suis seule. Je cherche mon téléphone, que j'ai laissé branché à côté du lit. Un papier est glissé dessous. Un papier qui n'était pas là quand je me suis couchée.

J'appuie sur un bouton de mon téléphone, et l'écran affiche quatre heures du matin. Pas étonnant que je sois réveillée. À Paris, je serais levée depuis longtemps. Le papier sous mon téléphone est une impression de mon emploi du temps.

Parce que ce n'est pas intrusif. Pas du tout.

Je veux dire, c'est utile, mais il y a aussi quelque chose d'inquiétant et de contrôlant.

Benjamin a-t-il aussi déplacé mon téléphone ? Essayait-il de consulter mes messages ?

Eh bien, bonne chance, j'ai verrouillé l'écran.

J'utilise la lumière du portable pour éclairer le lit, et mon pouls s'accélère dès que je détecte la grande silhouette à l'autre bout du matelas.

Au moins, il m'a laissé de l'espace. Hier soir, j'avais un peu peur qu'il tente quelque chose.

Je regarde à nouveau mon téléphone. Il y a une multitude de messages. Deux messages vocaux de ma mère.

Je ne l'ai pas appelée depuis que mon père est arrivé. Je ne sais pas si je lui en veux ou non. On dirait que tout cela est l'œuvre de mon père. Quoi qu'il en soit, je ne suis pas prête à lui parler. Si elle est aussi bouleversée que moi, je m'effondrerais.

Il y a une série de SMS de Brash, le Russe avec qui je suis sortie plusieurs fois avant de quitter Paris. C'est le fils d'un riche oligarque. Je le trouvais prétentieux, mais malgré son égocentrisme, il s'intéressait à moi. Je ne sais pas si c'est parce que je suis russe et qu'il ressent une certaine affinité avec moi par rapport aux Françaises, ou autre chose. Quoi qu'il en soit, il s'est comporté en gentleman lors de nos rendez-vous, attentif mais pas trop insistant. Un baiser à la porte, mais aucune pression pour coucher ensemble.

Nous avions prévu un rendez-vous hier soir, que j'ai complètement oublié d'annuler.

Oups.

Connaissant son ego, il doit être vexé.

Ce n'est pas important. Et pourtant, ça me touche en plein cœur. Je ne reviendrai pas en arrière. Ma vie à Paris est terminée. Mon stage et mes perspectives d'emploi viennent de s'envoler. Je me marie aujourd'hui.

J'ouvre les SMS et grimace. Apparemment, il est venu chez moi, a attendu une demi-heure avant de laisser tomber. Puis il m'a envoyé plusieurs SMS pour savoir si j'allais bien.

Je lui réponds en russe :

Je suis vraiment désolée d'avoir oublié d'annuler notre rendez-vous. J'étais dans un avion pour les États-Unis.

Suite à une série d'événements incroyables, j'ai découvert que je devais épouser un Américain. (Je ne plaisante pas.)

Je ne reviendrai pas à Paris et je ne pourrai plus te revoir.

La grande silhouette de l'autre côté du lit se réveille en sursaut, et Benjamin s'assoit, une main tendue vers sa table de chevet, comme s'il cherchait une arme.

Mon mari est nerveux quand il se réveille. Bon à savoir.

Je retourne le téléphone, écran vers le bas, pour qu'il ne voie pas la lumière, mais Benjamin se tourne vers moi, se frottant le visage d'une main.

— Le décalage horaire t'a réveillée tôt, hein ?

Sa voix est grave et endormie. C'est sexy. Ou peut-être est-ce simplement le fait de me retrouver au lit avec un homme qui fait durcir mes tétons.

Je me retourne pour le regarder par-dessus mon épaule, laissant la lumière briller à nouveau.

Oh, mince. Ses cheveux d'un blond sable sont légèrement ébouriffés et tombent sur son front. Il ne porte pas de T-shirt et les muscles de son torse ressortent magnifiquement. Est-il nu ?

Attendez... pourquoi est-ce que je me pose cette question ? *Gospodi,* est-ce qu'il l'est ? Est-il venu se coucher avec moi nu hier soir ?

Ou a-t-il eu la décence de porter des sous-vêtements ? Et quel genre de sous-vêtements porte-t-il ? Des petits, moulants ? Ou des boxers ?

Bon sang. Encore une fois, pourquoi est-ce que je l'imagine en sous-vêtements en ce moment ?

Mon téléphone sonne.

Je jette un coup d'œil à l'écran. C'est Brash qui m'appelle.

Blin, juré-je intérieurement. D'habitude, il préfère envoyer des SMS. Je n'ai vraiment pas envie de discuter avec lui en ce moment. Surtout pas alors que je suis au lit avec mon fiancé.

J'appuie sur le bouton « Refuser » et surprends le regard de Benjamin posé sur l'écran de mon téléphone.

— C'était qui ?

Son ton est décontracté, comme si nous étions un couple marié depuis longtemps qui partage ce genre de choses. Comme si nous connaissions et nous intéressions aux mêmes personnes. Comme si nous *nous* connaissions.

— Ça ne te regarde pas.

Il est probablement trop tôt le matin pour me disputer avec mon futur mari, mais je dois établir des limites. Je ne comprends toujours pas pourquoi je suis ici, ni ce qu'il veut de moi, mais je sais que cela ne peut être pour une bonne raison.

En un éclair, Benjamin roule sur moi et je me retrouve clouée sur le dos. Il s'avère qu'il porte un boxer, mais à travers le tissu, je sens son sexe durci se frotter entre mes jambes.

Je suis instantanément mouillée, mon corps réagissant à sa domination. À sa proximité. Il sent bon le savon et son odeur masculine unique.

— Oh, *malyshka*, me gronde-t-il en me regardant avec des yeux brillants.

Ses mains menottent mes poignets, les clouant au lit à côté de ma tête.

— Tu es ma femme.

Nos regards se croisent. Le sien est si intense que je jurerais qu'il peut voir dans mon âme.

— Tout ce qui te concerne me regarde.

Je tourne la tête sur le côté pour rompre le contact visuel tandis qu'il poursuit :

— ...du type de contraception que tu utilises à la façon dont tu prends ton café le matin.

Il approche ses lèvres, comme s'il allait embrasser le côté de mon cou.

Mon cœur bat la chamade. *La contraception que j'utilise ? Gospodi !* A-t-il l'intention de me mettre enceinte ? Est-ce de cela qu'il s'agit ?

Et... vais-je le laisser me séduire ainsi ?

Non. Pas question. Je ne peux pas. Même s'il ressemble à un Adonis. Même si mon corps réagit à sa présence comme s'il en était le propriétaire.

— Non.

Il se fige instantanément, sa bouche si proche de ma peau que je sens son souffle chaud. Il reste là un instant, puis s'éloigne de moi, roule sur le côté et me libère.

Je suis à la fois soulagée et déçue.

Je suis heureuse de savoir que j'ai le contrôle sur mon corps. Qu'il s'arrête quand je dis non. Ou du moins, qu'il l'a fait cette fois-ci.

Mais mon corps pleure la perte de sa chaleur contre ma peau. Le fait que je ne saurai jamais ce que ça fait d'avoir sa bouche sur ma peau. Et je ne saurai jamais ce qu'il avait prévu de faire après ce baiser.

Non pas que je pense qu'il suivait un plan.

Sa domination semblait instinctive, ce qui serait très excitant si nous sortions ensemble. Si je n'étais pas sa prisonnière.

— Comment prends-tu ton café le matin ?

Je suis stupéfaite de la rapidité avec laquelle il passe d'une attitude intense à une attitude décontractée. Comme si nous n'avions pas vécu un moment où nos cœurs battaient à l'unisson alors que son corps recouvrait le mien.

Je m'efforce d'adopter un ton tout aussi décontracté.

— Café au lait.

Il commence à sortir du lit, puis s'arrête pour demander :

— Tu te lèves maintenant, ou tu vas essayer de te rendormir ?

Je balance mes jambes par-dessus le bord du matelas.

— Non, je suis réveillée.

Je ne regarde pas, mais je sens intensément qu'il enfile son pantalon derrière moi. L'inconnu avec qui j'ai partagé mon lit la nuit dernière s'habille. Chaque cellule de mon corps est consciente de sa proximité. De notre état à demi habillé.

— Je vais faire du café, puis je te ferai visiter le campus avant ton premier cours.

Cela semble très attentionné. *C'est* attentionné. Mais je ne lui fais pas confiance, ni à lui ni à tout cela.

Pourtant, je n'ai pas la moindre idée de l'endroit où aller ni de la façon de me déplacer sur ce campus, et je ne suis pas assez fière pour refuser une aide qui me faciliterait la vie.

— D'accord, accepté-je en entrant dans le grand dressing et en allumant la lumière.

Pour une raison que je ne cherche pas à comprendre, je ne ferme pas la porte derrière moi pour m'habiller en toute intimité. Alors que j'enlève mon short de nuit, je jurerais que Benjamin a cessé de s'habiller.

Est-ce qu'il m'observe ?

Est-ce que je *veux* qu'il me regarde ?

Je suppose que oui, sinon j'aurais fermé la porte. C'est fou.

Je veux dire, il *est* séduisant. Je ne dirais pas qu'il est mon type, mais je sais pourquoi il me plaît. Il dégage la même assurance et le même côté dangereux que mon père. La violence de mon père est plus apparente, mais ils ont tous les deux quelque chose qui pousse les gens à suivre leur leadership.

Mais tant pis. Je suis en colère contre mon père en ce moment. Je ne vais pas admirer un mec aussi dangereux que lui.

J'enfile une jupe et me retourne pour regarder par-dessus mon épaule.

Benjamin regarde ouvertement mon cul.

— Ça te plaît ? lui demandé-je en remontant ma fermeture éclair dans le dos.

— *Malyshka*, grommelle-t-il en se frottant la mâchoire. Tu n'as pas idée.

Mes tétons se dressent, tendant le haut de pyjama fin que je porte.

Le regard de Benjamin se pose dessus, les remarquant.

Je déteste la façon dont nous, les femmes élevées dans une société patriarcale, avons ce sentiment d'attendre d'être choisies par un homme, d'attendre d'être trouvées sexy, belles, peu importe. Cela n'a jamais été mon cas. Je connais ma valeur. Je n'ai jamais eu besoin ni désiré la validation des autres, en particulier des hommes. Pourtant, je rougis de satisfaction.

Benjamin me désire.

En fait, à en juger par l'expression de son visage, il a carrément *envie* de moi.

Eh bien, je ne déteste pas ça.

Je lui tourne à nouveau le dos, mais un petit sourire se dessine sur mon visage tandis que j'enlève le haut de mon pyjama et enfile un soutien-gorge.

Je suis peut-être ici à la merci des Baranov, mais je ne suis pas complètement impuissante. Il y a toujours la monnaie d'échange du sexe. Je n'ai pas l'intention de l'utiliser, mais c'est bon de savoir que c'est un outil à ma disposition.

———

Baron

Je tiens la porte d'entrée pour laisser passer Lara. L'aube se lève sur Whisper, le ciel passant du noir au gris acier. Une douce odeur d'herbe embaume l'air. Le campus est silencieux et l'air est calme. C'est l'heure à laquelle je vais généralement courir ou m'entraîner au tir, mais aujourd'hui, ma priorité est de mettre ma nouvelle épouse à l'aise.

Lara passe devant moi vêtue d'une mini-jupe plissée couleur rouille et d'une paire de bottes en cuir souple assorties qui lui arrivent aux genoux. Son haut crème à encolure carrée met parfaitement en valeur son décolleté et épouse ses seins, faisant transparaître sa taille minuscule. Elle sent le café qu'elle vient de boire et un parfum chaud de caramel au beurre que j'ai envie de lécher à même sa peau.

Je meurs d'envie de poser mes mains sur sa taille. D'approcher à nouveau mon visage de son cou et de respirer son parfum.

J'ai adoré l'avoir dans mon lit hier soir. La partie la plus dominatrice de moi-même, probablement celle qui me rend si autoritaire dans le Donjon, veut la garder comme un trophée. J'ai eu beaucoup de femmes, mais je n'ai jamais voulu faire mienne l'une d'elles auparavant. Malgré le nombre de jeunes femmes qui se jettent à mes pieds, aucune ne m'a suffisamment intéressé. Pas même celles qui se sont mises à nu, au sens propre comme au figuré, pour s'agenouiller à mes pieds et accepter la douleur et l'humiliation. Je ressens de la tendresse pour elles. Je suis protecteur à leur égard. Mais je n'ai jamais voulu conquérir et consumer quelqu'un comme c'est le cas avec Lara.

Est-ce simplement le défi ? Le fait qu'elle soit mienne mais qu'elle ne veuille pas l'être ?

Ou y a-t-il quelque chose de spécial chez elle ? Comme si tout cela était prédestiné et qu'une partie de mon âme reconnaissait qu'elle était mon destin ?

— La maison Baranov se trouve à l'extrémité sud-est du campus, lui dis-je.

Je fais un geste de la main pour lui indiquer où se trouve le reste du campus.

— La plupart de tes cours sont dans cette direction.

Je pose mon pouce sur le clavier du garage et la porte coulisse vers le haut. Lara reste sous le porche, me regardant d'un air dubitatif.

Le garage est rempli de vélos, de scooters et de motos appartenant aux membres de la maison, tous parfaits pour se déplacer sur le campus. Ma moto est électrique, donc presque silencieuse, ce qui est agréable tôt le matin. J'enfile un casque et lui en tends un autre, puis je démarre et me dirige vers elle.

— On peut y aller à pied, mais pour plus de commodité, prenons ma moto, comme ça je pourrai te montrer tout le campus.

Je lui tends le casque.

Pour plus de commodité, et pour pouvoir me rapprocher d'elle.

Je lui tends la main pour l'aider à monter derrière moi.

Elle ne bouge pas.

J'attends. Je ne vais pas insister. Lara est à moi, qu'elle le veuille ou non. Je n'ai pas besoin de faire pression.

Elle serre les mâchoires, mais après un moment, elle ignore ma main et met le casque. Quand elle passe sa jambe par-dessus, sa mini-jupe remonte sur ses cuisses et me laisse entrevoir sa culotte.

Ma queue devient dure. Je ne peux pas m'en empêcher, je pose ma paume sur l'une de ses cuisses dénudées et la serre.

Elle se fige, mais avant qu'elle n'ait le temps de réagir, je retire ma main et accélère.

Elle reprend son souffle, ses mains se précipitant pour agripper ma taille. J'adore la sensation de ses mains sur moi. Je jette un coup d'œil en arrière alors que je m'engage sur la route. Ses cheveux noirs, coiffés aujourd'hui en couches ondulées, sont balayés par le vent. Ses lèvres pulpeuses s'entrouvrent.

Anya m'a permis de recevoir l'enregistrement de tous les SMS et appels téléphoniques de Lara. C'est Brash qui lui a envoyé un SMS ce matin. J'ai été agréablement surpris qu'elle ne lui ait pas dit qu'elle avait quitté la ville avant ce matin. Cela signifie qu'ils ne peuvent pas être si proches. Si elle était amoureuse de lui, elle lui aurait dit au revoir en personne. Mais peut-être qu'Adrian l'en a empêchée. Quoi qu'il en soit, son SMS n'était pas si personnel.

Cela ne veut pas dire que Brash va cesser de la poursuivre. Elle est un atout que son père a décidé d'ajouter à son arsenal. Peut-être que Brash voit lui-même quelque chose en elle, même s'il est un sociopathe. Je ne peux pas croire qu'il puisse se soucier d'elle.

Mais peut-être voit-il en elle la même chose que moi.

Cette pensée me fait serrer les dents. Même si Lara ne m'accepte jamais et que notre mariage reste une simple façade, je ferai tout ce qu'il faut pour empêcher Brash Rostov de la toucher ou même de penser à elle à nouveau.

Je conduis la moto dans l'air frais du matin, savourant les courbes douces de Lara moulées contre moi.

— Voici le bâtiment des langues modernes.

Je m'arrête devant le bâtiment centenaire en briques de trois étages.

— Tes premier et troisième cours ont lieu ici.

Elle hoche la tête mais ne dit rien. Je continue la visite, lui montrant où se dérouleront chacun de ses cours, lui indiquant la bibliothèque principale, l'aire de restauration et la salle de sport. Le soleil se lève à l'horizon, réchauffant le ciel d'une légère lueur pêche alors que je roule à un kilomètre du campus.

— Où allons-nous ? demande Lara, réalisant sans doute que nous nous éloignons des vieux bâtiments en briques de l'université et que nous nous dirigeons vers le centre-ville de Whisper.

— Je voulais te montrer la meilleure boulangerie.

Je m'arrête devant The Velvet Crumb, une boulangerie-café lumineuse qui ouvre à six heures du matin.

— Ce n'est pas un café parisien, mais les scones sont incroyables.

J'arrête la moto et Lara en descend immédiatement, comme si elle avait hâte de s'éloigner de moi. Elle tire sur sa jupe tandis que j'ouvre la porte de la boulangerie. L'odeur du pain fraîchement cuit nous envahit dès que nous entrons.

La boulangerie est dotée de plafonds voûtés avec d'anciennes tuiles victoriennes. Le sol et les murs, hauts de cinq mètres cinquante, sont recouverts de carreaux blancs, ce qui confère à l'endroit une impression de luminosité et d'espace.

— Tu as déjà faim ?

Lara jette un coup d'œil aux vitrines remplies de délicieuses pâtisseries − pains tressés fourrés aux herbes et au fromage, grande variété de scones, croissants et tartes − et hoche la tête.

Je m'avance vers le comptoir, ma main posée légèrement dans le bas de son dos. La jeune fille qui travaille au comptoir s'approche précipitamment. Lorsqu'elle lève les yeux et voit mon visage, elle sursaute et rougit sous sa toque blanche de boulangère.

— Euh, bonjour, Baron.

Je ne la connais pas, mais elle doit être une étudiante de Thornecroft.

Lara se tourne vers moi d'un air interrogateur.

— Salut, dis-je simplement, faisant abstraction de cette reconnaissance.

Presque tout le monde à Thornecroft me connaît. C'est l'avantage d'avoir cultivé une réputation de dur à cuire.

— On peut avoir deux *cafés au lait et*...

— Vous voulez dire des lattes ? m'interrompt-elle.

— Bien sûr.

Je sais que ce n'est pas exactement la même chose, car j'ai effectué une recherche sur Google ce matin pour être sûr de bien commander son café. Mais c'est presque pareil. Elle ne trouvera pas beaucoup de cafés dans ce pays qui servent du *café au lait*.

— Pour manger, nous prendrons...

Je me tourne vers Lara d'un air interrogateur.

— Que voudrais-tu ?

— Je vais essayer le muffin à la citrouille et aux pépites de chocolat, dit-elle.

— Et moi, je prendrai un scone aux noix et à l'érable. À emporter, s'il vous plaît.

La caissière hoche la tête et enregistre notre commande.

— J'ai entendu dire qu'il y avait une fête de rentrée à la maison Baranov vendredi, dit-elle alors que je présente mon téléphone au terminal de paiement.

Ah. C'est pour ça qu'elle a l'air un peu nerveuse et excitée. La maison Baranov a partiellement été transformée en vache à lait grâce à nos fêtes exclusivement sur invitation. Cela ne signifie pas qu'elles sont petites, intimes ou gratuites. Pas du tout. Elles sont énormes.

Tellement gigantesques que les fraternités, longtemps considérées comme la seule source d'activité sociale sur le campus, en ont pris un coup.

Nous avons tout simplement créé un sentiment de mystère et d'exclusivité qui donne envie à tout le monde d'y participer. Les rumeurs concernant le Donjon au sous-sol contribuent à renforcer cette réputation.

— Oui, il y en a une, dis-je. Tu viens ?

Elle rougit profondément.

— Euh, non. Je n'ai pas d'invitation.

Je fouille dans ma poche et en sors l'un des cartons d'invitation que Zoe a fait imprimer. Chacun doit être signé par un membre de la maison pour permettre l'entrée. Je prends un stylo.

— Comment tu t'appelles ?

— Tori.

J'écris : « Tori +1 », et signe sur la ligne, puis je la fais glisser sur le comptoir.

— Considère-toi comme invitée.

Tori prend la carte, la glisse dans sa poche, puis ouvre la bouche, mais hésite à parler.

Et maintenant ? Je hausse les sourcils.

— Euh, cette invitation me permet-elle d'entrer dans le Donjon ?

Je la regarde d'un air complètement perplexe.

— Quel donjon ?

C'est en entretenant le mystère et l'exclusivité que les rumeurs se propagent à Whisper.

Elle rougit.

— Peu importe. J'ai juste entendu dire... Bon, peu importe.

Elle agite les mains en l'air.

— Je ne sais rien.

— Il n'y a rien à savoir. Tori, voici ma femme, Lara. Elle vient d'être transférée ici depuis une école à Paris. Je veux que tu prennes bien soin d'elle chaque fois qu'elle vient ici, d'accord ?

Tori hoche la tête.

— Bien sûr. Enchantée, Lara. Bienvenue à Thornecroft.

— Merci.

Lara tourne ses yeux bleu électrique vers moi et me fixe tandis que Tori s'éloigne pour nous préparer notre café.

Je sors une grosse liasse de billets de ma poche et la glisse dans la sienne.

— Tu n'as probablement pas de dollars américains. Ça devrait te dépanner.

— Tu es exactement comme mon père, dit-elle.

Il y a une pointe de reproche dans sa voix.

— Je suppose que c'est une mauvaise chose ?

Je la conduis vers une table pour deux personnes près de la grande baie vitrée et lui tiens sa chaise pour qu'elle s'assoie.

— Tu agis comme si tout le monde était sous tes ordres.

Je m'assois en face d'elle en gardant une expression neutre. Elle a raison. Je crois que tout le monde est sous mes ordres. Je crois que tout le monde a un point faible qui peut être exploité. Pour Tori, c'était une simple invitation à une fête. Pour certaines personnes, c'est le sentiment d'appartenance. Pour d'autres, c'est la peur.

Je suis prêt à actionner tous les leviers pour obtenir le résultat souhaité.

— Je ne le fais pas pour m'amuser, dis-je doucement.

— Pour le plaisir ? répète-t-elle.

C'est manifestement une expression anglaise qu'elle n'a jamais entendue auparavant. Son anglais est parfait, sans la moindre trace d'accent, mais elle n'a pas vécu aux États-Unis depuis longtemps.

— Pour m'amuser. Pour me divertir.

La façon dont elle fronce les sourcils me montre qu'elle ne croit pas un mot de ce que je dis.

— Alors pourquoi tu le fais ? demande-t-elle.

— Je fais ce qui est nécessaire pour protéger ce qui m'appartient.

Elle ricane. J'ai envie d'embrasser ses lèvres boudeuses, de lui montrer à quel point je vais prendre soin d'elle.

— Et je suis à toi ?

Je soutiens son regard.

— Oui.

CHAPITRE CINQ

Lara

Commencer les cours dans une école où je ne savais pas que j'allais étudier il y a une semaine est une expérience surréaliste. Je n'ai pas l'énergie de répondre aux SMS ou aux appels de Brash.

Il n'a plus d'importance. Il ne fait plus partie de ma vie.

Benjamin, ou Baron comme les autres l'appellent, m'a posé des questions sur moi pendant le petit déjeuner. Il voulait savoir ce qui m'avait poussée à étudier les langues modernes. Combien de langues je parlais. Ce que j'espérais entreprendre comme carrière.

J'ai trouvé qu'il était plutôt facile d'entretenir une conversation avec lui. Aussi facile que de m'accrocher à ses abdos d'acier à l'arrière de sa moto. Il est séduisant, c'est indéniable.

Mais je ne vais pas tomber dans le piège. Je ne suis qu'un pion dans le jeu auquel ils jouent, et je n'ai pas le choix. Je ne lui pardonnerai pas cela, aussi charmant soit-il.

Je passe la journée à essayer de m'orienter, de trouver mes repères.

Je n'ai pas la tête à penser à Benjamin et à sa déclaration selon laquelle je lui appartiens. Comme un bien immobilier.

Une petite part de moi aime aussi la façon dont il prend soin de moi, mais je veux piétiner cette partie de mon cœur sur le trottoir et l'écraser sous le talon de ma botte. Je ne peux pas me permettre d'être attirée par lui. Je ne peux pas me permettre d'être séduite par sa courtoisie.

Même si je me sens peut-être aussi possessive à son égard qu'il l'est envers moi, car lorsque la serveuse du café a rougi et prononcé son nom pendant un bref instant, j'ai pensé qu'il avait couché avec elle et j'ai eu envie de lui arracher les yeux.

Est-il un coureur de jupons ? Et c'est quoi cette fête dont tout le monde parle ? C'est quoi le Donjon ? Je voulais lui poser la question au petit déjeuner, mais j'ai oublié.

Je sors de ma classe et tourne au coin, mais un jeune homme petit et rond me rentre dedans et laisse tomber ses livres.

— *Blyad*.

Il lève les yeux de sous sa tignasse ébouriffée.

— Je suis désolé, dit-il dans un anglais marqué d'un accent russe.

— Ce n'est pas grave, le rassuré-je en russe en me baissant pour l'aider à ramasser ses livres et les papiers qui ont volé partout.

Son visage s'illumine.

— Tu es russe ?

Je lui tends les papiers que j'ai rassemblés.

— *Da. Ya iz Moskvy*.

— Je m'appelle Denis, dit-il alors que nous nous levons tous les deux.

Il coince ses livres et ses papiers sous un bras et me tend sa main, que je serre.

— Lara. Enchantée.

— Je viens de commencer ici. Je suis soulagé de savoir que je ne suis pas le seul Russe sur le campus.

— Tu n'es pas le seul. En fait, je viens de commencer ici, moi aussi.

Je prends une longue inspiration et expire lentement.

La journée a été longue. Vu l'heure à laquelle je me suis réveillée, je suis prête à ce qu'elle se termine. Dommage que je doive encore assister à une cérémonie de mariage.

— En fait, il y a aussi beaucoup de Russes-Américains, lui dis-je en pensant aux occupants de la maison Baranov.

— Ce n'est pas pareil.

Il les écarte d'un geste de la main.

— Je crois que j'ai le mal du pays.

Son sourire d'excuse est asymétrique. Mon estomac se noue.

— Moi aussi.

— Je ne veux pas être trop direct, mais j'aimerais beaucoup boire un verre ou un café avec toi.

Il me lance un regard plein d'espoir.

— ...juste en tant qu'amis, ajoute-t-il rapidement. Je sais que tu es hors de ma portée.

Oh, ce type est un peu ringard, mais vraiment sympathique. J'hésite. Qu'est-ce que ça peut faire ? Denis a le mal du pays et a besoin de quelqu'un à qui parler. Je soupçonne que Baron n'appréciera pas. Mais c'est son problème, non ?

— D'accord, dis-je. Allons-y.

— Ce soir ? Au Whisper's End ?

Il cite le nom d'un bar de quartier que j'ai vu près de la boulangerie ce matin.

— Pas ce soir. Et demain ? suggéré-je.

Il me sourit.

— Demain, c'est parfait. À dix-sept heures ?

— D'accord. On se voit là-bas.

Je tourne au coin du couloir et tombe sur Leo, adossé au

mur. Il regarde son téléphone, mais un frisson me parcourt le dos. Il était probablement là depuis le début, à écouter.

Il m'adresse un sourire éclatant.

— *Privet*, Lara.

Je le fixe du regard. Je ne trouve rien à dire, trop perturbée par le fait que je suis espionnée.

— Comment se passe ton premier jour ? Tu as besoin d'aide pour trouver quelque chose ?

— *Nyet*, rétorqué-je sèchement en tournant la tête, m'éloignant aussi vite que possible sans courir.

Mes yeux me brûlent tandis que je pousse la porte et trébuche dehors, mourant d'envie d'être libre. Pas de ce bâtiment, mais de ma vie.

De cette situation insensée.

De Benjamin Baranov et de ses sinistres projets à mon égard.

CHAPITRE SIX

Baron

— Voici les alliances.

Lili tend deux petits sacs en tissu, l'un contenant un fin anneau en or et l'autre un anneau plus épais.

Lili, Zoe, Anya, Leo, Phoenix et Anders se rassemblent tous dans le salon de la maison Baranov, où j'ai donné rendez-vous à tous ceux qui voulaient se rendre au tribunal.

— Ce sont des anneaux ajustables pour l'instant, en attendant que vous les fassiez ajuster à la bonne taille. Ou jusqu'à ce que tu connaisses suffisamment ta future épouse pour lui acheter quelque chose qui lui plaise vraiment. Au fait, où est la mariée ?

Je vérifie l'application sur mon téléphone qui suit le sien.

— Elle est presque là. Merci, Lils.

Je la serre dans mes bras et l'embrasse sur le sommet de la tête.

— Comment s'est passé ton premier jour à Thornecroft ? demande Zoe.

— Super. Sauf que je pense que mon professeur de maths me déteste pour une raison quelconque.

— Vasiliev ?

Je lui pose la question, bien que je connaisse déjà son emploi du temps et ses professeurs. Le professeur Vasiliev est le fléau de mon existence à Thornecroft.

Elle me jette un regard surpris.

— Oui. Je pensais qu'il serait gentil avec moi puisqu'il est manifestement russe. C'est ta faute ?

Je hausse les épaules.

— Non, mais tu es foutue. Je l'ai encore cette année pour les statistiques. Je pense qu'il sait que nous sommes des bratva et qu'il s'imagine que nous sommes pourris jusqu'à l'os. Papa ne le connaît pas personnellement. Je lui ai demandé quand je l'avais en première année, car je pensais qu'ils avaient peut-être un différend ou quelque chose comme ça. Fais attention, il cherchera n'importe quelle excuse pour te retirer des points à tes examens, alors sois méticuleuse.

— Eh bien, ça craint.

— En effet.

— Lara a prévu de retrouver un *mudak* de Russe pour boire un verre demain à 17 heures, annonce Leo.

Je reste immobile. Comme à mon habitude, je ne laisse rien paraître sur mon visage, tandis que le chaos me déchire de l'intérieur.

— Qui ?

Leo me montre l'écran de son téléphone. On y voit une photo prise dans le bâtiment des langues modernes, où un petit type ringard discute avec Lara.

— Ce type-là. Ils parlaient russe. Il dit qu'il vient d'être transféré.

— Envoie-la à Anya, ordonné-je sèchement en me tournant vers ma hackeuse. Anya, identifie-le et vérifie s'il a des liens avec les Rostov.

— Compris, *pakhan*.

— Ne m'appelle pas comme ça, dis-je instinctivement, mon esprit encore occupé par le nouvel étudiant transféré.

Ça sent les ennuis. Quelle est la probabilité qu'un étudiant russe débarque juste au moment où Lara Turgeneva échappe à l'emprise de Brash Rostov ?

— Pourquoi pas ? Nous sommes bratva. Nous formons notre propre cellule, et tu es le boss.

J'ignore la question, fronçant les sourcils, perdu dans mes pensées, lorsque la porte s'ouvre avec un bip électronique. Lara entre. Leo a programmé son empreinte ce matin, avant qu'elle ne parte en cours.

Elle s'arrête dans l'embrasure de la porte et nous fixe du regard.

Je suis sûr que nous avons l'air d'une foule prête à l'attaquer. J'aimerais qu'elle ne soit pas si sûre que je suis l'ennemi.

Je fais un signe de tête vers le groupe.

— Ils voulaient tous venir à la cérémonie. Ça te va ?

Ses narines se dilatent.

— Et si je dis non ? demande-t-elle.

Elle me teste. Elle veut voir à quel point sont serrées ses menottes dorées. Elle m'a testé ce matin quand elle m'a empêché de l'embrasser. Maintenant, elle veut savoir dans quelle mesure elle peut changer le cours des choses.

Je veux réussir son test, même si l'expérience sera probablement meilleure pour nous deux si mes amis sont présents.

Lili tend la main vers Lara et lui touche le bras.

— Bonjour ! Nous ne nous sommes pas encore rencontrées. Je suis Lili Baranova, la sœur de Ben.

Elle penche la tête sur le côté.

— Bientôt ta belle-sœur.

— Oh.

Lara la regarde sans bouger. Je vois bien qu'elle aimerait détester Lili aussi, mais ma sœur est trop gentille et innocente pour être haïe.

— C'est en quelque sorte ma faute.

Lili fait un geste de la main vers l'assemblée.

— Nous venons d'apprendre l'accélération soudaine, euh, des projets de mariage, et j'ai dit à Ben que je voulais venir. Nous allons devenir une famille, ce n'est pas rien.

Elle lui lance un regard d'excuse.

— Et une fois que j'ai dit que je voulais y aller, tout le monde a suivi le mouvement. Mais si tu ne veux pas de nous là-bas, ce n'est pas grave. Nous pouvons t'attendre ici avec du champagne.

Lara scrute les visages de mon équipe, puis s'arrête sur Anders, qui sort une bouteille de champagne de la caisse qu'il a achetée aujourd'hui pour la lui montrer.

— Pourquoi ne pas ouvrir le champagne maintenant ? propose Lara.

La tension se dissipe.

— Ah ah ! Voilà qui est mieux ! s'exclame Anders, mais il me regarde pour obtenir mon accord.

— Vas-y, concédé-je. Nous devons être au tribunal avant seize heures trente.

Nous nous séparons et nous entassons dans ma Range Rover et la BMW X7 de Leo. Lara choisit de s'asseoir à l'arrière avec Lili et Anders, laissant Anya s'installer à l'avant avec moi.

J'entends le bruit d'un bouchon qui saute.

— Si tu renverses ça, tu devras tout nettoyer, grogné-je depuis le siège avant, même si j'entends déjà le bruit du liquide qui se répand sur le sol et Lili qui pousse un cri.

— Oups, rit Anders.

Je jette un coup d'œil dans le rétroviseur et le vois essayer de verser le champagne dans un verre. Lara se penche et lui prend la bouteille des mains pour boire directement au goulot.

— OK ! La mariée calme ses nerfs. Il n'y a rien de mal à ça, commente-t-il.

— Passe-moi ça.

Lili prend la bouteille des mains de Lara.

— Euh... je suis censé laisser ta sœur mineure boire ? demande Anders.

Lili fait un bruit sec lorsque ses lèvres se détachent de la bouteille.

— Va te faire foutre, Anders.

— Je fais confiance à Lili pour être responsable.

Ce n'est pas vrai. Je ne fais pas confiance à Lili, et je ne fais confiance à personne *avec* Lili. Dans mon esprit, elle est toujours cette enfant de six ans avec un pistolet pointé sur la tête. Celle que j'ai dû sauver d'un meurtre.

C'est pourquoi je suis si protecteur aujourd'hui.

Mais je ne peux pas lui imposer de restrictions, sinon cela ne fera que l'éloigner davantage de moi. Elle a choisi de ne pas vivre à la maison Baranov, ce qui me rend déjà fou.

Alors je lui dis que je lui fais confiance pour qu'elle comprenne que j'ai des attentes envers elle. Elle est intelligente et motivée. Mais être loin de chez soi pour la première fois peut être grisant. Je ne veux pas qu'elle prenne une décision stupide qui la mette en danger. Je dois me rappeler que Thornecroft est l'un des endroits les plus sûrs où elle puisse se trouver. Et que je ne laisserai plus jamais rien de mal lui arriver.

— Tu vois ?

Lili hausse les sourcils vers Anders.

— Il me fait confiance, il sait que je suis responsable.

Lara reprend la bouteille des mains de Lili et boit encore quelques gorgées avant de la lui rendre.

— Ne bois pas tout.

Anders l'intercepte et prend une longue gorgée.

— Alors pourquoi ai-je dû apprendre par mes amis que la

maison Baranov organise une fête vendredi prochain ? demande Lili.

Je ne réponds pas.

— Ils veulent des invitations, insiste-t-elle.

Je savais que cette question allait être soulevée. Je ne veux pas que ma sœur vienne à nos fêtes, car il s'y passe des choses auxquelles je préfère qu'elle ne soit pas mêlée. Mais lui interdire d'y aller ne ferait que créer davantage de problèmes. De plus, je veux que ma sœur soit protégée par ma réputation de tueur dangereux. Prétendre que nous ne sommes pas de la même famille ne lui offre pas cette protection.

— Tu es une Baranov, donc évidemment, c'est aussi ta maison. Tu n'as pas besoin d'invitation pour franchir la porte. Tu peux choisir d'amener qui tu veux, mais ils doivent venir avec toi. Personne ne sera admis à l'entrée en donnant simplement ton nom. Compris ?

— Je peux amener *autant* de personnes que je veux ?

— Oui. Mais ils doivent venir avec toi.

Je croise son regard dans le rétroviseur, et elle acquiesce.

— Et tu es responsable de chacun de tes invités.

— Qu'est-ce que cela signifie ?

— Pas d'alcool s'ils sont mineurs. Pas de drogue. Pas de mauvais comportement.

— Ça ne ressemble pas vraiment à une fête.

— Alors ne venez pas.

Lili lève les yeux au ciel.

Whisper est une petite ville, nous arrivons donc au tribunal en sept minutes, et pendant ce temps, les trois à l'arrière vident complètement la première bouteille de champagne. Je sors et tiens la porte ouverte pour Lara, qui me surprend en acceptant ma main pour descendre.

Je porte un costume pour marquer mon respect pour cette journée. Elle me jette un regard appréciateur, comme si elle venait seulement de le remarquer. Lorsqu'elle baisse les yeux vers sa tenue, elle touche du doigt son chemisier couleur crème.

— Eh bien, je suppose que je porte un peu de blanc.

Je tire la main qu'elle m'a tendue pour la rapprocher de moi, puis passe un bras dans son dos.

— Ce n'est que de la paperasse, lui dis-je doucement, ne voulant pas que les autres entendent.

Ils comprennent l'allusion et se dirigent vers le palais de justice.

— On recommencera plus tard. Tu auras la bague que tu veux. Et la robe que tu auras choisie. Des fleurs. Tous tes amis et ta famille seront là pour faire la fête avec nous.

Ses yeux s'emplissent de larmes, et cela me serre le cœur.

— Aujourd'hui, c'est juste...

Je regarde derrière elle, cherchant mes mots.

— Aujourd'hui, c'est de la paperasse. Nous signons le contrat. Nous pouvons faire de demain ce que nous voulons.

———

Lara

Ma respiration se transforme en sanglot.

J'ai réprimé mes émotions, utilisant la rage et la droiture pour étouffer ma peur et mon chagrin.

Mais lorsque Baron exprime à quel point cette cérémonie est inappropriée, sans robe, sans fleurs ni amis, tout remonte à la surface.

Comme je dois rester calme jusqu'à ce que nous ayons signé le contrat, je le repousse et me dirige vers le palais de justice.

Leo me tient la porte ouverte et croise le regard de Baron par-dessus ma tête.

Je continue d'avaler ma salive, repoussant le torrent de larmes qui menace de jaillir.

Lili jette un coup d'œil à mon visage.

— Dommage qu'on ne puisse pas apporter le champagne ici, n'est-ce pas ? murmure-t-elle avec un sourire ironique.

Je ris faiblement en signe d'accord.

Nous nous dirigeons vers la salle d'audience qui nous a été assignée et attendons d'être appelés par le juge. Lili et Leo se portent volontaires pour être nos témoins. Zoe me tend un bouquet de roses blanches enveloppé dans un ruban.

Nous nous tenons devant le juge tandis qu'il examine les documents, puis nous observe.

— Vous souhaitez prendre le nom de votre mari ?

Ben acquiesce, mais le juge me regarde. Je parviens à hocher la tête. Je me sens étourdie à cause du champagne bu l'estomac vide.

— Avez-vous des alliances ?

Benjamin acquiesce.

— Allez-vous vous embrasser ?

Benjamin me jette un regard rapide.

— Bien sûr.

Mon estomac se retourne.

Le juge commence.

— Benjamin Baranov, prenez-vous Lara Tur... Tour-Genève (il massacre mon nom de famille, le faisant ressembler à la ville suisse) pour vivre ensemble dans les liens du mariage, promettez-vous de l'aimer, de l'honorer, de la réconforter dans la maladie comme dans la santé, de lui être fidèle et de ne vous donner qu'à elle tant que vous vivrez tous les deux ?

— Oui.

Le juge tourne son attention vers moi.

— Lara...

— Turgeneva, l'interrompt Baron pour prononcer correctement mon nom de famille.

Le juge le répète :

— Lara Turgeneva, acceptez-vous de prendre Benjamin Baranov pour époux, de vivre ensemble dans les liens du mariage, promettez-vous de l'aimer, de l'honorer, de le réconforter dans la maladie comme dans la santé, d'être fidèle à lui seul et de vous préserver pour lui, jusqu'à ce que la mort vous sépare ?

Je regarde mon futur mari d'un air sombre. Mon cœur bat à tout rompre dans ma poitrine.

L'expression de Baron est impénétrable. Ses yeux bruns sont fixes sous ses cheveux blonds indisciplinés.

Et si je disais non ? Je suis montée dans l'avion parce que mon père m'y a mise, mais il n'est pas là pour s'assurer que je vais jusqu'au bout.

Mais le souvenir de son expression crispée me revient. Il était surprotecteur quand j'étais enfant, mais je n'avais jamais vu un tel niveau d'inquiétude auparavant. Si je disais non, est-ce que je mettrais sa vie en danger ? Ou celle de ma mère ?

Baron semble imperturbable, mais la tension de Lili est palpable, comme si elle retenait son souffle pour son frère.

Je m'éclaircis la gorge.

— Je le veux.

Ma voix semble rouillée.

— Par l'autorité qui m'est conférée par l'État de l'Illinois, je vous déclare mari et femme. Vous pouvez échanger vos alliances.

Baron sort deux bagues de sa poche et glisse un fin anneau en or à mon annulaire, puis en enfile un plus épais au sien.

— OK.

Baron prononce ce mot avec détermination, son bras légèrement posé dans mon dos. Comme pour dire : *C'est fait. J'ai une femme.*

— Vous pouvez embrasser votre femme.

Sa femme. Je suis désormais la femme de quelqu'un. C'est fou.

Baron me regarde et je me crispe. Dois-je le laisser faire, puisque nous sommes devant un juge et qu'il ne voudrait pas que celui-ci sache que ce mariage est contre ma volonté ?

Comme s'il sentait que j'allais refuser d'être embrassée, Baron me soulève dans ses bras dans une étreinte de lune de miel. Ses amis rient et applaudissent.

Le conquérant a conquis. Je suis clairement un butin de guerre. À lui de m'emporter et...

Je jette un coup d'œil à son beau visage, qui est beaucoup trop proche pour que je me sente à l'aise.

Il commence à sortir de la salle d'audience.

— Attendez, l'interpelle l'huissier. Vous devez signer le certificat.

Baron tourne sur lui-même – une fois de plus, rapidement, ce qui fait que mes bras s'enroulent autour de son cou et qu'un rire réticent s'échappe de ma gorge – et me ramène.

Nous signons tous les deux le certificat. Leo et Lili ajoutent leurs signatures, et c'est fait.

Je suis mariée à Benjamin Baranov.

— *Pozdravleniya*, dit Lili.

— *Pozdravleniya*, répètent Zoe, Anya et Leo en chœur.

— Je suppose que cela signifie félicitations, dit Phoenix. Donc, ce qu'ils ont dit.

— *Gratulerer*, ajoute Anders en norvégien.

Je surprends Baron en train de me regarder, et mon souffle s'échappe de ma poitrine. Il écarte les cheveux de mon visage avec le dos de ses doigts, puis me caresse la joue.

— Puis-je t'embrasser ? murmure-t-il en russe.

Je veux dire non par principe. Mais mon corps dit oui. Mon cœur meurtri et solitaire dit oui. J'ai soif de contact humain, même si c'est avec l'homme qui est à l'origine de tous ces troubles. Je lève le visage pour lui montrer que je consens, et il s'approche.

Ses lèvres effleurent légèrement les miennes, presque sans les toucher.

Les miennes s'ouvrent.

Il m'embrasse plus fort, et sa main glisse de mon visage pour se poser derrière ma tête.

Je ne *veux* pas aimer ça. Je ne veux pas m'abandonner à lui ou à cet instant, mais c'est trop bon. C'est un expert en baisers, confiant mais nuancé. Mon corps s'échauffe sous ses caresses, mes tétons se durcissent, chaque cellule de mon corps s'électrise. La salle d'audience tourne. Je tombe en chute libre dans les bras de Baron. Dans l'inconnu. Je ne peux pas empêcher ce nouveau chapitre de ma vie de s'écrire, mais je dois admettre que ce n'est pas si terrible.

Du moins, pas encore.

Baron me soulève à nouveau dans ses bras et m'emmène dehors, tout en continuant à m'embrasser.

— Baron.

Leo l'interrompt d'une voix basse mais pressante.

Baron interrompt le baiser et regarde son soldat bratva, qui lève légèrement le menton en direction d'une élégante voiture électrique grise garée de l'autre côté de la rue.

Le regard de Baron suit la voiture qui s'éloigne du trottoir et disparaît. Lui et Leo échangent un regard pendant un instant et communiquent entre eux.

Quelqu'un nous observait.

Quelqu'un a été témoin de notre mariage. Un membre de la Bratva de Chicago venu vérifier que Baron avait bien accompli son devoir ? Probablement.

Un frisson glacial me ramène à la réalité.

Je viens d'épouser une extension de mon père. Une cage dorée sous la forme d'un soldat. Un *pakhan* en devenir. Aucun charme, aucune beauté, aucun baiser parfait ne changera cela.

CHAPITRE SEPT

Baron

Elle m'a laissé l'embrasser.

Je ne cesse d'y penser tandis que Lara boit de plus en plus de champagne dans le salon de la maison Baranov.

Son téléphone a commencé à sonner moins de cinq minutes après le départ de ce *svoloch*, cette ordure qui lui avait proposé un verre la veille. Des appels de Brash. C'est son espion, j'en suis sûr.

Elle n'a pas répondu. Mais après ça, elle est redevenue froide, refusant de s'asseoir à l'avant pendant le trajet du retour. Phoenix a proposé de conduire, pour que je puisse m'asseoir à l'arrière avec elle, ce que j'ai accepté, à contre-cœur. Je déteste être à l'arrière, à la merci de la conduite de quelqu'un d'autre, mais la situation l'exigeait. J'ai ouvert une autre bouteille de champagne et Lara a bu avec avidité.

Quand nous sommes rentrés à la maison, Emma avait préparé un buffet de hors-d'œuvre – je suppose que quelqu'un lui avait dit que je me mariais – et tous les autres occupants de la maison étaient réunis avec d'autres bouteilles de champagne et des verres appropriés pour une mini-réception.

Je serre les dents, ne désirant qu'une chose : la porter à l'étage dans notre chambre et trouver le moyen de revenir au moment où elle m'a laissé l'embrasser. Mais ce moment est passé, et l'agitation de mes amis semble être une distraction bienvenue pour elle.

Leo se penche vers moi pour me parler à l'oreille :

— Melinda Tracy est dehors.

Merde. Je n'ai pas besoin de ça maintenant. Melinda m'a envoyé un SMS ce matin pendant que je faisais visiter le campus à Lara, et je n'ai pas pris la peine de répondre.

Elle n'est pas ma petite amie. Je ne lui dois rien.

Je secoue la tête.

— Elle n'entre pas.

— Je lui ai dit. Elle insiste pour te parler. Elle dit qu'elle ne partira pas tant que tu ne seras pas sorti.

Blyad'. Je sais ce qu'elle veut.

— Je m'en occupe, murmuré-je en jetant un coup d'œil à Lara.

Elle le remarque. Elle est éméchée, mais pas ivre.

Sur le perron, je trouve la fille de Gabe Tracy, sénateur de l'Illinois et candidat à la vice-présidence.

Je m'appuie contre la porte, lui bloquant l'accès.

J'ai demandé aux membres de ma maison de ne pas la laisser entrer cette année, car la dernière chose dont nous avons besoin, c'est que la presse ou les services secrets la suivent ici ou vérifient les antécédents de l'un d'entre nous. Non pas que nous ayons personnellement des antécédents, mais je suis presque certain que nos profondes racines bratva apparaîtront dans leurs archives.

Elle lève les mains dans un geste exagéré pour poser une question.

— Qu'est-ce qui se passe, Baron ?

Melinda est agacée qu'on lui refuse l'entrée, mais elle veut ce que j'ai à lui offrir plus qu'elle ne se soucie d'être maltraitée. Bien sûr, la maltraitance est toujours à l'ordre du jour avec elle.

— Baron… Ben… s'il te plaît.

Elle utilise mon vrai nom plutôt que le surnom donné par presque tout le monde à Thornecroft, pour suggérer une certaine intimité entre nous.

— Ne fais pas l'imbécile. J'en *ai besoin*.

Je n'autorise pas les toxicomanes à traîner à la maison Baranov, mais la drogue de Melinda, c'est la douleur. Et elle sait − intimement − comment notre maison a obtenu son surnom : le Goulag. Elle a fait plus de voyages dans le Donjon que n'importe quel autre non-membre de la maison sur le campus.

Melinda n'est pas ma petite amie.

Nous n'avons pas ce genre de relation. Je ne l'ai même jamais embrassée.

Mais j'ai un certain penchant pour infliger de la douleur. Et sa personnalité de première de la classe, surdouée, avec deux matières principales et trois secondaires, a besoin d'une certaine forme de soulagement du stress. Un soulagement qui prend généralement la forme d'une longue séance où elle reçoit des coups de ceinture ou de cravache.

— Tu ne peux pas entrer. Tu sais pourquoi.

— Il n'a pas encore été élu. Personne ne se soucie de ce que je fais.

— Tu sais que ce n'est pas vrai.

Sa queue de cheval brune est trop serrée sur le dessus de sa tête. Elle est nerveuse, comme si elle avait bu trop de caféine. Ses yeux bruns sont trop brillants, ses mouvements rapides et saccadés. Elle porte des baskets et un pantalon de yoga avec une brassière de sport Lululemon assortie, comme si elle venait de faire un jogging. Ses côtes sont visibles au-dessus de l'encolure. Si nous étions dans le Donjon, je lui demanderais ce qu'elle a mangé aujourd'hui.

Mais je ne peux plus jamais jouer ce rôle avec elle. Je suis marié.

— J'ai besoin de ça.

— Trouve quelqu'un d'autre.

— Qui ? Tu es le seul en qui j'ai confiance. *Surtout* avec la nomination de mon père.

Je hausse les épaules. Je voudrais lui suggérer de parler à Anders, car je sais qu'il a le béguin pour Melinda, mais cela la ramènerait dans notre sphère, ce que je ne peux pas accepter.

— Pas moi. Même si ton père n'avait pas été choisi comme candidat à la vice-présidence, je ne suis pas disponible cette année.

Elle plisse les yeux. Elle est assez intelligente pour comprendre tout ce qui se passe.

— Pourquoi ?

— Je suis marié.

Elle reste bouche bée. *Quoi ?* Elle a l'air offensée, ce qui me fait froncer les sourcils. Je ne lui ai jamais donné de raison de penser qu'elle avait des droits sur moi. Mais je ne pense pas qu'elle soit attachée à moi de cette façon. Entre nous, cela a toujours été purement transactionnel. Je lui fais du mal parce que j'aime perfectionner ma technique sur une partenaire consentante. Elle en raffole pour la libération d'endorphines. Ni plus ni moins.

— Ma femme est arrivée de Paris cette semaine. Elle a été transférée à Thornecroft.

Melinda penche la tête.

— Tu mens.

— C'est vrai. J'ai eu un mariage arrangé avec une princesse de la Bratva russe.

Je sais qu'une partie du mystère qui entoure la maison Baranov vient du fait que tout le monde sait ou croit que nous sommes les héritiers de la mafia. J'en profite quand je le peux, non pas parce que je suis un dur à cuire, mais parce que cette réputation est plus efficace pour susciter des affaires et des alliances et inspirer le respect que si j'essayais de prouver que nous sommes légitimes.

D'ailleurs, nous ne sommes pas légitimes. Nous ne sommes peut-être pas dans les affaires de nos parents, mais nous avons créé nos propres entreprises.

Maintenant, Melinda est persuadée que je mens pour me débarrasser d'elle. Ses narines se dilatent.

— Va te faire foutre, Baron. T'es un connard.

— C'est vrai, dis-je doucement.

Un éclair d'incertitude apparaît sous son masque.

Je ne veux pas qu'elle pense que je joue avec elle, ce n'est pas mon genre.

— C'est la vérité, Melinda.

Mon ton est doux. Je lui montre ma main, où brille ma nouvelle bague en or.

Cette fois, mes paroles semblent faire leur effet, elle baisse les épaules et son visage se détend.

— Sérieusement ?

J'acquiesce.

— Oui. C'était prévu depuis notre plus tendre enfance, mais le calendrier a été avancé.

— Pourquoi ?

— Elle a suscité l'intérêt de quelqu'un d'autre.

Je n'aurais probablement pas dû partager cette information, mais on peut compter sur la discrétion de Melinda. Je connais beaucoup de secrets croustillants à son sujet qu'elle ne voudrait pas voir divulgués sur le campus.

— C'est entre toi et moi, dis-je pour être sûr.

Elle se détend un peu plus.

— Oui, je ne dirai rien à mes autres contacts russes.

— Je suis sérieux.

Elle mime le geste de fermer sa bouche avec une fermeture éclair et de jeter la clé.

— D'accord. Je ne tenterai jamais rien avec un homme marié, alors ne t'inquiète pas.

J'acquiesce.

— Je suis content que tu comprennes.

Entendant les voix de mes amis, elle essaie de regarder derrière moi, à l'intérieur de la maison.

— Tu ne peux pas entrer ici, répété-je.

— Et pour les fêtes ?

Arf. Je ne veux pas gâcher sa vie sociale, mais je ne veux pas non plus attirer l'attention sur la maison Baranov. Je cède.

— Deux fois par semestre. Seulement pour les plus grosses fêtes.

Elle lève les yeux au ciel.

— T'es un connard.

Alors qu'elle se détourne pour s'éloigner, la partie de moi qui a besoin de protéger tout mon entourage refait surface.

— Si jamais tu as des ennuis...

Elle se retourne et m'adresse un sourire indulgent.

— Tu serais le premier vers qui je me tournerais.

J'entre dans la maison et trouve Lara devant la grande baie vitrée. Elle a tout vu.

A-t-elle entendu ? Non. Impossible. Nous avons insonorisé la maison pour les fêtes. Le son ne peut ni entrer ni sortir.

— Qui était-ce ? demande-t-elle.

Je cache la satisfaction que me procure sa question. Elle se soucie de moi. Je doute qu'elle soit jalouse, elle ne se préoccupe pas encore assez de moi pour cela, mais elle revendique ses droits.

Je m'approche et pose doucement mes mains sur sa taille. Elle se dérobe sur le côté, puis se calme et me laisse la toucher.

— C'est Melinda Tracy.

Je sais que plus je serai honnête avec Lara, plus vite elle apprendra à me faire confiance.

— Son père se présente à la vice-présidence, alors je lui ai interdit l'accès à la maison cette année. Elle était furieuse.

Lara me regarde fixement. Ses yeux sont d'un bleu magnifique, rehaussé par le noir de ses cheveux. J'ai envie de l'embrasser à nouveau.

Désespérément.

Je veux briser ses barrières autant que je veux lui enlever ses vêtements.

— Parce qu'il se passe des choses illégales ici, suppose-t-elle.

Je hausse les épaules.

— Je ne veux pas attirer l'attention sur nous. Je détesterais aussi que quelqu'un fasse le lien entre son père et le mien.

— Tu as couché avec elle.

— Non, dis-je instantanément pour la rassurer.

Lara plisse les yeux.

— Tu lui as montré ta bague.

C'est vrai. Elle l'a vue. Je réfléchis à ce que je vais dire ensuite. Même si la vérité est la meilleure politique, je ne suis pas sûr qu'elle soit prête à découvrir le Donjon et ce que j'y fais – ou faisais – là-bas.

— Oui. Elle attendait quelque chose de moi. Quelque chose que je lui ai donné dans le passé. Mais comme tu l'as vu, je lui ai montré ma bague et j'ai mis fin à notre relation. Tu es ma femme. Je ne vais pas te tromper.

La confusion se lit sur son front.

— *Que* voulait-elle de toi ?

Rah. J'hésite.

Elle me repousse et je retire mes mains de sa taille.

— Attends, dis-je, mais elle s'éloigne déjà de moi.

Elle monte les escaliers d'un pas décidé, son cul parfait se balançant à chaque pas.

Je la suis. C'est ça, le mariage, non ? Résoudre les différends ?

Je n'en sais foutre rien. Je n'ai jamais eu de petite amie sérieuse.

Quand nous arrivons dans la chambre, son téléphone sonne à nouveau.

Putain de Brash. Elle regarde l'écran et renvoie l'appel sur la messagerie vocale.

— C'est ton petit ami ?

Le danger transparaît dans ma voix. Je ne veux pas lui montrer cette facette de ma personnalité.

Je maîtrise ma violence. Il est temps que j'aborde ce sujet avec elle.

— Ai-je vu le nom de Brash ?

Je fais semblant de ne pas savoir avec qui elle sortait.

— Pas Brash Rostov, le fils de l'oligarque ?

Lara se retourne, surprise que je le connaisse.

— J'étais en pensionnat avec lui.

Je secoue la tête, me souvenant de la torture qu'il infligeait. Cela avait déclenché mon syndrome de stress post-traumatique, et j'avais pété les plombs. Si un surveillant ne nous avait pas surpris, je l'aurais tué de mes propres mains. Au lieu de cela, j'ai été expulsé.

Comment lui dire qu'elle court plus de danger avec lui qu'avec moi ?

— Les Rostov ne sont pas ceux que tu crois. Ils sont... pires que la Bratva.

Elle ricane, les yeux plissés.

— C'est toi qui dit ça ? Brash n'a été que gentil et généreux avec moi.

Il y a une note défensive dans sa voix.

— Je suis plus en danger avec toi qu'avec les Rostov.

Blyad'. Elle se trompe, mais je ne sais pas comment lui

faire comprendre. Je dois attendre qu'elle me fasse davantage confiance qu'à lui.

— As-tu rompu avec lui maintenant que tu es mariée ?

Elle se raidit et se retourne brusquement vers moi.

— Va te faire foutre.

Je modère mon besoin de contrôle et change de tactique. Elle ne me fera jamais confiance si je ne parviens pas à la faire tomber amoureuse.

— Non, non.

Je réduis la distance entre nous. Elle sursaute quand je tends la main vers elle, mais je ne fais que la serrer dans mes bras.

— On ne se parle pas comme ça.

— C'est ce que *nous* venons de faire.

Je la fais reculer jusqu'à ce que ses fesses touchent la commode, puis je lui caresse la nuque pour lever son visage vers le mien.

— Non.

C'est comme ça que tu veux que je te parle ?

Je murmure ces mots contre sa joue tandis que mon pouce caresse sa joue.

Elle ne répond pas. Son corps tremble contre le mien, mais je ne sais pas si c'est de peur ou de désir.

Je sais d'après l'expérience du Donjon que les deux peuvent jouer en ma faveur.

Je glisse ma main dans son dos pour explorer les courbes de ses fesses et les serrer.

— Hmm ?

— Lâche-moi, murmure-t-elle.

J'hésite. Mon expérience de dominateur me dit que c'est le moment d'insister, de ne pas lui céder. Mais elle n'est pas une soumise consentante.

Elle n'est pas non plus une épouse consentante, mais nous sommes tout de même mariés. Briser ses barrières et forger quelque chose de tendre entre nous est le meilleur moyen, peut-être le seul, de la protéger de Brash.

— Dois-je te montrer ce que Melinda attendait de moi ?

Je vois à nouveau la confusion tourbillonner dans ses yeux.

— Qu'est-ce que c'est ?

— Tourne-toi, murmuré-je, tout en la faisant pivoter doucement.

Miraculeusement, elle me laisse faire.

— Les mains sur la commode.

Je prends une main et la pose à plat sur la surface du meuble, puis l'autre.

Je défais la fermeture éclair dans le dos de sa jupe et la laisse tomber au sol.

———

Lara

Je regarde par-dessus mon épaule, commençant à me redresser, mais Baron repousse mon torse vers le bas.

— Tu as dit que tu n'avais pas couché avec elle, l'accusé-je.

Je ne sais pas pourquoi voir Baron avec cette femme m'a mise hors de moi, mais c'est le cas. Je sais que c'est une ex-petite amie ou au moins quelqu'un avec qui il a couché, je le sens. Appelez ça l'intuition féminine.

— Je ne l'ai pas fait, maintient-il.

Je tremble, mes genoux fléchissent, ma respiration s'accélère. J'aimerais que Baron ne soit pas aussi séduisant. Je ne sais pas comment je me suis retrouvée en petite culotte, penchée sur une commode, alors que j'étais déterminée à ne même pas le laisser m'embrasser.

Il me donne une claque sur les fesses, fort.

Je pousse un cri et j'essaie de me retourner, mais il me tient par la hanche.

— C'est ce que Melinda attendait de moi.

Je cesse de me débattre.

Il me donne une autre claque, tout aussi forte, sur l'autre fesse.

Je pousse un nouveau cri. Une vague de chaleur envahit mon entrejambe. Mon sexe picote, s'humidifie.

Baron s'arrête et frotte ma chair endolorie.

— C'est une masochiste qui utilise la douleur pour faire face au stress lié à la surperformance.

Je me souviens de la fille au café qui lui avait posé des questions sur un donjon. Est-ce que c'est ce qu'elle voulait dire ? Il y a un donjon BDSM à la maison Baranov ?

C'est... dingue.

Il me donne une série de claques légères et rapides. Elles ne font pas mal, mais elles réchauffent mes fesses.

C'est merveilleux. Pas les deux premières fessées, elles étaient douloureuses. Mais celles-ci... je comprends leur attrait. Chaque claque envoie une décharge de sensations directement au plus profond de moi. Le mélange de danger et de plaisir, de douleur et de séduction, m'enivre plus que le champagne que j'ai bu.

Baron sait ce qu'il fait. Il l'a déjà fait. Avec cette femme.

— Tu l'as baisée ?

Je suppose que je suis jalouse. Encore plus après avoir appris qu'il a fait ça avec elle.

— Jamais, *malyshka*. Je ne l'ai même pas embrassée.

— *Embrasse-moi*.

C'est étrange comme, après avoir tant refusé son contact, je le réclame soudain.

Baron me fait pivoter, puis me soulève et pose mon cul brûlant sur le dessus de la commode. Il écarte mes genoux et envahit mon espace personnel, agrippant mes fesses à deux mains et plaquant mon corps contre le sien alors qu'il penche la tête pour m'embrasser.

Mon corps se contracte. Mes genoux serrent sa taille tandis que sa langue s'enfonce dans ma bouche.

Cette fois, je suis impatiente. Je l'embrasse en retour, mes lèvres glissant sur les siennes. Mes mains se posent sur son torse et caressent ses pectoraux. Je défais les boutons de sa chemise.

Il attrape mes poignets et je m'immobilise, cherchant dans son regard la raison pour laquelle il m'a arrêtée.

— Brave fille, me félicite-t-il.

Mon ventre frémit en réponse. Je ne devrais pas aimer ça, mais c'est le cas.

— Maintenant, appuie-toi sur tes coudes.

Je ne comprends pas tout de suite. Il pose un doigt au milieu de ma poitrine et appuie vers l'arrière. Je bascule d'abord sur mes mains, puis, comprenant enfin, je m'allonge sur mes avant-bras.

— C'est ça, *malyshka*. C'est tellement beau.

Il glisse ses mains sous mes genoux, soulève mes jambes et écarte mes cuisses d'un mouvement sec, suspendues au-dessus de ses biceps. Mes fesses glissent au bord de la commode.

Je halète sous l'effet du mouvement brusque, puis halète à nouveau lorsqu'il tire l'élastique de ma culotte sur le côté, déchirant la dentelle rose.

— Oh.

J'ai déjà eu des relations sexuelles. Je ne suis pas une jeune mariée vierge effarouchée, mais là, c'est différent.

Baron a l'habileté et la confiance d'un homme qui a eu une centaine d'amantes. Et je les déteste toutes.

Sauf qu'au moment où sa langue entre en contact avec mes parties intimes, je lui suis reconnaissante pour son habileté. Il trace le contour de mes petites lèvres, suce les grandes. Il trouve mon clitoris et y passe la langue.

Je crie, la tension monte. L'intérieur de mes cuisses tremble et se contracte contre ses épaules.

Il prend son temps, s'agenouillant pour améliorer l'angle, me pénétrant avec sa langue. Quand il parvient à sucer mon clitoris, c'est trop. Je balance mes hanches, pressant ma chaleur humide contre son visage pour en avoir plus.

Mais une partie de moi ne veut pas s'effondrer. Je ne veux pas qu'il réussisse. J'ai besoin de garder mes forces.

— Combien ? demandé-je.

Il lève la tête, la bouche brillante de ma moiteur, et hausse les sourcils d'un air interrogateur.

— Avec combien de femmes as-tu... fait ça ?

Ses lèvres esquissent un léger sourire amusé, mais son expression redevient sérieuse et impénétrable, comme d'habitude. Il se lève lentement, et je regrette de l'avoir interrompu. Je veux que sa bouche revienne sur moi, me taquine, me mène à l'orgasme.

Il s'approche de moi et je commence à me redresser.

— Ah, ah, dit-il en claquant la langue.

Je me fige, captivée par son regard brun autoritaire, puis je me rappuie sur mes avant-bras.

— C'est bien, ma belle.

Il me récompense en glissant le bout de son majeur dans mon initmité. Il continue à le faire glisser lentement, de haut en bas le long de ma fente, puis le plonge dans mon entrée.

— Tu veux savoir combien de soumises j'ai maîtrisées ?

Est-ce que je veux le savoir ? Une partie de moi se sent un peu mal à l'aise à cette idée. Mais le reste de moi a besoin de savoir.

Mon indécision est aggravée par sa pénétration complète avec deux doigts. Il les recourbe, me caressant à l'intérieur, allumant un feu en moi.

— Attends.

Je vais jouir, mais je ne veux pas. Je ne supporte pas cette vulnérabilité. Ni de laisser Baron gagner.

Je commence à me redresser, mais il me distrait en accélérant le mouvement, le bout de ses doigts touchant l'endroit qui me rend folle à chaque fois.

— Baron...

— Utilise mes doigts et montre-moi comment tu te laisses aller quand tu jouis.

Sa voix a un ton sévère et autoritaire qu'il n'a jamais utilisé avec moi auparavant.

Je me tortille sur la commode.

— Je ne peux pas...

— Fais-le, ou je te retourne et je te donne la fessée jusqu'à ce que tu cries.

La menace brise quelque chose en moi. L'orgasme me submerge sans prévenir, et je me contracte autour de ses doigts en poussant un cri de surprise.

Il arrête de bouger ses doigts et les garde en moi. Sa paume appuie contre mon clitoris, me procurant encore plus de plaisir.

— *Gospodi !*

— Hmm. C'était joli.

Baron commence à me baiser lentement avec son majeur, tout en gardant la paume de sa main contre mon clitoris.

— Tu l'as si bien pris, *malyshka*.

Je halète. La pièce, qui tournait jusqu'alors, commence à se stabiliser. Alors que cela se produit, je prends conscience du fait que c'est *moi* qui ai perdu le contrôle, tandis que lui est resté entièrement habillé et maître de la situation.

Je n'aime pas cette sensation de vulnérabilité qui me traverse la poitrine.

Baron doit sentir mon exposition, car il retire ses doigts de moi, passe un bras dans mon dos et me tire pour que je m'enroule autour de sa taille.

— Allons prendre une douche.

Une douche me semble une bonne idée, je ne proteste

donc pas. Il y a quelque chose de rassurant à laisser Baron prendre les choses en main, d'autant plus qu'il semble savoir ce dont j'ai besoin à chaque instant. Comme lorsqu'il a suggéré, sur le chemin du retour, que nous devrions manger quelque chose avant que le champagne ne me monte à la tête. Il me comprend et réagit en conséquence, ce qui est très rassurant.

Je le laisse me porter jusqu'à la salle de bains, où il me pose et m'enlève mon haut. Je déboutonne sa chemise tout en retirant mes bottes.

Ce n'est pas grave, me dis-je. Je mérite du bon sexe. Cela ne signifie pas que j'ai accepté Baron ou notre mariage.

— Tu voulais savoir combien..., dit Baron.

Je croise son regard, surprise. Waouh. Je l'admire énormément d'avoir abordé cette question délicate que j'avais déjà laissée tomber.

J'ouvre sa boucle de ceinture en évitant son regard.

— La réponse est que je ne sais pas. Il n'y a pas de chiffre. Ce n'est pas quelque chose que j'ai compté pour le noter sur ma ceinture.

Gospodi. Cela signifie qu'il y en a beaucoup. Il a été avec beaucoup de femmes.

Je m'en doutais, mais c'est la confirmation.

— Mais tout ça, c'était avant.

Il tend la main vers moi et me tire contre lui avec brutalité.

Je retiens mon souffle et lève les yeux pour scruter son visage.

La luxure brûle dans son regard. La luxure pour *moi*.

Il m'attrape la tête et me vole un baiser fougueux. Un baiser possessif.

J'arrache sa chemise de ses larges épaules. Je ne porte qu'un soutien-gorge et une culotte, et il a toujours plus de vêtements que moi.

Il interrompt le baiser, retenant ma tête dans une étreinte d'acier.

— Il n'y a plus que toi maintenant.

Il soutient mon regard.

— J'ai fait le serment aujourd'hui d'être fidèle, et je ne le romprai pas. Je suis un homme de parole.

Je ne sais pas quoi répondre. J'ai fait une promesse parce que je devais le faire. Je la romprais demain si je savais que ma famille n'en souffrirait pas. Je ne sais pas si je le crois, de toute façon. C'est clairement un coureur de jupons.

Comme d'habitude, il semble lire dans mes pensées.

— Tu ne sais pas si tu peux me faire confiance. Tu peux, Lara.

Il me lâche pour retirer son pantalon et son caleçon. Son corps est magnifique, tout en muscles fins et puissants. Sa peau est dorée, son torse sculpté recouvert de boucles douces. Mes yeux descendent le long de ses abdos en tablette de chocolat et de sa taille naturellement fine, jusqu'à son énorme érection qui pointe vers moi.

Mince.

Elle a l'air exigeante. Et il aime être brutal. Va-t-il me faire mal avec cette bête ? Ai-je encore le choix, ou est-ce déjà trop tard ?

Il voit que je la regarde. Je dois avoir l'air intimidée, car il déclare immédiatement d'un ton dédaigneux :

— Tu n'es pas obligée de prendre ma queue ce soir.

Je détourne mon regard de son membre pour le poser sur son visage.

Il s'approche de moi, tel un prédateur acculant sa proie. Ses mains agrippent mes hanches.

— Je vais accomplir mon devoir d'époux et te faire jouir pendant notre nuit de noces.

Il détache mon soutien-gorge et le fait glisser le long de mes bras.

— Peu m'importe que ce soit en chevauchant ma queue ou avec ma bouche et mes doigts. Tout ce que je sais, c'est que tu seras sacrément *satisfaite* quand j'en aurai fini avec toi.

La façon dont il prononce le mot *satisfaite* semble signifier quelque chose que je n'ai jamais connu auparavant. Mes genoux fléchissent légèrement. Ma chatte dégouline à travers la déchirure de ma culotte sur l'intérieur de mes cuisses.

Suis-je en train de m'évanouir ? Je m'évanouis peut-être un peu.

— Maintenant, enlève ta culotte avant que je te l'arrache.

CHAPITRE HUIT

Baron

Je regarde Lara retirer sa culotte, les paupières lourdes. Elle est parfaite, avec ses seins pâles aux tétons tendus, rose foncé, qui pointent vers le haut. Elle tremble, sa respiration est haletante, mais ses pupilles sont dilatées, ce qui me dit qu'elle est excitée, pas effrayée.

Les pupilles se contractent sous l'effet de la peur. Le désir les dilate.

J'ouvre le robinet, puis glisse mon avant-bras sous les fesses de Lara et la soulève pour la porter dans la grande douche à l'italienne.

— Parle-moi de ta méthode contraceptive préférée, *printsessa*.

Comme elle ne répond pas, je la plaque contre le mur carrelé, me collant contre elle pour lui faire sentir ma taille, ma force. L'eau chaude coule sur nos têtes, ajoutant à l'expérience sensorielle.

Ses tétons durs effleurent mes côtes.

Je l'embrasse fougueusement. Mes lèvres se posent sur les

siennes, non pas pour la taquiner, mais pour la punir. *Pour la revendiquer.* Ma langue s'enfonce dans sa bouche. Ma queue appuie avec insistance contre son ventre doux.

Mais je pensais ce que j'ai dit. Même si je lui pose des questions sur la contraception, je ne vais pas la baiser si elle ne le veut pas.

Pour l'instant, elle semble d'accord, mais si elle dit non, je respecterai cette limite.

— Je prends la pilule, halète-t-elle lorsque je romps enfin notre baiser.

La jalousie m'envahit. Pour lui ? Pour Brash ?

Non. Ils ne semblaient pas si intimes. Elle n'a toujours pas répondu à ses appels ni à ses SMS.

— Je suis clean.

Je l'embrasse encore. Sans rompre le baiser, j'attrape le savon, le fais rouler dans mes paumes pour faire mousser, puis le passe sur ses épaules. Autour de ses seins. Sur les côtés de sa cage thoracique. Je le fais glisser autour de ses fesses, en cercles.

— Laisse-moi voir ce magnifique cul.

Je la retourne face au mur opposé de la douche, afin que son visage ne soit pas aspergé.

— Les mains contre le mur, *printsessa*.

Elle n'obéit pas.

Je lui donne une fessée. Son postérieur est encore rose de la fessée que je lui ai donnée dans la chambre, et l'eau rend ma gifle plus douloureuse – je le sais parce que ça me pique la paume.

Elle halète et se retourne pour me lancer un regard noir par-dessus son épaule.

Je me rapproche à nouveau d'elle, lui saisissant la nuque pour l'embrasser longuement.

— Montre-moi ton joli cul, murmuré-je d'un ton plus cajoleur cette fois, tout en la tenant fermement.

Je la retourne, lui saisissant le poignet gauche pour appuyer sa paume contre le carrelage.

— L'autre main, lui dis-je.

Elle la lève puis se fige, sa main suspendue dans les airs, comme si elle avait obéi automatiquement puis voulu me montrer que je ne suis pas son maître.

J'enroule lentement ma grande paume autour de la sienne et entrelace mes doigts avec les siens. J'embrasse sa tempe, sa mâchoire, le côté de son cou, puis je pose doucement sa deuxième main contre le mur.

— C'est bien, murmuré-je contre son oreille.

Un frisson la parcourt.

— Tu viens de jouir, *malyshka ?*

Ma voix est un murmure grave contre sa peau. Je glisse mes doigts entre ses jambes pour sentir ce qui se passe.

— Tu te contractes pour moi ?

Son plancher pelvien se soulève et s'abaisse, frémissant d'un petit orgasme.

— C'est bien, mon ange. Tu es parfaite.

J'embrasse son épaule.

— Tu es si réceptive.

Je prends le savon et fais mousser davantage, puis je frotte son dos, sa taille, la raie de ses fesses.

Elle gémit, se penchant davantage en avant, se cambrant pour moi.

— C'est ce que je voulais voir.

Je me tiens à côté d'elle et caresse tendrement ses fesses rebondies, explorant chaque centimètre.

— Putain, t'es magnifique.

Quand je glisse à nouveau ma main sur sa chatte, elle gémit.

— C'est ça, ma jolie. J'aime quand tu te laisses aller.

Je me presse contre elle, lui saisissant un sein d'une main tandis que je titille son clitoris. Mes dents effleurent son épaule tandis que je pince son téton assez fort pour la faire haleter et contracter son sexe.

— Tourne-toi.

Je deviens soudainement brutal. Autoritaire. Je la fais pivoter et la pousse contre le carrelage, puis je m'accroupis et soulève une de ses jambes par-dessus mon épaule.

— *Oh !*

Elle agrippe ma tête pour se stabiliser tandis que j'approche ma bouche de son sexe ruisselant.

Je la pénètre avec ma langue.

— Tu as besoin de moi ici ?

Je demande, ma voix plus rude et plus grave que d'habitude.

— Oh !

Je tends la main et pince l'autre téton.

— Réponds-moi, Lara-Love.

Son sexe se contracte. Je sais qu'elle est plus qu'excitée. Plongée dans la réalité physique. Presque dans une transe masochiste. Ou peut-être qu'elle y est déjà. Elle n'oppose aucune résistance, sinon le silence, mais la perte de parole peut être le résultat de son état de torpeur.

— Quoi ? demande-t-elle en russe, l'air étourdie.

Bien. Elle y est.

Je prends le relais, la libérant de l'obligation de parler ou de prendre des décisions.

— Je vais te baiser avec ma langue, lui dis-je. Et ensuite, je déciderai si tu auras droit à mes doigts ou à ma queue. Et tu vas être une bonne fille et accepter. Compris ?

— *Da.*

Je préférerais un *oui, monsieur*, mais je ne le demanderai pas ce soir. Pour l'instant, c'est son plaisir qui compte. Je lui apprends à se soumettre à mon autorité. Je lui montre à quel point je peux subvenir à ses besoins.

J'ai besoin de sa confiance pour assurer sa sécurité.

Mais je désire qu'elle s'abandonne complètement.

Je veux qu'elle se mette à genoux chaque nuit pour moi, qu'elle supplie que je la touche. Que je la félicite. Que je la laisse jouir.

Je ne veux pas la posséder contractuellement. Je veux posséder pleinement ma femme : son corps, son esprit et son âme.

— C'est bien.

Je frotte son clitoris du pouce. Elle tressaille et gémit de désir. Je la lèche, l'inonde de ma langue, suce ses lèvres, la pénètre. Elle commence à jouir en petits cris saccadés.

— Oh, oh, oh, oh.

— C'est ça, ma belle.

Il est temps de changer de tactique. Je veux la maintenir dans un état d'excitation prolongé avant de la laisser jouir. Cela rendra l'orgasme encore plus intense.

Je me lève et la retourne pour qu'elle fasse à nouveau face au mur, lui donnant plusieurs claques moyennement fortes sur ses fesses rondes : à droite, à gauche, au milieu.

— Oh ! Attends ! Pourquoi ? s'écrie-t-elle.

Je lui agrippe les hanches et la retourne vers moi, plaquant son bassin contre le mur et soulevant sa cuisse pour avoir accès à son intimité.

— Pourquoi quoi ?

Je l'embrasse fougueusement, pliant les genoux pour que le bout de ma queue effleure son intimité.

— Pourquoi je t'ai donné une fessée ?

Je recule suffisamment mon visage pour croiser son regard et y lire la confusion.

Je m'en réjouis énormément. Cela signifie qu'elle essayait de me faire plaisir. Je l'ai apprivoisée, au moins l'espace d'un instant. Cette scène.

— Parce que ton cul est trop parfait pour ne pas être fessé, mon ange. Parce que ça te procure une stimulation nouvelle.

Je saisis mon sexe et le frotte contre sa chatte.

— Tu sens comme tu es mouillée ?

Je l'embrasse avec une force brutale, mes dents effleurant ses lèvres. Elle gémit dans ma bouche. Je suce sa lèvre inférieure en m'éloignant.

— Et parce que j'en avais envie. C'est pour mon plaisir et le tien.

J'appuie mon front contre le sien. Alors que nos souffles se mélangent, j'introduis le bout de ma queue dans son entrée.

— Tu veux chevaucher ma queue ce soir ?

Une dernière chance pour elle de refuser. Je sais qu'elle ne le fera pas, mais je veux qu'elle comprenne que c'est son choix. Je suis peut-être dominant, mais c'est toujours consensuel.

Elle attrape ma taille et attire mes hanches vers elle.

— Dis-le, exigé-je tout en poussant vers l'avant, l'écartant pour la pénétrer.

— *Da.*

Je vais peut-être devoir apprendre à parler crûment en russe pour ma femme. Je suis meilleur pour écouter et lire que pour parler, et je n'ai évidemment jamais appris à parler de sexe avec mon père. Je note mentalement de regarder du porno russe.

Je m'enfonce lentement en elle. Elle est trempée, mais son canal est étroit et ma queue est épaisse. Je ne veux pas lui faire mal. Alors que je m'enfonce centimètre par centimètre, mes paumes parcourent son corps, le long de ses côtes, ses seins, son dos, pour finalement attraper ses fesses.

Je fais glisser mon majeur le long de sa fente et appuie contre son anus lorsque je la remplis jusqu'à la garde.

Ses ongles griffent mes épaules tandis qu'elle crie.

— C'est ça, *malyshka*. Prends la queue de ton mari.

———

Lara

C'est la baise la plus torride que j'aie jamais eue de ma vie.

C'est tellement… au-delà de tout.

Au-delà de tout ce que j'aurais pu imaginer.

Si on m'avait posé la question auparavant, je n'aurais pas dit que j'aimais ou que je voulais tout ça. Les mots coquins, les caresses brutales, les fessées. La domination.

Mais mon corps réagit à chaque mot de Baron. À chaque regard. À chaque caresse. Mon corps a soif de tout ce qu'il a à offrir. J'en *meurs* d'envie.

Je penche mes épaules et ma tête en arrière contre le carrelage et je pousse mes hanches vers le haut et vers l'avant pour le prendre plus profondément. Son sexe est gros, tant en circonférence qu'en longueur, et il me comble au-delà de ce que j'aurais cru possible.

Dieu merci, il va lentement.

Mais je commence à lui faire confiance. Même quand il est brutal, il semble très conscient de ce qu'il fait. Il n'a pas cogné ma tête contre le carrelage. Il m'a fait tourner rapidement, puis a ralenti pour la pression. Et les fessées ne font pas vraiment mal. Juste une douleur momentanée.

Il me tient maintenant le genou en l'air, me pénétrant tandis qu'un de ses doigts appuie contre mon anus.

C'est fou. Dingue. Tant de sensations à la fois. La nudité. L'eau. Les baisers passionnés. La stimulation de toutes mes zones érogènes à des moments et avec des intensités différents.

J'ai déjà été avec quelques hommes. Trois, pour être exacte. Je n'ai *jamais rien* ressenti de tel. Nos rencontres se déroulaient dans le noir, sous les couvertures. Il n'y avait pas de propos obscènes. Pas d'ordres pervers. Pas d'éloges. Et certainement pas de punitions ou de récompenses.

Je suis enivrée par tout cela, chaque terminaison nerveuse est en phase avec Baron. Je gémis, avide d'en avoir plus.

Il continue à me pénétrer avec sa grosse queue, entrant et sortant, me labourant profondément. Je soulève mon bassin pour aller à la rencontre de ses coups de reins, frottant mon clitoris contre ses hanches, l'accueillant encore plus profondément.

— C'est bien.

Il s'empare à nouveau de ma bouche dans un baiser saccadé.

— C'est bon, putain.

Sa langue plonge entre mes lèvres au moment même où il me pénètre.

— Baron ! crié-je. Benjamin.

Son rire est un grondement profond et satisfait, comme s'il aimait m'entendre prononcer son nom.

Je suis prise de vertige : l'eau chaude combinée au sexe torride me fait voir des étoiles.

— C'est trop, haleté-je.

Il s'enfonce en moi, me transperçant de son érection et dépliant ses genoux, de sorte que je me retrouve sur la pointe des pieds, soulevée par sa queue.

Je reste suspendue contre le mur, ouverte à lui et désespérée.

Il appuie ses mains à côté de ma tête tandis que nous haletons ensemble.

— Trop chaud, *printsessa ?*

J'acquiesce, la tête vacillant sur mes épaules.

Il regarde entre nos ventres, là où nous sommes unis.

— Tu vas jouir pour moi, *malysh*. Et ensuite, je vais te

porter jusqu'à notre lit où je vais te baiser jusqu'à ce que tu cries. Compris ?

Ses mots me font gémir.

Il glisse sa main entre nos corps, enfonce son doigt dans le creux de mes lèvres et me caresse.

Je sursaute, criant sous l'effet de la sensation qui me traverse directement du clitoris à la chatte. Je me contracte autour de lui, les muscles spasmodiques dans un autre orgasme.

Il est incroyable. Je n'ai jamais connu un tel plaisir. Je n'ai jamais eu plus d'un orgasme dans la même nuit.

J'ouvre les yeux lorsqu'il me repose doucement sur mes pieds et se retire. Je suis encore étourdie, et maintenant mes jambes ne me soutiennent plus.

— Viens ici.

Il passe son bras autour de moi et m'entraîne sous le jet d'eau, baissant la température pour qu'elle soit plus fraîche. Tout en me soutenant, il ouvre le bouchon de mon flacon de shampoing et en verse une bonne dose dans sa paume.

Il prend une profonde inspiration par le nez.

— Hmm. C'est pour ça que tu sens le caramel.

Il se frotte les mains, puis pose ses paumes sur ma tête.

— Tu as les plus beaux cheveux, *printsessa.* Je les adore. Ils sont si longs. Si épais.

Ses compliments commencent à s'infiltrer dans les fissures de mon armure, et la partie la plus vulnérable de moi-même les absorbe comme une éponge. J'ai travaillé si dur pour être forte et indépendante, vivant dans un pays différent de celui de mes parents, mais le fait que quelqu'un prenne soin de moi de cette manière me rappelle à quel point je me suis souvent sentie seule. Surtout ces derniers jours. Même si je sais que cela découle de son besoin de contrôle, l'attention et les compliments de Baron me semblent bien trop nécessaires en ce moment pour que je les refuse, alors je me laisse aller et j'apprécie.

Je ferme les yeux et savoure le plaisir d'avoir le cuir chevelu massé. D'être soutenue lorsque mes genoux fléchissent. De ne pas avoir à prendre de décisions moi-même alors que je suis en état de panique depuis que mon père est arrivé et m'a dit que je devais épouser cet homme.

Mais avant de finir de me laver les cheveux, Baron me donne une nouvelle fessée.

J'ouvre les yeux, surprise. Je suis du genre à aimer bien faire les choses. À être gentille, attentionnée, et à éviter le jugement des autres. Mais je me souviens alors de ce qu'il a dit la dernière fois. C'est pour le plaisir. Ce n'est pas une punition.

— Je n'en ai pas encore fini avec ce cul, grogne-t-il en inclinant mon torse vers l'avant.

Je m'agrippe au rebord de la douche et m'y accroche.

— Écarte les jambes. Je vais fesser cette jolie chatte.

J'obéis, malgré mon esprit qui se rebelle contre sa déclaration. Mon corps doit en avoir envie. Il doit croire que je vais aimer ça.

Il me donne une petite tape entre les jambes. Une décharge de sensations me traverse, se manifestant à trois endroits à la fois : mon clitoris, l'intérieur de ma chatte et mon anus.

— Oh !

Je pousse un cri.

Il me donne une série de fessées assez fortes pour me faire sursauter, puis me donne une nouvelle claque entre les jambes.

— Je vais te prendre si fort quand je t'aurai mise dans notre lit, dit-il en me tirant sous l'eau pour rincer le shampoing.

Je gémis, à nouveau tout excitée. Baron est génial : il me

maintient dans un état d'excitation intense, même lorsqu'il me laisse un peu de répit. Il applique rapidement l'après-shampoing dans mes cheveux pendant que je me frotte. Je suis surprise de voir à quel point les choses sont différentes, là, en bas : ma chatte est gonflée et enflée. Lisse et ouverte.

— Oh, oh.

Baron attrape mon poignet et éloigne ma main. Son corps se moule contre le mien, sa queue dure appuyant contre le bas de mon dos.

— C'est mon travail.

Il frotte entre mes jambes.

J'aime le laisser faire. Ses doigts sont plus grands. Plus habiles. Il serre l'un de mes seins, et je pose ma tête contre son torse et le laisse explorer entre mes jambes.

— Tu as aimé ta fessée.

Il murmure ces mots à mon oreille, une provocation sombre et séduisante.

Je veux protester, mais il ajoute :

— Je vais apprendre tout ce que tu aimes, ma belle épouse.

Le fait qu'il me rappelle que nous sommes mariés fait retomber une partie de ma passion. Un sentiment de défaite m'envahit.

Je *suis* mariée à cet homme.

Nous sommes *mariés*.

C'est déjà fait, malgré mes souhaits.

À cet instant, je n'ai plus envie de me battre. Je m'abandonne à mon destin. À cette réalité.

Baron sent le changement et me fait pivoter dans ses bras pour que je lui fasse face.

— Je sais.

Il me serre contre sa poitrine et me berce d'avant en arrière. Nous dansons lentement sous la douche, au rythme des battements de nos cœurs. Je voudrais le repousser, mais je n'en ai pas la force. Je n'*ai* même plus *envie* de me battre contre lui.

J'ai juste besoin de faire mon deuil.

— Je sais que tu ne voulais pas ça. Moi non plus.

La voix de Baron a un ton différent. Ce n'est pas le ton autoritaire qu'il utilisait il y a un instant. Elle ne traduit pas non plus cette confiance tranquille qu'il manie si bien.

Elle semble… authentique. Comme si je découvrais le vrai Baron pour la première fois.

— Mais Lara, dès que je t'ai rencontrée, j'ai senti…

Il s'interrompt, et je reste immobile, car je sens que quoi qu'il dise, s'il abandonne son contrôle et se laisse aller à le dire, ce sera quelque chose que je pourrais croire.

Je ne lève pas la tête de sa poitrine, même si je meurs d'envie de scruter son visage. J'ai peur que son masque impénétrable se remette en place si je le fais.

— Tu m'as semblé familière. Comme si mon corps reconnaissait que tu m'avais toujours appartenu.

Je le repousse en secouant la tête.

Je lui *appartenais ?*

Mais qu'est-ce que c'est que ces conneries ?

Il se rend compte de son impair.

— Je ne voulais pas dire ça. Je voulais juste dire que ça semblait être écrit.

— Bien sûr que c'était écrit pour toi. Ton père te donne une épouse, et tu es heureux de te plier à ses volontés. Le *pakhan* en formation. J'avais une vie et des rêves, et aucun d'entre eux n'impliquait d'épouser un homme comme mon père ou le tien. Je ne veux pas de cette vie. Je ne veux pas être mariée à la Bratva. Nous ne sommes pas *faits l'un pour l'autre*. Ne t'imagine pas que nous sommes *faits l'un pour l'autre* simplement parce que j'aime que tu me baises.

Je lui fais signe de s'écarter et je passe sous le jet d'eau pour rincer l'après-shampoing.

Quand il quitte la douche sans un mot, je ressens son absence dans chaque cellule de mon corps.

Le regret s'installe, mais il est trop tard.

La magie a disparu.

L'ambiance est gâchée.

Et je refuse d'être désolée d'avoir offensé l'homme qui se dit mon mari.

CHAPITRE NEUF

Baron

— Qu'as-tu découvert au sujet de ce petit connard qui drague ma femme ? lui demandé-je en suivant Anya, qui se dirige vers la porte pour aller en cours le lendemain.

Lara est déjà partie, m'ayant réservé un traitement poli mais plutôt silencieux pendant le reste de la nuit dernière et ce matin.

Anya me lance un regard surpris.

— *Blyad.*

Je laisse mes émotions transparaître. Je suis généralement mesuré et maître de moi. C'est la raison pour laquelle mes amis me font confiance pour les diriger.

Cette frustration est le résultat d'une nuit passée avec une trique inassouvie et d'avoir dû partager mon lit avec une belle femme qui me déteste.

Lara souffre, je le sais. Elle utilise la colère et la droiture pour se reconstruire. Je préférerais qu'elle me laisse réparer les morceaux brisés, mais cela n'arrivera pas de sitôt.

— Il s'appelle Denis Penkin. Je continue à creuser, mais je

n'ai pas trouvé de lien entre lui et les Rostov. Il ne fait pas partie de l'oligarchie, mais sa famille semble aisée.

Je grogne, insatisfait.

— Je n'ai pas non plus trouvé sa candidature à Thornecroft dans le dossier soumis au printemps dernier.

Anya hausse les sourcils.

Il me faut une seconde pour comprendre.

— Ce qui signifie que quelqu'un a tiré les ficelles pour le faire entrer ici.

— Exactement.

— À la dernière minute.

— Probablement.

Tout comme celles que mon père a tirées pour faire transférer Lara et l'inscrire aux cours nécessaires dans un délai très court.

— Donc c'est sans aucun doute un espion.

Anya hausse les épaules.

— Je ne dirais pas sans aucun doute, mais je trouve ça suspect.

— Beau travail, lui dis-je. Tu as bien réfléchi.

Anya m'adresse un rapide sourire tout en faisant semblant de se polir les ongles sur son T-shirt.

— Je sais, je suis un génie.

Nous arrivons au bout du pâté de maisons et Anya pointe vers la gauche.

— Je vais par là.

— À plus tard. Continue à creuser pour moi.

Je marche vers le nord pour aller à mon cours de statistiques.

— Oui, *pakhan*, répond-elle par-dessus son épaule.

Je lui fais signe de s'éloigner tandis que nous nous séparons.

— Ne m'appelle pas comme ça.

— Accepte-le, c'est tout.

———

Lara

Après mon dernier cours, je me dirige vers Whisper's End, le bar où Denis m'a donné rendez-vous.

Comme hier, j'ai évité la maison Baranov toute la journée. J'ai le temps d'y retourner entre les cours ou pendant le déjeuner, mais j'ai mangé à la cafétéria et étudié à la bibliothèque.

Je n'en ai pas vraiment envie. Je m'apitoie sur mon sort, et je suis bien seule à le faire.

Mon téléphone sonne alors que je marche, c'est un appel FaceTime.

Je regarde l'écran et soupire. C'est ma mère. Elle veut probablement savoir si je suis toujours en vie. Je m'arrête à l'ombre d'un arbre et réponds.

— Maman.

— Lara, Dieu merci, s'exclame ma mère en ukrainien, sa langue maternelle, avant de fondre en larmes.

Je me sens immédiatement coupable de ne pas avoir répondu à ses appels. Je me sens aussi un peu mal d'avoir gâché ma nuit de noces.

Et j'ai le mal du pays. Voir ma mère me touche profondément.

Je m'effondre sur un banc dans le parc, sous l'arbre, et je pleure sans pouvoir m'arrêter.

— Ah, maman, lui dis-je, c'est pour ça que je ne t'ai pas appelée hier. Je savais que tu me ferais pleurer.

Ma mère essuie ses larmes. Elle a une trace d'argile sur le visage. Je vois qu'elle m'appelle depuis son atelier de poterie.

— Ma chérie, j'étais tellement inquiète. Tu vas bien ? Je suis vraiment désolée pour tout ce que tu traverses.

Je laisse couler mes larmes, car je ne peux plus les retenir, et, étonnamment, elles s'arrêtent après quelques instants.

Quand je parviens à me calmer et à respirer, je lui montre l'alliance.

— Eh bien, dis-je en reprenant mon souffle, je me suis mariée.

— Je sais, mon amour. Est-il convenable ? Comment est-il ?

— Je ne sais pas, gémis-je.

Ce petit regret concernant la nuit dernière refait surface, et je me rappelle fermement que je suis la victime dans cette histoire.

Ma mère essuie ses larmes et penche la tête vers moi, regardant l'écran comme si elle souhaitait pouvoir le traverser pour me serrer dans ses bras.

— Il ne doit pas être si mauvais que ça.

Je fronce les sourcils, offensée qu'elle le défende.

— Qu'est-ce qui te fait dire ça ?

— Eh bien, tu sembles partagée. Cela signifie que tu aimes quelque chose chez lui. Que se passe-t-il ? Est-ce que l'homme avec qui tu sortais à Paris te manque ? Abrasha ?

— Brasha ? Non. Mais il n'arrête pas de m'appeler.

Je soupire.

— Le problème, c'est que je ne veux pas être ici. Je ne veux pas être mariée. J'ai peur pour toi, pour papa et pour moi.

— Nous sommes en sécurité. Nous sommes *tous* en sécurité. Ton père pensait que c'était le meilleur moyen de s'en assurer.

Je perçois le désaccord dans sa voix.

— Mais parle-moi de Benjamin. Je ne l'ai pas revu depuis la maternelle.

— Il est...

Je réfléchis à ce que je voulais dire à ma mère. Je reviens à mes plaintes.

— Maman, Baron – c'est comme ça qu'on l'appelle ici – pense qu'il me possède. *Qu'il est* mon propriétaire.

— Hmm.

Ma mère émet un son évasif.

— Les hommes de la Bratva sont protecteurs.

— Pas seulement protecteurs. Il a dit que je lui *appartenais*.

— Alors, où est le bon côté ?

— Il n'y a pas de bon côté ! m'écrié-je, exaspérée.

— Je peux te dire qu'il y en a un. Je l'ai entendu dans ta voix. Tu l'aimes bien, malgré tes objections.

— Je l'aime bien ? Non.

Je boude.

Ma mère attend.

— Il est beau ?

L'image de lui debout, nu sous la douche, me vient à l'esprit, et mon corps s'échauffe instantanément. Je pense à ses muscles saillants. À la confiance avec laquelle il me touche.

— Oui, dis-je d'une voix neutre. Il est beau. Et... il est doué au lit. Bon, on ne l'a pas fait au lit, mais il est, euh... il sait ce qu'il fait.

Ma mère rit doucement. Son sourire détend le nœud qui me serre la poitrine. Ma mère est une artiste, une femme joyeuse, exubérante et excentrique, généralement pleine de rire et débordante d'amour. C'est pourquoi ses larmes m'ont bouleversée.

— Eh bien, ça veut tout dire. Et ton père...

— Arrête !

Je l'interromps.

— Je ne veux pas entendre ça. Beurk.

Elle rit.

— Eh bien, je vais te dire que l'attirance était aussi tout ce que nous avions au début. Ça a commencé par le sexe. Ton père m'a kidnappée et je l'ai séduit.

— *Quoi ?*

— C'est vrai. Et maintenant, nous voilà, follement amoureux vingt-cinq ans plus tard.

— Comment ça, il t'a *kidnappée ?*

— C'est une longue histoire. Je préfère te la raconter en personne une autre fois.

— Oh, mon Dieu, maman. Tu viens de réduire en miettes tout mon univers.

— Le fait est que tant qu'il y a une alchimie entre vous, les situations les plus difficiles peuvent être résolues. Je crois que tout cela était écrit. Si ton père n'avait pas voulu tuer le mien, nous ne nous serions jamais rencontrés et je ne serais pas avec l'amour de ma vie. Peut-être que Benjamin et toi êtes faits l'un pour l'autre.

Je pense à Baron. Pas seulement au sexe, mais à la façon dont il m'a lavé les cheveux hier soir et m'a apporté mon café ce matin. À la façon dont il me tient la porte. À la façon dont il anticipe et subvient mes besoins. Je pourrais m'habituer à un homme qui prend soin de moi comme mon père le fait avec ma mère. Un homme qui agirait comme si j'étais le centre du monde, et qui arracherait le cœur de tout dragon ou homme qui tenterait de s'approcher de moi.

Je pourrais m'y habituer, mais pas avec un homme en qui je n'ai pas confiance. Pas avec un homme qui me retient littéralement prisonnière. Moi, mais aussi ma famille.

Je jette un coup d'œil à l'heure sur mon téléphone.

— Maman, je dois y aller. J'ai rendez-vous avec un Russe que j'ai rencontré hier.

— *Un rendez-vous ?*

Ma mère semble consternée.

Je lève les yeux au ciel.

— Pas un vrai rendez-vous. On va juste prendre un verre.

— Ça ressemble à un rendez-vous. *Lyubimaya*, Benjamin ne va pas accepter ça.

Le même sentiment de rébellion qui m'a poussée à accepter de rencontrer Denis remonte en moi. Benjamin Baranov pense que je lui appartiens. Je vais lui prouver que ce n'est pas le cas.

— Je m'en fiche, maman. Je vais lui montrer qu'il ne peut pas me contrôler.

Je mets fin à la conversation avec ma mère avant qu'elle ne puisse me faire la morale et je me dirige vers le Whisper's End. Denis est assis devant un ordinateur portable ouvert, à une table haute pour deux près de la fenêtre, en face de la porte. Une bière et un panier de frites sont posés à côté de lui, et ses livres sont éparpillés sur la table. Il a l'air maladroit et débraillé, et son visage s'illumine lorsqu'il m'aperçoit. Si ma mère pouvait le voir, elle saurait que ce type n'a rien qui pourrait inquiéter Baron.

— Salut.

Je le salue en russe et m'assois sur la chaise en face de lui.

— Comment s'est passée ta deuxième journée ?

Il referme son ordinateur portable d'un coup sec.

— Tu es venue. Je n'étais pas sûr que tu viendrais.

Waouh. Ce type est comme un chiot.

Son regard se pose sur mon alliance. Je ne sais pas pourquoi je ne l'ai pas retirée. Peut-être avais-je peur que cela ne provoque une dispute que je ne serais pas sûre de pouvoir gérer.

— Elle est... nouvelle ? demande-t-il. Je veux dire, je n'avais pas remarqué d'alliance hier. C'est *bien* une alliance, n'est-ce pas ?

Je caresse du bout des doigts le fin anneau d'or. Aucun mot ne sort de ma bouche.

Comment expliquer à un inconnu que vous venez de vous marier avec un autre inconnu parce que votre père vous a pratiquement vendue quand vous étiez enfant ? Est-ce quelque chose que l'on partage avec un homme que l'on vient de rencontrer ? Probablement pas.

En fait, ce n'est probablement pas quelque chose que je devrais partager avec qui que ce soit.

Je n'aime pas ce que cela me fait ressentir. Mon image de moi-même ne laisse aucune place à l'idée que je puisse être considérée comme un bien.

Je prends une profonde inspiration et expire lentement.

— Oui. En fait, je me suis mariée hier.

Je dois sentir la tempête que représente Benjamin Baranov se diriger vers nous, car mon regard se dirige vers la porte vitrée quelques instants avant qu'il ne l'ouvre brusquement. Il s'avance droit vers nous, le visage renfrogné.

Mon estomac se noue, le regret de mes choix prenant le pas sur mes justifications. Non pas parce que j'ai peur de Baron − même si c'est un peu le cas − mais aussi parce que, quelle que soit l'issue de cette situation, cela ne semble pas en valoir la peine. Je ne voulais pas vraiment rencontrer ce type pour boire un verre. C'était une rencontre par pitié, car il semblait seul, mais je n'ai pas l'énergie nécessaire pour mener d'autres combats en ce moment.

— Oh, parfait, dis-je d'une voix neutre en ne quittant pas Baron des yeux. Voilà justement mon mari.

CHAPITRE DIX

Baron

Je vais tuer cet enfoiré. Il mourra en regrettant d'avoir connu mon nom. Il saignera, pleurera et me suppliera d'oublier qu'il s'en est pris à ce qui m'appartenait.

Je ne laisse rien paraître sur mon visage. Du moins, j'essaie, mais la violence transparaît probablement dans chacun de mes pores. Peut-être que je révèle que mon corps est une arme mortelle dans la façon dont je traverse le bar à grands pas, attrape une chaise d'une autre table et m'assois avec aisance entre le connard et ma femme.

J'attrape le panier de frites à côté de Denis, le tire vers moi et en mange une tout en les regardant avec impatience.

Je revendique mon droit. Je m'assure qu'ils comprennent tous les deux, au plus profond d'eux-mêmes, que j'ai ma place dans cette conversation. J'ai ma place partout où va ma femme. Je la suivrai à chaque rendez-vous, sortie ou réunion. Je contrôlerai chaque personne avec laquelle elle entre en contact. Et je ne laisserai jamais, jamais Brash ou ses espions la toucher.

Je remarque que les yeux de Lara sont rouges, ce qui me fait mal au ventre. Elle pleurait, et pas sur mon épaule.

Sur l'épaule de cet enfoiré ?

La jalousie m'envahit peu à peu, se mêlant à la culpabilité que je ressens face à la souffrance de Lara pour former un mélange toxique de violence.

Je devrais lui dire quelque chose. Lui demander si elle va bien. Sauf qu'elle ne va pas bien, et que je suis la cause de sa souffrance, du moins de son point de vue.

— Denis, voici Benjamin Baranov, mon mari.

Lara nous présente en russe.

Il hausse les sourcils en me tendant la main pour me saluer.

— Vous êtes russe ?

J'ignore sa main.

— À moitié.

Je laisse transparaître la menace dans mon regard.

Il tressaille et retire sa main.

Eric, le propriétaire du bar, m'aperçoit et sort de derrière le comptoir. Une ou deux fois par an, j'organise des événements ici, au Whisper's End. C'est bien de changer les choses et de soutenir les entreprises locales. Je rémunère bien Eric, il en redemande donc.

— Baron.

Il me tend la main.

Je serre la sienne.

— Content de vous voir.

— Merci d'être venu. Que puis-je vous servir à boire ?

— Je prendrai une IPA pression.

Je regarde Lara.

— Que bois-tu, ma chérie ?

Mon ton est tout sauf affectueux, car le désir de meurtre coule à flots dans mes veines.

Lara repousse ses cheveux derrière son oreille et jette un

coup d'œil à la bière à moitié pleine de Denis. Ce *mudak* ne lui a même pas offert à boire quand elle est arrivée. C'est une raison suffisante pour lui enfoncer mon pouce dans l'orbite.

— Euh, je prendrai la même chose.

— Voici ma femme, Lara.

Je fais un signe de tête en direction de Lara.

— Lara, voici Eric. C'est le propriétaire de cet établissement.

— Oh ! Je ne savais pas que vous étiez marié. Enchanté.

Le visage de Lara est crispé et mécontent, mais elle se force à sourire.

— Enchantée.

Je ne prends pas la peine de présenter Denis, et Eric suit mon exemple et l'ignore aussi, s'éloignant. Dès qu'il est parti, Lara glisse de son tabouret de bar.

— Je vais aux toilettes.

J'acquiesce froidement. Dès qu'elle est hors de vue, je me lève de mon tabouret et me mets en appui sur une jambe, tandis que ma main se tend et attrape Denis par les cheveux. Je lui écrase le visage contre la table, puis le relâche et me rassois comme si de rien n'était.

Eric jette un coup d'œil dans ma direction en entendant le bruit, mais Denis lui tourne le dos et mon visage est impassible.

Du sang coule du nez cassé de Denis. Il attrape une serviette et la serre dans sa main, abandonnant son air de *nerd* maladroit et me lançant un regard furieux.

— Je te laisse le choix.

Je fléchis la main pour montrer les tatouages sur mes doigts, ceux qui prouvent que je suis dangereux.

— Pars avant qu'elle revienne ou reste, et je te frapperai à la tête avec cet ordinateur portable pour voir ce qui cassera en premier.

Il empile ses livres d'une main, l'autre serrant la serviette sur son nez.

— Ne parle plus jamais à ma femme.

Il me lance un autre regard noir.

Je me rends compte que je n'aurais pas dû montrer mon jeu. J'aurais dû demander à Alex et Feliks de venir le chercher plus tard et de le torturer pour lui faire avouer la vérité. Découvrir ce que Brash sait. Quels sont ses plans. Pourquoi il a envoyé un espion ici pour surveiller Lara.

Mais cela m'aurait obligé à rester assis ici un instant de plus à observer cette méduse d'homme assis à côté de ma femme.

— Si toi ou ton ami tordu la touchez, je vous *tue* tous les deux.

— T'es complètement fou, marmonne-t-il en russe, serrant son ordinateur portable et ses livres contre sa poitrine en sortant précipitamment du bar.

Je prends une autre frite et la mets dans ma bouche.

Quand Lara revient, elle me jette un regard suspicieux.

— Où est Denis ?

Je mange une autre frite.

— Il a dû partir.

La flaque de sang sur la table attire son attention et elle pousse un cri.

— Qu'est-ce que tu lui as fait ?

Je la regarde d'un air insouciant. Je sais que je dois changer de tactique. Je ne vais pas séduire ma femme en me comportant comme un connard ou en lui faisant peur, mais mon sang est encore bouillonnant. Le besoin de la protéger par la violence est encore trop fort.

Eric arrive avec nos bières, et je jette une serviette en plus sur la mare de sang.

— Merci, mec.

Je sors un billet de vingt dollars de ma poche, mais il secoue la tête.

— C'est pour la maison. J'ai hâte de retravailler avec toi cette année.

— Moi aussi, mec.

Je lève ma bière comme pour trinquer avec lui.

— Merci. J'apprécie.

Je vide la moitié de mon verre et le repose pour observer Lara.

Son visage est pâle, mais sa mâchoire inférieure est crispée en signe de défi. Elle ne touche pas à sa bière.

— Qu'est-ce que tu lui as fait ? répète-t-elle.

Ses mots sont d'abord empreints de colère, mais sa voix se brise sur le mot *fait,* puis ses yeux se remplissent de larmes.

Blyad'.

Je ne voulais pas la faire pleurer. Je me lève et lui tends la main.

— Allez. Partons d'ici.

Elle ramène ses mains vers sa poitrine dans un geste protecteur.

— Je ne vais nulle part avec toi.

Je me rassois sur mon tabouret de bar.

— Je ne vais nulle part sans toi.

Nous nous regardons fixement. Il n'y a pas de lutte de volontés que je ne puisse gagner. Je suis le putain de *prince* du contrôle.

Le contrôle est le seul moyen d'anticiper tout ce qui pourrait mal tourner. De protéger tous ceux qui ont besoin de ma protection. C'est ainsi que j'ai appris à gérer la culpabilité d'avoir vu quelqu'un que j'aimais se faire abattre alors qu'il essayait de me protéger quand j'étais enfant.

Lara doit le voir sur mon visage, car elle pousse un soupir exagéré et se lève.

— Très bien. Ramène-moi à la maison. Vu que je t'appartiens.

Elle se dirige vers la porte avec un magnifique mélange de rage et de peur.

Je devrais être désolé qu'elle soit bouleversée. Je *suis* désolé. Mais l'homme en moi qui a besoin de tout contrôler pour garder en vie les personnes que j'aime est satisfait.

Ma femme est là où j'ai besoin qu'elle soit.

En sécurité, sous ma surveillance.

CHAPITRE ONZE

Lara

Je devrais être contente que Baron m'ait laissé de l'espace quand nous sommes rentrés à la maison, et j'ai monté les escaliers en tapant des pieds jusqu'à notre chambre.

Au début, je l'étais. Mais ensuite, je me suis sentie étrangement abandonnée.

Maintenant, quelques heures plus tard, je me sens très mal d'avoir mis Denis dans une situation délicate. Je savais qu'il était attiré par moi. Je savais aussi que j'étais mariée à un homme dangereux. J'ai agi sans réfléchir aux conséquences néfastes de mon comportement toxique.

J'ai aussi simplement faim. Je suppose que je vais devoir descendre à un moment donné. Je descends les escaliers. Phoenix travaille sur son ordinateur portable, assis sur le canapé, au même endroit que quand je suis rentrée.

Dans la cuisine, les deux colosses, Alexei et Feliks, engloutissent des raviolis.

— Salut, lancé-je. Il en reste ?

— Laisse-moi te servir.

Feliks se lève d'un bond.

La déférence que tout le monde témoigne à Baron, et à moi par procuration, continue de me surprendre. Je ne sais pas si elle est motivée par la peur ou le respect. Mais en réalité, personne ne semble nerveux ou tendu. Les habitants de cette maison s'y sentent à l'aise.

Feliks me sert une assiette et la met au micro-ondes pour la réchauffer pendant que j'essaie de décider si je suis soulagée ou déçue de ne pas trouver mon mari autoritaire et apparemment violent ici.

Est-il en colère contre moi ? Nous n'avons pas parlé pendant le trajet du retour. Je m'attendais à moitié à une guerre. Une sorte de représailles pour avoir pris et honoré un rendez-vous avec un autre homme. J'étais prête à y faire face.

J'ai roulé en boule ma colère comme une couverture, prévoyant de l'utiliser comme bouclier contre tout ce qu'il pourrait me lancer, mais il m'a laissée tranquille.

Le micro-ondes sonne, Feliks sort l'assiette chaude et me la tend.

— Donne-lui une fourchette, idiot. Elle ne sait pas où se trouvent les couverts ici, gronde Alexei à son petit frère.

Feliks ouvre un tiroir et en sort une fourchette.

— Désolé.

Il me la tend.

— Merci.

Ne voulant pas m'asseoir avec eux, je me dirige vers le canapé et m'installe près de Phoenix pour manger.

Il jette un coup d'œil dans ma direction.

— Salut.

— Salut.

— Ça va ?

Je le regarde, surprise par la question. Est-il sérieux ?

— Non, ça ne va pas.

Phoenix se penche davantage sur son ordinateur portable, comme si ma colère l'avait frappé physiquement.

Je regrette immédiatement d'avoir été agressive. Peut-être est-il sincèrement inquiet.

— Désolée. Ce n'est pas ta faute.

— Non, je comprends. Tu es dans un nouvel endroit avec un groupe d'inconnus, et tu ne sais pas si tu es en sécurité ou non. Je sais ce que ça fait.

Certaines de mes barrières commencent à s'effriter.

— Oui. Tu comprends probablement.

— Je me suis inscrit pour vivre dans un dortoir pour hommes à Thornecroft alors que je venais de commencer ma transition hormonale. Pour moi, c'était comme un nouveau chapitre. Je commençais l'université en étant le genre que j'avais toujours su être. Mais quand je suis arrivé ici, j'ai eu une peur bleue. J'avais un colocataire alpha tatoué, originaire de Chicago, qui ne parlait pas beaucoup. La rumeur disait qu'il faisait partie de la mafia russe. J'étais terrifié.

— Baron était ton colocataire ?

Phoenix acquiesce.

Une partie de moi qui s'attendait à une histoire horrible se détend. Baron n'a pas fait de mal à Phoenix. Sinon, il ne vivrait pas ici.

— En fin de compte, ce n'était pas mon colocataire dont je devais m'inquiéter.

Je me crispe à nouveau.

— Pendant la semaine d'orientation, trois gars m'ont accosté sous la douche.

— Quoi ?

Je pose mon assiette sur la table basse, je n'ai plus faim.

— Ils m'ont attrapé et m'ont plaqué au sol. Je pense qu'ils allaient me violer collectivement.

— Oh, mon Dieu.

Phoenix secoue la tête.

— Ils n'ont pas réussi. Parce que Baron est apparu de

nulle part avec un sac poubelle, qu'il a balancé sur la tête de l'un des gars.

Je reste bouche bée, sous le choc.

— Il l'a serré fermement sur le visage du type, pour l'empêcher de respirer. Il y avait quelque chose dans la froideur de ses gestes, dans la manière calme dont il maintenait sa prise, qui trahissait qu'il avait déjà tué et qu'il n'hésiterait pas à recommencer.

J'ai tué. Et je tuerais à nouveau... pour toi.

Mon cœur bat à tout rompre dans ma poitrine.

— Il l'a fait ?

Je ne suis pas sûr de vouloir entendre la réponse. C'est comme regarder un film d'horreur où l'on a envie de se cacher et de jeter un œil entre ses doigts en même temps.

— Le type était en train de suffoquer, et avant que les deux autres ne se jettent sur Baron pour le repousser, parce qu'ils auraient pu le faire – je veux dire, ils étaient trois contre un – il leur a ordonné de se mettre à genoux, sinon il tuerait leur copain. Et ils étaient morts de peur parce qu'il avait l'air d'un tueur professionnel et d'aimer ça, alors ils l'ont fait – ils se sont agenouillés.

— Oh. Et ensuite, que s'est-il passé ?

— Baron a continué à étouffer leur ami avec le sac en plastique, jusqu'à ce qu'il soit sur le point de s'évanouir, puis il l'a lâché. Le gars s'est effondré sur le sol, haletant. Baron est resté totalement calme. Il n'était pas en colère. On n'aurait pas dit qu'il avait failli tuer quelqu'un. Il n'a pas haussé le ton lorsqu'il a dit calmement aux trois autres que si quelqu'un osait encore me regarder, il les attacherait à leur lit et les brûlerait vifs.

Je laisse échapper un souffle tremblant que je ne savais pas retenir.

— Puis il m'a lancé une serviette et m'a aidé à me relever. Il m'a demandé si j'étais blessé ou si je voulais porter plainte. Je ne m'intéresse pas aux hommes, mais si c'était le cas, je serais tombé amoureux de Baron à ce moment-là. Enfin, je suppose que c'est ce qui s'est passé, d'un point de vue amical. Après ça, le bruit s'est répandu que j'étais sous la protection de Baron, et plus personne ne m'a jamais embêté.

Mes lèvres tremblent, mes yeux brûlent pour Phoenix.

— Je suis désolée que cela te soit arrivé.

Je perçois la douleur dans ses yeux avant qu'il ne baisse le regard.

— Oui, c'était horrible. Mais ça a créé ça, déclare Phoenix en faisant un geste de la main pour désigner la maison, donc je suppose que je ne peux pas me plaindre.

Je penche la tête.

— Que veux-tu dire ?

— Baron a décidé qu'il avait besoin de sa propre maison à Thornecroft afin de pouvoir protéger les personnes sous sa garde. C'est pourquoi il a élaboré un plan pour acheter cette propriété et en faire don à l'université au nom de son père.

Je fixe Phoenix.

— Baron a acheté cette maison ?

Je pensais vraiment que c'était son père qui la lui avait achetée.

Phoenix acquiesce.

— Eh bien, il s'est arrangé avec son père pour qu'il lui avance l'argent, mais il effectue des versements chaque mois. Il a également trouvé des moyens de générer des revenus pour couvrir la plupart des frais d'hébergement et de nourriture des occupants. Sans oublier un cuisinier et une femme de ménage à plein temps. C'est un génie.

Je fixe mon dîner à moitié mangé, laissant tout cela décanter.

— Un génie dangereux.

Phoenix acquiesce.

— C'est sûr.

Il me regarde attentivement.

— Tu as peur de lui ?

— Il a fait quelque chose aujourd'hui, dis-je sans donner plus de détails.

— Oui, j'ai vu que tu avais l'air énervée quand tu es rentrée.

Phoenix est trop respectueux pour me poser des questions, ce que j'apprécie. Mais il vient de me confier une histoire qui le rend vulnérable. J'ai l'impression que je peux lui faire confiance.

— J'ai rencontré un Russe qui disait avoir le mal du pays. Ce n'était pas un rendez-vous galant, c'est juste un gamin un peu ringard. Je n'allais pas tromper Baron ou quoi que ce soit.

Phoenix grimace.

— Quoi ?

— Je sens déjà où ça va mener.

Je lève les mains au ciel, ma colère revenant peu à peu.

— Oui, alors Baron débarque – je ne sais même pas comment il a su où me trouver – et il s'assoit avec nous et commence à manger la nourriture de Denis.

Les lèvres de Phoenix tressaillent.

— Puis je me lève pour aller aux toilettes, et quand je reviens, Denis a disparu, et il y a une mare de sang sur la table devant l'endroit où il était assis.

Phoenix grimace à nouveau.

— Du sang !

Je hausse le ton et lève les mains.

— Je ne sais même pas ce que Baron lui a fait.

— Eh bien, d'après mon expérience, tous ceux que Baron blesse l'ont bien mérité.

— *Non*. Ce type ne méritait *pas* ça ! C'est juste un nouvel étudiant comme moi, qui a invité la femme d'un prince de la Bratva à prendre un verre avec lui le premier jour de la rentrée.

Phoenix se passe la main sur la barbe.

— Ce qu'il faut savoir à propos de Baron, c'est qu'il est extrêmement protecteur envers les personnes qui lui sont chères ou dont il se sent responsable. Et il pense que pour assurer la sécurité de tout le monde, il doit contrôler tout ce qui l'entoure. Je suis sûr qu'avoir une femme à protéger est un nouveau défi pour lui. Moi qui craignais qu'il rende sa petite sœur folle cette année.

— Je n'avais pas besoin de sa protection ! Je n'ai *pas* besoin de sa protection.

— Oui. Eh bien, à l'avenir, préviens-le quand tu rencontres quelqu'un, pour qu'il ne pique pas une crise.

Je fronce les sourcils et Phoenix lève les mains, sur la défensive.

— Je ne veux pas m'immiscer ni donner de conseils. Je suis là si tu veux parler. Je peux te donner mon point de vue, ou tu peux me dire de me taire, et je ne dirai pas un mot, je me contenterai d'écouter.

Je baisse légèrement la garde. Phoenix semble vraiment être un type bien.

— Merci.

Une porte s'ouvre et Benjamin apparaît. Je pensais que cette porte menait à un placard, mais je vois maintenant le reflet d'une porte intérieure qui protège l'entrée d'un escalier descendant vers le sous-sol. Un escalier secret !

Était-il dans le Donjon ?

Avec cette fille ?

Mais personne d'autre n'apparaît.

Son regard se pose sur le canapé, mais il nous ignore et monte simplement les escaliers.

Il marche d'un pas lourd. Son expression est tendue. Pendant un instant, je ne vois pas un agresseur, mais un jeune homme qui porte un fardeau bien trop lourd sur ses épaules.

CHAPITRE DOUZE

Baron

Je monte dans la chambre après avoir étudié dans le Donjon. C'est insonorisé là-bas, et j'avais besoin d'un endroit pour me concentrer.

J'avais besoin de m'éloigner de mes pensées obsessionnelles sur ce qui s'est passé à Whisper's End. Je luttais entre ma colère et ma culpabilité.

Leo m'avait prévenu que Denis, cette putain de menace, lui avait proposé d'aller boire un verre, et j'ai un traceur dans son téléphone, son sac à main et toutes ses paires de chaussures, donc ça a été facile de la trouver.

Mais j'avais quand même envie de tuer ce petit *salaud* pour avoir osé respirer le même air que ma femme. J'espère qu'il est seulement là pour vérifier si notre mariage est réel. Mais la partie de moi qui doit envisager le pire scénario possible prévoit que Brash va kidnapper Lara et demander une rançon en échange de la coopération totale d'Adrian avec les Rostov.

Je ne peux pas laisser cela se produire.

En plus de tout cela, je dois m'assurer d'avoir tout prévu pour la fête de vendredi. La Titan House veut nous obliger à fermer boutique cette année, ce qui signifie qu'ils appelleront la police, les pompiers ou le chancelier pour se plaindre du bruit, signaler une surpopulation ou tout ce qui leur passera par la tête pour mettre fin prématurément à notre fête.

Dans la chambre, je m'arrête et je regarde la valise ouverte de Lara, qu'elle n'a toujours pas déballée. Je lui ai commandé une commode, qui devrait être livrée demain. Je doute cependant que cela rende cette chambre plus accueillante pour elle.

Elle n'est pas à l'aise.

J'ai probablement eu tort d'insister pour qu'elle partage mon lit.

Mais je ne peux me résoudre à prendre d'autres dispositions.

Hier soir, je l'ai goûtée. Elle a joui sous mes doigts. J'aurais joui aussi si je n'avais pas tout gâché.

La porte s'ouvre et Lara entre. Elle ne m'ignore pas, contrairement à ce matin. Elle reste là, debout, à me regarder. Il y a une incertitude dans son attitude qui réveille le dominateur en moi.

— Viens ici.

J'ouvre les bras.

J'estime à moins de vingt pour cent de chances qu'elle accepte mon invitation, mais à ma grande surprise, elle s'avance.

Je la rejoins à mi-chemin, l'enlace et enfouis mon visage dans ses cheveux. Ils sentent son shampoing au caramel, ce qui me fait bander en me rappelant que c'est moi qui les ai lavés.

— Laisse-moi t'embrasser, murmuré-je.

Je sais que nous devrions parler, mais je ne sais pas quoi dire. Je ne peux pas lui expliquer pourquoi elle doit rester loin de Denis, et je ne vais pas m'excuser d'avoir fait ce que j'avais à faire.

Tout ce que j'arrive à faire, c'est la toucher. C'est ce que je sais faire de mieux. Après la nuit dernière, c'est ma raison de vivre.

Je célèbre ma chance lorsqu'elle lève le visage. Je prends sa joue en coupe et approche mes lèvres des siennes, mon autre bras fermement enroulé autour de son dos. Le premier baiser est doux. Exploratoire. Mes lèvres effleurent les siennes.

Je sens qu'elle s'abandonne. Je suppose qu'elle est fatiguée de se battre contre moi. Probablement un peu effrayée. Elle a besoin d'être rassurée, et elle se tourne vers *moi* pour cela, même si je suis l'ennemi. C'est le syndrome de Stockholm dans toute sa splendeur, mais je vais faire avec ce que j'ai.

J'approfondis le baiser, inclinant ma bouche sur la sienne et écartant ses lèvres avec ma langue. Elle porte une autre jupe aujourd'hui, en coton doux qui épouse ses hanches. Je glisse ma main autour de la courbe de ses fesses et la serre.

Elle se fond en moi, molécule par molécule. Ses mains effleurent ma poitrine et remontent jusqu'à mes épaules.

Je soulève l'ourlet de sa jupe jusqu'à sa cuisse, jusqu'à toucher sa peau, puis glisse ma main dessous pour lui caresser les fesses. Elle porte une culotte qui lui moule le postérieur, laissant toute sa peau exposée à mes caresses. Je la malaxe tandis que ma langue explore sa bouche. Quand mon majeur trace le fin ruban de tissu qui plonge entre ses fesses, elle gémit.

J'oublie d'y aller doucement.

Je la soulève, ses jambes autour de ma taille, et la porte jusqu'au lit où je la dépose.

— Tu as été une mauvaise épouse aujourd'hui, *malyshka*.

Je passe une main dans mon dos et enlève mon T-shirt.

Je devrais probablement modérer ma domination, étant donné que c'est ce genre de discours qui l'a complètement bloquée hier soir, mais le commutateur a basculé. Le mode douceur est désactivé, laissant place au mode sombre.

Et je sais à quel point son corps y est réceptif.

Elle me regarde avec ses grands yeux bleus, et j'ai envie de la prendre sauvagement. Je glisse ma main sous sa jupe et lui arrache sa culotte d'un geste brutal.

— Écarte les jambes pour moi, Lara. Je vais te lécher la chatte.

Je n'attends pas qu'elle obéisse. J'écarte ses genoux, la forçant à se pencher en avant sur ses avant-bras.

Sa chatte est soigneusement entretenue, avec un petit triangle de poils sombres et soyeux. Je la caresse avec mon pouce tout en la léchant. Elle halète, sursautant au contact humide.

Je lui donne du plaisir, passant ma langue tout le long de sa fente, à l'intérieur et à l'extérieur, la suçant, la mordillant et la goûtant. Quand je place le bout de mon pouce entre ses fesses et que je le tourne sur son anus, elle serre les fesses et soulève son bassin du lit.

Je lève la tête, mais je garde mon pouce fermement en place. C'est une menace légère.

— As-tu le droit de sortir avec d'autres hommes, Lara ?

Sa chatte se contracte, comme si ma voix sévère allait la faire jouir. Elle me regarde, un mélange de désir et de peur tourbillonnant au fond de ses yeux aux cils sombres.

Je glisse mon autre pouce dans sa chatte et la pénètre, lui procurant un peu de plaisir.

Sa tête se penche sur le côté et elle gémit.

— Hmm ?

Comme elle ne répond pas, je retire mes pouces et la retourne sur le ventre.

— La bonne réponse est *non, lyubimaya*.

Je la maintiens immobile en posant ma main au milieu de son dos et lui donne trois fessées bien senties.

Elle pousse un cri et donne des coups de pied. Elle est magnifique avec sa jupe relevée et ses fesses nues. Elle me fait penser à une écolière catholique, et ma queue devient dure comme de la pierre.

Je lui attrape les fesses à pleines mains et les serre en grognant.

— Tu as le plus beau cul, *printsessa*.

Je glisse mes doigts entre ses jambes et la trouve trempée. D'après mon expérience, rien ne rend une fille plus humide qu'une bonne fessée. Je lui donne deux autres claques, cette fois sur l'arrière de ses cuisses, sous ses fesses, là où il y a moins de chair.

— *Aïe !* proteste-t-elle.

— On recommence.

Je frotte lentement deux doigts entre ses jambes, la récompensant, même si je m'apprête à lui infliger une nouvelle punition. Mon pouce se glisse entre ses fesses, reposant sur son anus. Elle se tortille sous moi, laissant échapper un gémissement grave.

Je lui donne plusieurs claques rapides, frappant sa fesse droite, puis sa fesse gauche, avant de les frapper toutes les deux au centre, juste au-dessus de sa magnifique chatte. Je répète le mouvement deux fois, puis m'arrête, ma main posée sur son postérieur, les serrant possessivement.

— As-tu *le droit* de sortir avec d'autres hommes ?

Elle tend le bras en arrière et couvre ses fesses.

— Ce n'était pas un rendez-vous !

Je relâche doucement ma prise sur ses fesses et me penche en avant pour remonter son T-shirt et l'embrasser le long de la colonne vertébrale.

— Tant mieux, lui dis-je entre deux baisers. Parce que je ne veux pas avoir à t'emmener au Donjon.

Elle se raidit, pensant probablement que des choses terribles s'y passent.

— Retourne-toi et donne-moi encore ta chatte, lui ordonné-je.

Elle s'exécute rapidement, et mon cœur fait un petit bond à la vue de son visage rougi, obscurci par ses cheveux ébouriffés.

C'est moi qui ai fait ça. Je lui ai donné cet air de femme fraîchement baisée, et je ne fais que commencer.

Je reporte mon attention sur sa chatte, la suçant plus vigoureusement. Je trouve son clitoris et fais tournoyer ma langue autour.

Lara cambre ses seins vers le plafond, la tête renversée en arrière, la bouche ouverte.

— Je vais te baiser ce soir, *malysh*.

Je me mets à genoux et déboutonne mon pantalon.

— Et tu vas être une bonne fille et te laisser faire.

Je libère mon érection palpitante.

— Parce que je dois te montrer à qui tu appartiens.

Je réalise à peine que j'ai prononcé les mots qui l'ont mise en colère hier soir. Je dis la vérité, et elle a besoin de l'entendre.

Elle m'appartient. C'est ma femme. Je lui ai donné mon nom et ma protection, et maintenant elle est à moi.

Je prends un moment pour retirer mon pantalon et mon caleçon, puis je déshabille Lara.

— C'est ça, la félicité-je lorsqu'elle enlève son soutien-gorge et se retrouve entièrement nue. C'est comme ça que je vais avoir besoin de toi chaque nuit.

Je m'agenouille entre ses jambes, les écartant légèrement pour pouvoir accéder à son intimité.

— Nue et sous moi, *printsessa*.

Je frotte le bout de mon sexe contre sa fente.

— Criant mon nom à chaque fois que tu jouis.

Je la pénètre d'un seul coup, et elle halète, ses ongles griffant mes avant-bras.

— Tu es sur le point de jouir, Lara ?

Je me retire légèrement et la pénètre à nouveau.

— Oh... *au*.

Je suis trop brutal.

— Désolé, *malyshka*.

J'arrête de bouger pour lui laisser le temps de s'habituer à ma taille.

Elle halète sous moi. Son regard se détourne sur le côté.

Je lui attrape le menton et tourne son visage vers le mien.

— Ça va ?

Je vois un soupçon de soulagement dans son expression à ce contact. Au fait que j'ai arrêté de jouer à mes jeux de domination et que je l'ai rejointe là où elle était. Elle hoche la tête.

Je recule d'un centimètre et la pénètre lentement, observant son expression à la recherche de signes de douleur. Je n'en vois aucun.

— Prête pour la suite ?

Elle hoche à nouveau la tête.

Je baisse la tête pour passer ma langue sur son téton, puis je le prends entièrement dans ma bouche et le suce, fort.

Elle se resserre autour de ma queue et je manque de perdre le contrôle.

J'appuie mon poids sur une main posée à côté de sa tête et la baise lentement en observant son visage tout le temps.

Quand elle ferme les yeux, je lui dis :

— Regarde-moi, *printsessa*. J'ai besoin de voir ce que tu ressens.

———

Lara

— Ça va.

Je soulève mes hanches pour prendre Baron plus profondément. Ma voix semble essoufflée. Je me force à croiser son regard, même si cela me fait des choses folles à la poitrine. Au cœur.

— C'est bon.

C'est fou que je le rassure après qu'il m'a retournée et fessée pour l'avoir trompé, mais il me prête une attention particulière.

Il m'a vue grimacer quand il m'a pénétrée pour la première fois et s'est excusé. Je sais donc que même s'il joue le rôle du punisseur en ce moment, il ne va pas vraiment me faire mal.

C'est à ce moment-là que je décide que je le veux. Tout ce qu'il a à m'offrir ce soir, je le veux.

J'étais d'accord avant, mais une partie de moi se retenait. J'avais peur, j'étais sur la défensive et j'étais toujours en colère contre lui pour ce qu'il avait fait à Denis.

Mais je me sens en sécurité maintenant, aussi fou que cela puisse paraître.

Peut-être est-ce parce que j'ai entendu Phoenix lui faire confiance. Peut-être est-ce ses excuses. Tout ce que je sais, c'est que mon corps est réceptif et que je veux tout ce qu'il a à m'offrir.

— S'il te plaît.

Un sourire triomphant se dessine sur les lèvres de Baron. Il aime que je le supplie.

Évidemment.

— Tu en veux plus, *malyshka* ?

— Oui. Donne-moi plus.

Il accélère le rythme, ses muscles se contractant dans une magnifique démonstration de virilité, comme un bel étalon au galop.

— Je devrais te baiser le cul ce soir, après ce que tu as fait. Mais tu n'es pas prête pour ça, n'est-ce pas ?

Je secoue la tête, mais je sens un orgasme monter, déclenché par sa menace. L'intérieur de mes cuisses tremble, le besoin se fait de plus en plus pressant.

— Je vais te baiser sauvagement, cependant.

Pour le prouver, il accélère encore plus le rythme. L'étalon au galop.

C'est parfait : son rythme correspond à mon désir, le glissement de sa queue touche chaque terminaison nerveuse à l'intérieur et à l'extérieur de mon canal.

— J'ai été en manque toute la journée en repensant à quel point tu étais *magnifique* hier soir sous la douche.

Mon gémissement devient plus aigu. Je me sens belle. Désirable. Adorée, même.

Son attention m'enivre. Sa queue me *détruit*. Je le sens si profondément que je jurerais qu'il va me fendre en deux.

— Prends-la, *malysh*. Prends-la comme une bonne fille, ordonne-t-il.

Il sait que cela devient difficile pour moi. Le rythme, l'intensité de ses coups de reins.

— S'il te plaît, supplié-je.

— Tu ne jouiras pas avant que je jouisse.

Sa voix est sévère. Menaçante.

Cela fait battre mon cœur d'excitation.

— S'il te plaît, répété-je.

Mes supplications semblent déstabiliser Baron. Un muscle palpite dans sa joue. Il me pénètre de plus en plus fort, me propulsant vers le haut avec la force de ses coups de reins.

— Putain, marmonne-t-il.

Puis il se met à débiter un torrent d'éloges et de propos obscènes. Comme s'il était sur le point de jouir et qu'il ne pouvait plus se retenir.

— Putain, tu es magnifique. Tu es tellement bonne. Si serrée, si humide, si parfaite. Tu vas être ma gentille fille, Lara ?

— S'il te plaît.

C'est la seule phrase qui sort de ma bouche.

Baron rugit et s'enfonce profondément.

— Jouis, bébé. Jouis pour moi maintenant.

Il lèche le bout de son pouce et le glisse entre nos corps, frottant mon clitoris.

Je jouis comme un geyser. Mes muscles se contractent autour de son membre épais, le pressant pour en extraire jusqu'à la dernière goutte de sperme. Je crie, toujours en le serrant. Mon bassin se soulève. Mes pieds martèlent les couvertures. L'intérieur de mes cuisses tremble et frémit.

— C'est ça, bébé.

Baron se retire doucement lorsque mes derniers tremblements s'apaisent.

— Tu es tellement parfaite.

Il repousse les couvertures et s'installe derrière moi, enroulant son bras puissant autour de ma taille pour me serrer contre lui. Sa grande cuillère dans ma petite. Il embrasse ma tête.

— Tu es parfaite, murmure-t-il à nouveau dans mes cheveux.

Je ferme les yeux. Je ne me suis jamais sentie aussi comblée de toute ma vie. Et c'est avec l'homme que j'ai juré de détester.

Peut-être que ma mère avait raison. Peut-être qu'une bonne alchimie peut vraiment surmonter une montagne de conflits.

La connexion intime forgée par une relation sexuelle époustouflante devient un lien. Nous n'avons pas réglé un seul différend, et pourtant je me sens en sécurité. Soutenue. Aimée, même.

Mais ce sont probablement juste les endorphines qui parlent.

CHAPITRE TREIZE

Lara

Quand je me réveille, Baron n'est plus là. Je me souviens qu'il s'est réveillé en sursaut pendant la nuit, comme il le fait souvent. J'ai tendu la main et j'ai touché sa poitrine, et il a marmonné des excuses.

— Les cauchemars me tourmentent parfois.

Cela a ébranlé l'image de prince privilégié de la Bratva que je lui avais attribuée. Quelque chose l'a traumatisé. La même chose qui explique parfois son regard hanté, j'imagine.

Je m'assois au son de mon réveil qui sonne à côté du lit. Baron a dû se lever et brancher mon téléphone pendant la nuit.

Il a également laissé une tasse de café à côté du lit, dans l'un de ces gobelets isothermes qui gardent la boisson chaude ou froide pendant des heures. Je prends une gorgée, et la saveur crémeuse me frappe comme une drogue. Elle est encore chaude. Le lait a le goût du lait fraîchement chauffé.

Je gémis de plaisir.

Je me souviens des moments passés avec Baron pendant la

nuit. Ses bras puissants autour de moi. Nos jambes enchevêtrées. Ma tête sur son épaule.

C'est comme si mon corps avait besoin de ce contact physique étroit, comme s'il en avait besoin pour compenser toute la merde de cette situation. Je l'ai absorbé confortablement à travers ma peau et j'ai dû faire baisser mon taux de cortisol, car j'ai dormi comme une souche.

Je balance mes jambes hors du lit et me dirige vers la salle de bains. Je suppose qu'on peut dire que notre mariage a été consommé. J'ai vraiment mal entre les jambes et même en moi, comme si mon col de l'utérus avait pris un coup.

Mais c'*était* incroyable.

Je me retourne et je regarde dans le miroir pour voir s'il a laissé des traces de mains sur mes fesses. Non, tout a disparu. Je me sens étrangement déçue, comme si je voulais voir la preuve de ce qu'il m'a fait. Mon ventre se noue quand je me souviens de ce qu'il m'a dit.

Je ne veux pas avoir à t'emmener dans le Donjon.

C'est comme ça que j'aurai besoin de toi chaque nuit, nue et sous moi.

Je veux voir le Donjon. Je veux savoir ce qui s'y passe. Je veux vivre tout ce que les autres femmes ont ressenti entre les mains de Baron.

Un sentiment de possessivité m'étreint comme des doigts qui se referment sur mon cœur. Benjamin Baranov est *mon* mari. Il ne prêtera attention à aucune autre femme.

Je suppose que c'est exactement ce qu'il ressent pour moi. Rencontrer Denis hier sans lui en parler, c'était chercher les ennuis. Je me suis dit que je prouvais que je ne serais pas enfermée comme un oiseau en cage. Que je l'avais peut-être épousé, mais que je n'étais pas sa propriété. Mais je savais très bien que je provoquais le danger. Et quand j'ai obtenu les résultats auxquels je m'attendais, je me suis sentie coupable d'avoir impliqué Denis dans mes jeux mal pensés et je me suis à nouveau emportée contre Baron.

Maintenant, je sais avec certitude qu'il suit un code. Il ne me fera pas de mal, même quand je me comporte mal. La fessée d'hier soir était douloureuse, mais l'ambiance était celle de la domination sexuelle, pas de la torture. Pas de la peur.

L'histoire de Phoenix à propos de Baron prouve qu'il suit lui aussi un code.

C'est un immense soulagement et cela m'excite un peu de savoir que mon mari est dangereux, et même mortellement, mais pas pour moi.

Mon téléphone sonne, je regarde l'écran et je soupire. C'est encore Brash. Je suppose que je devrais répondre, sinon il continuera d'appeler.

J'accepte l'appel.

— Brash, tu n'arrêtes pas d'appeler, dis-je en russe.

— Bien sûr que je continue d'appeler ! s'écrie-t-il d'une voix inquiète au téléphone. On dirait que tu as des ennuis, Lara. Dis-moi ce qui se passe. Je peux t'aider.

Mon pouls s'accélère. Il est possible qu'il puisse m'aider. Il est extrêmement fortuné. Je sais que son père fait partie de l'oligarchie russe. Cela signifie qu'il dispose d'une grande richesse et d'un grand pouvoir. Ils pourraient peut-être nous protéger, moi et ma famille, de Ravil Baranov.

Mais est-ce que je veux son aide ?

Et pourquoi m'offrirait-il son aide ? Que me demanderait-il en échange ?

D'une certaine manière, après avoir entendu l'histoire de Phoenix à propos de Baron, je ne vois pas Brash comme le vaillant sauveur des faibles. Brash me semble être le genre d'homme qui ne pense qu'à lui-même. Son intérêt pour moi m'a toujours semblé hypocrite, c'est pourquoi je ne prenais pas nos rendez-vous très au sérieux. C'est pourquoi je n'ai même pas pensé à annuler le rendez-vous quand je suis partie.

Il disait et faisait tout ce qu'il fallait, se comportait comme un vrai gentleman, mais cela semblait artificiel. Presque comme s'il était gay et qu'il me courtisait pour que je lui serve de couverture. Il n'y avait pas de véritable étincelle.

— Je ne suis pas en difficulté, m'entends-je dire.

Je crois que j'ai pris ma décision. Je ne demanderai pas à Brash Rostov de venir me sauver. Je vais régler cette merde toute seule.

— On dirait bien que si. Tu as dit que tu devais te marier soudainement ? Que s'est-il passé ?

Je ferme les yeux et prends une inspiration mesurée par le nez.

Que dois-je dire ? Dois-je lui dire la vérité ou le repousser ?

Je me contente d'une version édulcorée de la vérité.

— Je suis fiancée à un inconnu depuis mon plus jeune âge. C'était un arrangement familial. Nos parents ont décidé qu'il était temps de sceller le contrat.

Étonnamment, Brash n'a même pas besoin d'un instant pour assimiler cela.

— Comme un mariage arrangé ? C'est fou. On est au XXIᵉ siècle. Tu n'es pas obligée de le faire, Lara.

Une fois de plus, je suis surprise qu'il s'en soucie autant.

— C'est trop tard. Je l'ai fait. Je suis mariée, maintenant.

— Tu n'es pas obligée de rester mariée. Aucun tribunal ne t'oblige à rester mariée *jusqu'à ce que la mort vous sépare.*

L'idée de divorcer et de prendre un avion pour Paris m'attirait énormément. Je menais une vie formidable là-bas. Il ne me restait plus qu'un an pour obtenir mon diplôme. Je venais d'obtenir un stage qui m'aurait permis d'acquérir l'expérience nécessaire pour trouver un emploi d'interprète après l'obtention de mon diplôme.

Sauf que... je devrais abandonner Baron. Ce type que je considérais comme un tyran, mais dont je commence à soupçonner qu'il pourrait en réalité être celui qui protège les autres des tyrans. Mais comment cela s'accorde-t-il avec la famille bratva impitoyable qui a exigé notre mariage immédiat ? Peut-être que son père est un tyran et qu'il est déterminé à me protéger de lui.

Si je divorçais de Baron et laissais Brash m'aider, je serais plus en sécurité. Je ne sais pas si ma famille serait en sécurité ou non. Et je renoncerais au genre de relations sexuelles que j'ai eues hier soir.

L'idée d'avoir des relations sexuelles avec Brash me fait l'effet d'un ballon qui se dégonfle au plus profond de mon âme.

Non merci. Après Baron…

Il est difficile d'imaginer que quelqu'un d'autre puisse lui arriver à la cheville.

Mais vais-je laisser passer ce qui pourrait être ma seule chance de sortir de cette prison à vie pour du bon sexe ?

— Merci de m'avoir proposé ton aide. J'apprécie ton attention. Mais je n'ai pas besoin d'être sauvée.

— Tu as hésité avant de répondre. As-tu peur, Lara ?

Je me sens soudain prise de vertige. La salle de bains tourne autour de moi. Ai-je peur ? Oui, bien sûr. Mon père semblait avoir peur, ce qui me terrifie.

Oui, j'ai peur. Mais il y a aussi une lueur d'espoir qui commence à germer au fond de mon cœur. Une part naïve de moi veut croire que je pourrais trouver l'amour ici, dans les bras d'un monstre. Mon intérêt a été suffisamment éveillé pour que je ne veuille plus m'enfuir. Plus maintenant.

Mais je changerai peut-être d'avis. Je découvrirai peut-être toutes les horreurs commises par Ravil Baranov et son fils et je voudrai m'enfuir aussi loin et aussi vite que possible.

Ou peut-être que ce mariage arrangé sauvera tout, comme mon père semble le croire.

— Non, je suis en sécurité. Mais je te préviendrai si cela change.

— Lara, tu n'as pas l'air en sécurité...

—Je te le dirai si ça change, dis-je fermement.

Il cesse d'essayer de discuter.

— Où es-tu exactement ? Je viens te chercher. Je dois voir de mes propres yeux que tu n'es pas prisonnière.

Je repense au sang sur la table du bar aujourd'hui. Que ferait Baron si mon ex-petit ami se présentait avec l'intention de m'enlever ?

Quelque chose d'horrible, je le crains.

Il est peut-être sans danger pour moi, mais il ne l'est pas pour les hommes qui me veulent.

J'essaie de ne pas laisser transparaître l'urgence dans ma voix en forçant un rire.

— Ne sois pas ridicule. Je ne suis pas prisonnière. Je ne veux pas non plus que tu viennes. Comme je te l'ai dit dans mon SMS, je suis mariée, maintenant. Je ne peux plus te voir.

Brash reste silencieux pendant un moment.

— Promets-moi de m'appeler si tu as besoin de quoi que ce soit.

—Je te le promets.

— D'accord. Bonne chance, alors. J'espère avoir de tes nouvelles.

J'espère que ce ne sera pas le cas. Cela signifierait que les choses ont terriblement mal tourné ici.

— Au revoir, Brash.

Je raccroche avec un sentiment de malaise au creux de l'estomac.

J'espère de tout cœur avoir fait le bon choix.

———

Baron

Je passe en mode proactif pour la fête, appelant Edgar, le chef des pompiers, entre mes cours du matin pour lui faire savoir que nous organisons une fête et lui demander s'il souhaite inspecter nos alarmes afin de s'assurer que nous sommes en règle. La maison Baranov a fait un don généreux et a mis à disposition des étudiants bénévoles pour leur collecte de fonds *chili cook-off* l'hiver dernier, j'ai donc quelques garanties sur lesquelles m'appuyer.

Pourtant, sa voix trahit une certaine impatience.

— J'ai inspecté l'année dernière. Y a-t-il eu des changements ?

— Non, je veux juste être sûr. Nous installerons un comptoir à l'entrée vendredi pour nous assurer de ne pas dépasser la capacité d'accueil.

— D'accord. Autre chose ?

Il ne comprend toujours pas pourquoi je l'embête, alors je lui dis franchement :

— Je vais être tout à fait honnête avec vous, Edgar. Nous avons entendu dire qu'une autre association étudiante du campus allait essayer de faire annuler notre fête, alors j'essaie juste d'anticiper toute directive qui pourrait venir de leur part.

— Ah. Je vois. Je garderai cela à l'esprit si je reçois des appels, mais nous devrons tout de même réagir si c'est le cas.

— Je comprends. Je veux juste vous assurer à l'avance que nous respecterons les règles que vous nous avez données.

— D'accord, fiston. Je vous en suis reconnaissant.

Je raccroche.

Eh bien, c'est tout ce que je peux faire. Je ne sais pas comment éviter d'autres problèmes. Si la police décide de venir nous fouiller, je peux m'assurer qu'ils ne trouvent rien, mais avoir des policiers qui parcourent la maison pour vérifier les pièces d'identité va gâcher l'ambiance de la fête.

J'ai fait tout le reste dans les règles. J'ai obtenu un permis, j'ai enregistré la fête auprès de l'administration du campus, j'ai commandé des bracelets pour m'assurer qu'aucun mineur ne puisse boire d'alcool. Nous ne suivons pas toujours ces règles, mais cette fois-ci, nous devrons être totalement irréprochables. Pas de vente de drogues de synthèse, pas de jeux dans le Donjon.

Mon téléphone vibre, c'est un SMS d'Anya.

Brash a appelé Lara ce matin. Vérifie les fichiers.

Blyad.

Je m'arrête et j'ouvre sur mon portable le dossier où Anya envoie tous les enregistrements provenant du téléphone de Lara. Je parcours rapidement la transcription. Il y a aussi un enregistrement vocal, mais je n'ai pas le temps de l'écouter pour l'instant.

Elle lui a dit qu'elle était mariée et a refusé son aide. Je m'accroche à cette information.

À quel moment puis-je lui dire la vérité en toute sécurité ?

Pas encore. Pas avant qu'elle ne se sente en sécurité avec moi. Elle ne me fait toujours pas confiance.

Mais plus nous continuons à lui faire croire ce mensonge, plus elle se sentira manipulée. Elle est déjà furieuse de se sentir comme un pion dans les manigances de son père. Comment se sentira-t-elle lorsqu'elle apprendra qu'il ne lui a pas fait confiance pour lui dire la vérité ?

Putain. Je déteste tout ça.

Non, pas tout.

Car si Adrian n'avait pas inventé ce mensonge selon lequel Lara était fiancée à moi, je ne l'aurais peut-être jamais rencontrée. Je n'aurais pas aujourd'hui une femme belle et intelligente, celle que j'ai l'impression d'avoir attendu toute ma vie.

Je range mon téléphone dans ma poche, puis me dirige vers mon cours de statistiques, celui du professeur Vasiliev, qui me déteste. Je ralentis le pas.

Il se tient devant sa porte et discute avec un jeune homme trapu aux cheveux bouclés en bataille et au nez recouvert d'un pansement en forme de X.

Denis Penkin. En train de parler au professeur Vasiliev.

Bien sûr, ils sont tous les deux russes. Ça pourrait être aussi simple que ça. Sauf qu'ils me regardent avec un mépris total.

Merde.

Ils sont de mèche.

Vasiliev a aussi des liens avec les oligarques.

C'est un problème.

Denis s'éloigne avant que je n'arrive, mais je ne peux m'en empêcher : ce *mudak* fait ressortir mon côté violent. Je laisse Vasiliev le voir. L'élève respectueux a disparu. Je lui montre qui je suis vraiment. Ce qu'il savait déjà de moi. Je suis un tueur. Un criminel. Un homme qui n'hésitera pas à recourir à la violence pour protéger ce qui lui appartient. Je retrousse ma lèvre supérieure dans un grognement et m'arrête devant lui.

— C'est un de vos amis ? grogné-je en russe, inclinant la tête dans la direction où Denis est parti.

Il garde son sang-froid sans se laisser intimider.

— Assieds-toi, Baranov.

Je reste sur place, le fixant du regard. Lui montrant que je me fous de ses notes, de sa classe ou de son opinion sur moi. S'il travaille avec Denis Penkin pour espionner ou nuire à ma femme, je le tuerai.

Il me lance un regard sinistre.

Un autre élève tente de passer, mais je bloque la porte.

— Excusez-moi, murmure-t-il, la tête baissée.

Je relâche la tension dans mes muscles, entre tranquillement dans la salle de classe et m'assois au premier rang, d'où je peux parfaitement fixer cet enfoiré du regard.

Personne ne touche à ma femme.

Pas s'ils veulent rester en vie.

CHAPITRE QUATORZE

Lara

Vendredi, tout le campus parle de la fête de rentrée scolaire au Goulag, alias la maison Baranov. Baron est en mode *pakhan* depuis le début de la soirée, donnant des ordres et des instructions à voix basse à tous ceux qui vivent dans la maison pendant qu'ils préparent la fête.

Sauf pour moi. Il ne semble rien attendre de moi, si ce n'est que je porte son nom de famille et que je me couche nue sous lui chaque nuit. Je ne peux pas me plaindre de ce dernier point. C'est époustouflant.

Baron a apparemment déjà mis à jour les dossiers de l'école avec mon nouveau nom de famille, car j'ai découvert hier que mon dossier avait changé dans mon tableau de bord étudiant.

Plus tôt dans la journée, lorsque mon professeur de littérature française m'a appelée « Baranova » pour me poser une question sur la lecture, toute la classe s'est retournée pour me regarder. Ensuite, trois jeunes femmes m'ont arrêtée pour me demander si j'étais de la famille de Baron. J'ai éprouvé une certaine satisfaction en voyant la déception et le choc sur leurs visages lorsque je leur ai dit que j'étais sa femme.

— Tu plaisantes, n'est-ce pas ?

L'une des femmes a regardé les autres.

— Elle plaisante.

Elle m'a regardée à nouveau.

— Tu es sa sœur. J'ai entendu dire qu'il avait une sœur sur le campus cette année.

— C'est Lili, ai-je expliqué patiemment. Je suis Lara. Sa femme.

J'ai montré ma bague.

Leurs expressions de jalousie horrifiée étaient épiques.

Une partie de moi n'arrive pas à croire que j'en sois fière, que je montre ma bague pour m'assurer une certaine reconnaissance sociale. Mais Baron est un prédateur au sommet de la chaîne alimentaire sur le campus, et tant que je suis obligée de vivre ici en tant que sa femme, autant en tirer profit.

Les portes de la fête ouvrent à vingt-et-une heures, et il est vingt-et-une heures. Je me tiens devant le miroir et examine ma tenue. Je ne sais pas ce que les Américains portent pour aller à des fêtes universitaires, mais j'ai opté pour une tenue de boîte de nuit à la française : sexy, mais pas trop provocante, sinon les videurs ne vous laisseront pas entrer.

Je porte une mini-robe noire sans bretelles qui épouse mes courbes, avec une ceinture argentée lâche autour des hanches et une paire d'escarpins à talons compensés en cuir verni noir. J'ai relevé mes cheveux pour attirer l'attention sur mes épaules nues et mon décolleté. J'ai mis un peu plus de maquillage, dessinant des yeux de chat avec un eye-liner noir et utilisant une poudre gris fumé pour faire ressortir le bleu de mes yeux. J'applique un peu de gloss couleur baie sur mes lèvres et les frotte l'une contre l'autre.

Je ne sais pas à quoi m'attendre, mais j'ai le sentiment que cette fête va être pour le moins intéressante.

J'ouvre la porte de la chambre et descends les escaliers en talons. Les lumières sont éteintes, à l'exception d'un éclairage d'ambiance : une bande de petites lumières blanches borde les escaliers, ce qui me permet de voir où je marche. Elles ont probablement toujours été là, mais je ne les avais pas remarquées auparavant. La musique emplit la maison. C'est un mélange de ska et de reggae, entraînant mais pas dansant. Ce n'est probablement que de la musique d'ambiance.

En bas, la maison a été transformée. Les lumières sont éteintes, à l'exception des lumières colorées qui brillent sur une boule disco suspendue au plafond. Je ne sais pas où sont passés les meubles, mais le salon est maintenant complètement vide et ouvert pour servir de piste de danse. Anya est assise sur un tabouret de bar derrière une cabine de DJ dans le coin, un casque autour du cou. Elle me fait signe quand elle me voit, et je lui réponds.

Baron traverse rapidement le salon en donnant des ordres, mais je ne vois personne autour de lui et je ne comprends pas à qui il s'adresse, jusqu'à ce que je remarque qu'il porte une oreillette.

Anya lève le menton dans ma direction, et Baron se retourne. Je le regarde s'arrêter net, passant du leader cool et calculateur à un homme fougueux.

— Putain.

Une satisfaction féminine m'envahit, me rappelant que même dans les heures les plus sombres du patriarcat, le pouvoir érotique féminin est une force plus puissante que tout ce que les hommes pourraient créer. C'est pourquoi ils ont si peur de nous. Pourquoi ils cherchaient à nous capturer, à nous contenir et à nous posséder.

— Ta communication est activée, Baron, lui rappelle Anya.

Baron lève la main et touche son oreille, probablement pour éteindre l'appareil, puis il s'approche de moi au pied de l'escalier.

Sans dire un mot, il se presse contre moi, me plaquant contre le mur. Je sens la chaleur de son corps à travers le tissu de ma robe. Son pouce effleure ma joue, ses doigts glissent dans mes cheveux.

— Ma femme est tellement sexy.

Il semble adorer m'appeler sa femme. Ces mots me choquent encore à chaque fois que je les entends, mais il est difficile de s'y opposer quand son appréciation évidente transparaît dans sa voix.

Il porte une chemise rose pâle déboutonnée au niveau du cou et retroussée jusqu'aux avant-bras. Il ressemble davantage à un PDG milliardaire sur le point de monter sur son yacht qu'à un étudiant, et il affiche une assurance aussi naturelle que ses vêtements coûteux.

Il couvre ma bouche d'un baiser possessif et revendicatif.

— Qu'est-ce que je vais faire ce soir avec toi dans cet état ?

Il appuie son front contre le mien.

— Tu es assez belle pour être mangée, et je dois organiser cette putain de fête.

— Qu'est-ce que tu dois faire ?

Son expression s'assombrit, une partie de la luxure disparaît de son regard.

Je regrette instantanément ma question. Je n'aime pas autant son attitude cool et distante, celle qu'il affiche habituellement, que celle où il est excité et grognon.

— Nous devons rester irréprochables ce soir, car nous nous attendons à des problèmes de la part d'une de nos maisons rivales.

— Oh.

Je cligne des yeux. Il y a tellement de choses que je ne comprends pas ici.

— Et nous devons également rendre la fête suffisamment intéressante pour que les gens aient envie de revenir.

— Comment fais-tu cela ? demandé-je.

Il hausse les épaules.

— Principalement en misant sur des rumeurs d'activités illicites qui ne se produiront pas réellement ce soir. Cela incitera les gens à revenir, dans l'espoir d'être assez cool pour y avoir accès la prochaine fois.

— Comme quoi ?

Il m'embrasse à nouveau.

— Je ne suis pas sûr que tu veuilles le savoir, *printsessa*. Et je ne veux pas faire de ma femme une complice.

Une vague de ressentiment m'envahit. Je respecte son désir de me protéger. Mon père est exactement pareil. Ma mère et moi n'avons jamais rien su des activités de sa cellule bratva.

Mais il semble que tous les autres dans cette maison, tous les amis de Baron, soient dans le coup. Tout le monde sauf moi. Je n'aime pas me sentir exclue, même si c'est pour mon bien.

Je le regarde en fronçant les sourcils.

— Je veux savoir.

Il me regarde.

— Tu es sûre ?

— Oui.

— Les péchés habituels : jeux de cartes à gros enjeux. Drogues de synthèse. Le Donjon au sous-sol.

Je réfléchis à tout cela.

— Mais rien ce soir ?

Il secoue la tête.

— Pas même un seul mineur qui boit de l'alcool. Titan House veut nous faire tomber, et nous ne savons pas comment ils vont s'y prendre, alors nous devons rester très discrets ce soir.

Waouh. Pas étonnant que Baron ait l'air d'avoir le poids du monde sur les épaules. Il n'est pas seulement responsable de sa maison, il dirige une véritable entreprise ici. De plus, on dirait qu'il se sent responsable de la sécurité et de la protection de tous les occupants de cette maison.

C'est peut-être la première fois que Baron me confie quelque chose de personnel ou d'important, et j'apprécie cela. Je suis reconnaissante qu'il me fasse suffisamment confiance pour m'impliquer dans cette affaire.

— Que puis-je faire pour aider ?

Quelque chose en Baron se détend, et il m'adresse un sourire, peut-être le premier que je lui vois. Cela lui donne un air enfantin. Insouciant. D'une beauté à couper le souffle.

Il appuie son poids contre moi et s'approche lentement pour m'embrasser, me coupant la respiration. Ses lèvres sont souples ; le baiser est parfait.

— Tu peux m'aider en te promenant ici dans cette petite robe sexy et en laissant tout le monde se demander qui est cette femme incroyablement belle qui est la nouvelle reine de la maison Baranov.

Il m'embrasse à nouveau.

— Reine ?

— Ma *reine*. Alors ne sois pas trop amicale avec les roturiers, tu es de la royauté dans cette maison. Laisse-les deviner.

— Les laisser dans le doute, répété-je.

— Oui. Bonus : tu peux laisser entendre que notre mariage a été arrangé ou que tu es une princesse bratva. Cela ne fera qu'ajouter au mystère. Tu deviendras une énigme qu'ils voudront absolument résoudre.

Les mains de Baron se posent sur ma taille. Il embrasse ma mâchoire. Mon cou.

— Tu sais ce qui m'aiderait le plus ?

Sa voix a un ton séduisant.

— Quoi ?

— Me laisser t'emmener à l'étage, te déshabiller et t'attacher nue à notre lit, pour que je sache ce qui m'attend à la fin de la nuit et que je n'aie pas à m'inquiéter qu'un *mudak* essaie de te toucher ce soir.

— Hmm. Laisse-moi y réfléchir.

Je fais semblant d'y réfléchir.

— *Non.*

Je lui donne un coup dans la poitrine.

— Je suis la reine. Les reines ne se font pas attacher nues.

Il me lance un regard faussement innocent.

— Certaines le font.

— Alors, tu as le droit de t'amuser à cette fête, ou tu travailles tout le temps ?

Son expression s'assombrit à nouveau.

— Ces choses-là ne sont pas un jeu pour moi. C'est du travail.

Je regarde mon nouveau mari, un jeune homme de vingt-deux ans qui semble avoir complètement raté sa jeunesse. Un homme dans un état perpétuel de sacrifice de soi pour son père, pour la cause, pour les autres. C'est clairement un leader-né, mais qui porte le poids de la responsabilité de tous ceux qui dépendent de lui.

Je veux alléger ce fardeau pour lui.

Je l'embrasse. C'est la première fois que j'initie un baiser, et Baron ne manque pas l'occasion. Il reste parfaitement immobile pendant mon baiser, puis me plaque contre le mur, ses doigts enroulés autour de ma gorge comme un collier délicat, tandis qu'il me rend mon baiser avec fougue.

Cela dure jusqu'à ce que nous soyons tous les deux à bout de souffle, puis il s'écarte et frotte ses lèvres l'une contre l'autre, le regard rivé sur le mien.

— Merci, dit-il avec révérence.

J'entends pratiquement mes murs s'écrouler autour de moi.

Mon mari apprécie profondément le cadeau de mon affection. Cela ne pourrait être plus clair. Et cela ne pourrait être plus excitant.

La musique s'arrête soudainement.

— *Pakhan* ! s'écrie Anya en retirant ses écouteurs. Ils essaient de te joindre par radio. Il y a une file d'attente à la porte et ils veulent savoir s'ils doivent ouvrir.

La main de Baron glisse de mon cou jusqu'à ma mâchoire, et il m'embrasse une nouvelle fois brutalement, avant d'esquisser un sourire sauvage.

Mes genoux fléchissent.

Il porte la main à son oreille et appuie sur un bouton de son appareil de communication.

— Que la fête commence.

CHAPITRE QUINZE

Baron

À vingt-deux heures, nous avons presque atteint notre capacité maximale, soit environ deux heures plus tôt que la plupart des fêtes universitaires.

Anya met de la musique entraînante et la piste de danse est bondée de corps en sueur qui se déhanchent.

Tout le monde essaie de me draguer, mais ce soir, je suis intouchable.

Je me fraye un chemin à travers la foule, à la recherche de ma magnifique femme.

— Patron, m'appelle Phoenix par radio.

Il travaille à l'entrée et encaisse les vingt dollars de droit d'entrée, car c'est lui qui s'occupe de nos finances. Il gère la comptabilité de nos entreprises. Alex travaille avec lui comme agent de sécurité. Feliks fait office de videur à l'intérieur, au pied de l'escalier, pour empêcher les personnes qui ne font pas partie de la maison de monter.

— Baron, Melinda Tracy est à la porte. Elle dit que tu l'as autorisée à entrer.

Je gémis. Je lui ai dit deux fêtes par an, et elle a choisi ce soir ? Je n'aurais pas dû faire cette concession pour elle.

— Dis-lui que c'est une perte de temps, car le Donjon est fermé ce soir.

Un instant plus tard, la voix de Phoenix revient :

— Elle dit qu'elle veut quand même entrer.

Bon sang, pourquoi ? Peu importe.

— Alors laisse-la entrer. Je lui ai dit qu'elle pouvait venir à deux fêtes par an, alors note-le. C'est sa première entrée. Il ne lui en reste plus qu'une. Rappelle-le-lui.

Phoenix revient une fois de plus.

— Elle est acceptée.

Je remarque qu'Anders, qui joue actuellement le rôle d'hôte et qui alternera les tâches avec Leo pendant la nuit, se dirige vers l'entrée de la maison. J'imagine qu'il va accueillir Melinda en personne.

J'espère qu'elle remarquera enfin son intérêt maintenant que je ne suis plus là pour la distraire.

— Qui surveille Lara ?

Ma femme est difficile à suivre. Après le baiser qu'elle m'a donné, je n'avais qu'une envie : annuler toute la fête et l'emmener à l'étage pour la dévorer.

— Moi, répond Zoe. Elle m'aide au bar à cocktails sans alcool.

Le bar à cocktails sans alcool est l'un des moyens que nous utilisons pour apaiser la colère des étudiants mineurs qui n'ont pas le droit de boire. Nous les servons dans des gobelets en plastique transparent de la même taille que ceux utilisés pour les boissons alcoolisées. La seule différence est la couleur de la paille. Ensuite, nous faisons semblant de ne pas savoir qu'ils les remplissent avec leur propre réserve d'alcool.

Il est logique que Lara finisse avec Zoe car elle n'a pas d'amis avec qui passer du temps ou danser ici. J'aurais dû prévoir qu'elle se sentirait en trop et lui attribuer une tâche.

Mais je ne veux pas me retrouver dans la position de dire à ma femme ce qu'elle doit faire. Elle est déjà assez énervée d'avoir épousé quelqu'un comme moi.

Mais cela semble se calmer un peu, Dieu merci.

Un petit sourire se dessine sur mes lèvres alors que je me dirige vers la porte arrière de la cuisine, où elles sont postées. Leo se trouve à la porte principale et sert des boissons alcoolisées aux fêtards qui portent un bracelet. La cuisine est autrement fermée à tout le monde.

— Un soda et du citron vert ? me demande Zoe en m'apercevant derrière la file d'attente.

Je hoche la tête.

— Et *ma femme*.

Tout le monde dans la file se retourne pour me regarder, puis regarde à nouveau Anya. J'entends leurs murmures :

« Il a dit « femme » ? Il est marié ? »

— C'est moi, je suis sa femme, annonce Lara à voix haute en russe en levant les bras.

Ma brillante épouse a bien compris la situation. Tous les invités la scrutent, puis me regardent tandis que je me fraye un chemin jusqu'à elle et lui tends la main.

— Viens, *malyshka*.

Tout le monde reste bouche bée lorsqu'elle sort de derrière le bar improvisé (un chariot à roulettes) et me prend la main tandis que Zoe me tend mon verre.

— Vous avez entendu ? Le baron Baranov a une femme, dit quelqu'un alors que nous nous éloignons.

— Veux-tu danser ?

Lara secoue la tête.

— J'ai déjà mal aux pieds. Je vais peut-être monter changer dc chaussurcs.

— Je t'accompagne.

Je me fraye un chemin à travers la foule vers les escaliers, mais le choc d'un corps qui s'écrase au sol à ma droite me fait pousser Lara derrière moi et me précipiter dans cette direction.

— Arrêtez ! crie une jeune femme.

C'est Lili.

Oh merde.

Le sang envahit ma vision. Mon cerveau passe en mode guerrier. Je dois protéger Lili, ma petite sœur. Je ne peux pas la laisser mourir dans une mare de sang comme Valentina, notre nounou.

Je suis une machine, prête à combattre et à tuer. Je me suis entraîné tous les jours depuis l'âge de dix ans pour ce combat. J'ai combattu les cauchemars avec stratégie. Je suis devenu un excellent tireur, j'ai appris le MMA et je me suis maintenu en parfaite condition physique pour n'importe quel combat.

Je ne resterai pas les bras croisés pendant qu'une autre personne que j'aime meurt dans une mare de son propre sang.

Leo relève le type à terre avec une intention meurtrière. Je me précipite pour l'aider.

— Arrête, Leo !

C'est encore Lili. Pourquoi dit-elle à Leo d'arrêter ? Je me précipite à côté de Leo et nous traînons tous les deux le type dans la chambre la plus proche, celle de Phoenix, en utilisant mon empreinte digitale pour ouvrir la serrure.

— Il a essayé de droguer Lili, grogne Leo.

Nous jetons le type par terre, et il se relève précipitamment.

— Je l'ai vu mettre quelque chose dans son verre quand elle s'est éloignée.

— Ce n'est pas vrai ! C'était de l'alcool ! hurle le type.

Leo ferme la porte derrière Lara et Lili. Nous nous entassons tous les cinq dans la petite chambre. Je me fais une vague note mentale d'envoyer les femmes dehors avant de le torturer et de le tuer.

— C'est moi qui lui ai demandé ! s'exclame Lili.

La peur dans sa voix me donne envie de tuer ce type au plus vite.

Elle se tourne vers Lara.

— Aide-moi à arrêter Ben, s'il te plaît.

Arrêter *Ben ?* Je ne comprends pas. Ce type s'appelle Ben ?

Lili me tire par le biceps.

— Il m'a proposé de remplir mon verre quand je me suis plainte que Leo ne me donnait pas d'alcool. Il *ne* m'a *pas* droguée.

Je l'entends, mais ses mots n'ont aucun sens. Je suis concentré sur ce type, réfléchissant à la manière dont je vais lui faire mal. Je cherche une solution pour me débarrasser du corps.

Lili me bloque la vue, se plaçant juste devant moi. Lara se tient à côté d'elle et me touche le bras.

— Ça *va*.

Lili agite la main devant mon visage.

— Regarde-moi, Ben. Nous ne sommes pas revenus en arrière. C'est fini.

Lara presse son corps contre le mien. Je suis toujours concentré sur le type, essayant de voir autour d'elle, donc je ne remarque pas sa présence au début, mais quelque chose dans la douceur de son corps semble en contradiction avec la contraction dure de mes muscles qui se préparent au combat.

— Tu m'écoutes, Baron ?

Sa voix semble lointaine. Elle répète ces mots. Au lieu d'élever la voix, elle parle doucement. De manière séduisante, comme si ces mots n'étaient destinés qu'à moi.

— J'ai besoin de toi, dit-elle en russe. J'ai besoin que tu me regardes.

Mon regard quitte la cible de ma violence sans que mon cerveau ne m'y autorise, et je croise les grands yeux magnifiques de Lara, rivés sur mon visage.

Il y a un moment de désorientation, comme lorsque des éléments disparates de votre vie se mélangent dans un rêve. Pourquoi est-elle ici ?

Pourquoi me regarde-t-elle ?

Je passe mes bras dans le dos de Lara. J'adore la façon dont elle s'adapte à moi. Comme si elle était nécessaire à ma survie.

— Qu'est-ce que tu as dit ?

———

Lara

Il y a quelque chose qui ne va pas chez mon mari. Quelque chose qui le transforme en tueur. Et le déclic s'est clairement produit.

La réaction appropriée de ma part devrait être la peur.

Au lieu de cela, je ne ressens qu'une immense compassion. Quelque chose leur est arrivé. Aux deux enfants Baranov.

Nous ne sommes pas revenus là-bas. C'est fini.

Quoi qu'il se soit passé, cela explique pourquoi il protège si agressivement les personnes qui lui sont chères. Cela explique les cauchemars. A-t-il perdu quelqu'un qui comptait pour lui ?

Il me regarde, maintenant, détournant pour la première fois son regard de l'homme que Lili tente de sauver. Son regard vide disparaît. Il cligne plusieurs fois des yeux, scrutant mon visage comme s'il ne savait pas qui je suis, ni pourquoi je suis là.

Pendant un instant, je ne suis pas sûre qu'il sache qui je suis. Je suis juste reconnaissante qu'il m'ait entendue.

Ses bras m'entourent presque instinctivement. Son expression dure s'adoucit.

— Qu'est-ce que tu as dit ?

— Tu as entendu Lili ? Elle n'a pas été droguée. Tu dois laisser ce type partir.

J'ai un immense respect pour Baron, qui ne laisse rien transparaître sur son visage tandis qu'il regarde tour à tour Lili, son prétendant, puis Lili et Leo. Je peux pratiquement voir les rouages de son cerveau tourner à toute vitesse. Comme s'il essayait de rattraper son retard sans montrer qu'il a perdu pied avec la réalité pendant un instant.

Il me lâche.

— Tu as mis de l'alcool dans son verre.

Baron le dit comme une affirmation, mais il observe le type.

La sueur perle au niveau de la racine des cheveux du pauvre homme. Une ecchymose apparaît sur sa mâchoire, là où Leo a dû le frapper.

— Oui. Je lui ai demandé si elle voulait un shot de vodka, elle m'a tendu son verre et m'a dit qu'elle revenait tout de suite.

Il sort une flasque en métal de sa poche arrière.

— J'ai apporté ma propre réserve, car je n'ai pas encore vingt-et-un ans.

Leo le lui arrache des mains, l'ouvre, le renifle, puis en prend une gorgée et le fait tourner dans sa bouche. Il le passe sans un mot à Baron, qui fait de même.

Baron pose une main sur l'épaule de Lili.

— Voici Lili Baranova, ma petite sœur. Aucun membre de cette maison ne te laissera verser quoi que ce soit dans son verre sans essayer de te tuer pour ça.

Le type lève les mains.

— Je... je comprends. Je voulais juste...

Il secoue la tête.

— Je suis désolé.

— Ce n'est pas grave, dit Baron. C'était un malentendu.

Le corps de Lili se détend comme si elle retenait son souffle jusqu'à présent.

Baron brandit la flasque.

— Je vais garder ça, car je n'autorise pas l'alcool provenant de l'extérieur lors de nos événements, mais tu peux retourner à la fête si tu le souhaites.

Le type se précipite vers la porte, ignorant Lili comme s'il ne voulait plus jamais la revoir de sa vie.

Dès qu'il est parti, Lili bouscule Baron.

— Bon sang, Baron.

Elle lance un regard tout aussi furieux à Leo.

— Vous êtes les pires.

— Il aurait pu te droguer, Lili ! s'écrie Leo. Tu *as donné ton verre* à un type que tu venais de rencontrer et tu lui as permis d'y verser quelque chose ? Tu as perdu la tête ?

Lili rougit profondément, se retourne et quitte la pièce sans un mot.

Leo la suit du regard, le front plissé, comme si c'était son problème, et non celui de Baron.

— Merde. J'ai laissé le bar sans surveillance.

Il fait demi-tour et suit Lili dehors.

Baron se frotte le visage. Il tourne la tête dans ma direction, mais son regard est lointain. Je passe mes deux bras autour de sa taille et pose ma joue sur sa poitrine.

— Ça va ?

Il pose sa main sur ma nuque et me caresse comme un chaton. Il ne répond pas.

— Qu'est-ce qui t'est arrivé ?

— Quoi ?

Baron semble surpris, comme s'il était ailleurs et qu'il ne comprenait pas de quoi nous parlions.

— Qu'est-ce qui t'a rendu comme ça ? Il s'est passé quelque chose.

Baron soupire doucement et recule comme si je l'avais déséquilibré.

Je tends la main vers son visage et le prends entre mes mains.

— Dis-moi, murmuré-je.

Les yeux de Baron s'assombrissent. Pendant un instant qui me serre le cœur, je pense qu'il va s'ouvrir et me dire quelque chose, mais une voix grésille dans l'oreillette.

— J'arrive tout de suite, répond-il d'un ton sec.

La déception me serre la poitrine. Je lui suis reconnaissante de ne pas bouger. Il repousse une mèche de cheveux tombée sur mon visage.

— Je suis désolé si je t'ai fait peur.

— J'ai peur de toi depuis que je suis arrivée, lui dis-je.

Son masque impénétrable recouvre son expression.

Je hausse les épaules.

— Rien n'a changé.

— Je dois aller parler à la sécurité du campus à l'entrée principale. Tu montes changer de chaussures ?

J'acquiesce.

— On se retrouve sur la piste de danse ?

J'acquiesce. Ma déception de le voir m'exclure se mêle à ma joie qu'il veuille danser avec moi. Bien sûr, c'est peut-être juste pour renforcer le mystère qui entoure sa réputation de nouveau mari d'une femme de la *mafia* russe.

Mais non. Il veut vraiment être avec moi, je le sens. Nous commençons à nous rapprocher sur le plan émotionnel. Ou du moins, je pensais que c'était le cas. S'il partageait quelque chose avec moi, n'importe quoi, je me sentirais peut-être en sécurité avec lui.

Sauf que je suis toujours essentiellement sa prisonnière. Je ne sais toujours pas pourquoi je suis ici. Il ne m'a toujours pas dit pourquoi nous avons dû nous marier soudainement.

Je lui attrape la main alors qu'il se détourne et le ramène vers moi.

— Baron ?

— *Malyshka.*

Je lui pose la vraie question, celle dont la réponse m'importe plus que l'explication de la raison pour laquelle il est ainsi aujourd'hui :

— Pourquoi suis-je ici ?

Je lève mon visage vers lui, le suppliant du regard. De manière inattendue, mes yeux se remplissent de larmes. Je me sens envahie par un sentiment de vulnérabilité. J'ai besoin de savoir pourquoi je suis un pion dans ce jeu et quel est ce jeu. À quoi est-ce que je sers ? Que comptent-ils faire de moi ?

Une ride apparaît entre ses sourcils. Le regret envahit son expression.

— Lara.

Il me caresse la joue de sa large paume.

— Tu es ici pour que je te protège. Et je ne laisserai personne te faire de mal, je te le promets.

Je m'éloigne de lui, frustrée.

Maudit soit-il de ne pas me dire les choses clairement. Maudits soient son père et le mien.

Maudits soient-ils tous de m'utiliser comme un pion.

Je secoue mes cheveux en sortant de la chambre avant lui.

Ils peuvent tous aller au diable, en ce qui me concerne.

CHAPITRE SEIZE

Baron

Sans surprise, ma femme ne m'a pas rejoint sur la piste de danse après avoir changé de chaussures. Elle a disparu à l'étage pendant si longtemps que j'ai supposé qu'elle était allée se coucher.

Sauf qu'à une heure du matin, alors que l'ambiance de la fête devient pesante et que les gens essaient de trouver des partenaires avant la fin de la soirée, je l'aperçois sur la piste de danse.

Avec un homme.

Anya a baissé le volume de la sono pour signaler la fin de la fête, et elle passe des morceaux plus groovy que bop.

Techniquement, quatre gars dansent autour d'elle, se rapprochant comme s'ils prévoyaient un *ménage à cinq* sauvage.

Je me fraye déjà un chemin à travers la foule quand l'un des gars pose ses mains sur ses hanches par-derrière. Je garde mon sang-froid. La violence sera mon dernier recours. Je pose simplement ma main sur l'épaule du gars quand j'arrive à sa hauteur.

— Tu danses avec ma femme.

Lara se retourne.

Heureusement pour lui, il me reconnaît et recule immédiatement.

— Désolé, Baron. Je ne savais pas.

Je l'ignore et me place devant Lara, prenant sa place, mes mains effleurant légèrement sa taille tandis que nous bougeons au rythme de la musique.

Elle lève les yeux vers moi. Il est difficile de déchiffrer son expression, car elle est à la fois empreinte de résistance obstinée et de vulnérabilité. Comme si j'avais ébranlé sa confiance en nous ce soir, mais qu'elle gardait un peu d'espoir.

— Est-ce que tu me punis ? lui demandé-je.

Elle hoche la tête, soutenant mon regard tandis que ses hanches se balancent. Elle porte toujours la robe sexy, mais elle a maintenant enfilé une paire de chaussures plates et ses cheveux sont détachés. Pendant un moment angoissant, mon imagination la voit flirter avec quelqu'un d'autre pendant cette fête pour se venger de moi, mais je rejette rapidement cette idée. Les membres de ma maison l'auraient vue et m'auraient prévenu si elle avait été avec quelqu'un d'autre.

Je m'approche d'elle, glissant une main de sa taille vers le haut pour lui tenir légèrement la poitrine. Je passe mon pouce sur la peau juste au-dessus de sa robe sans bretelles.

Elle ne résiste pas. Son corps connaît le mien. Elle répond à mon contact en s'adoucissant. On dirait qu'elle en avait envie. Elle voulait attirer mon attention et se rebeller un peu pour prouver qu'elle ne se soumettrait pas à mon autorité.

Le problème pour elle, c'est que son corps connaît déjà son maître.

Moi.

Penchant mon visage près du sien, je lui dis :

— Je ne suis pas sûr que tu comprennes comment ça marche.

Je laisse mes mains vagabonder, l'une se glissant derrière elle pour attraper ses fesses et l'autre massant sa nuque.

— Comment ça marche ?

Elle me fixe de ses yeux bleu électrique, ce qui me fait bander.

Je garde une voix séduisante. Mes lèvres effleurent sa tempe tandis que je parle près de sa peau.

— C'est moi qui punis ici. Et tu viens de gagner un voyage au Donjon.

Son rythme faiblit.

Je glisse mon bras dans son dos pour la serrer contre moi. Mes doigts s'emmêlent dans ses cheveux.

— Tu as été une vilaine fille.

Elle regarde par-dessus son épaule vers la porte du placard masquant l'escalier secret menant à l'étage inférieur.

À ce moment précis, la porte s'ouvre et Melinda sort, suivie d'Anders.

On repassera pour ma décision de ne pas aller au Donjon ce soir. Mais au moins, ils ont tous les deux obtenu ce qu'ils voulaient. Les choses ne se sont pas dégradées avec le départ d'Anders. Il n'y a pas eu de problème. Je ne voulais pas de personnes inconnues en bas, mais je fais confiance à Melinda. Elle s'est rendue plusieurs fois au Donjon et elle a autant à perdre que nous si elle manque de discrétion.

Je me souviens que Lara m'a demandé si je m'amusais. Je ne cède jamais à mes propres désirs lors de ces fêtes. Mais le monde ne s'écroulera probablement pas si je m'éclipse un moment. Si je choisis de faire quelque chose pour moi, pour changer.

Je prends la main de Lara et la conduis vers le placard.

— Anders, tu es chargé de mettre fin à la fête, dis-je dans le micro.

En général, nous éteignons la musique et renvoyons les gens vers 2 heures du matin. Parfois, les VIP peuvent rester plus longtemps pour une after-party chic, ce qui renforce bien sûr l'attrait de se lier d'amitié avec les membres de notre maison afin d'obtenir des invitations spéciales. Mon objectif, que j'ai atteint assez rapidement, était de changer toute la structure sociale de Thornecroft, passant du culte des riches *héritiers* à la mise en place d'une nouvelle royauté composée des membres de ma maison.

C'est la raison pour laquelle Titan House nous poursuit.

C'est pourquoi je ne devrais probablement pas céder à mes sombres désirs avec Lara en ce moment.

Mais notre mariage est important. Peut-être plus important pour moi que mon objectif précédent de bâtir un empire. Et ma femme est dans un état sensible et malléable. Si je ne profite pas de ce moment pour nous rapprocher, je vais nous éloigner l'un de l'autre.

Je l'entraîne dans le placard sombre et referme la porte derrière nous. Elle se verrouille de l'extérieur, donc personne ne pourra nous suivre sans l'empreinte digitale appropriée.

Une fois à l'intérieur, j'active la porte coulissante secrète qui s'ouvre sur l'escalier. Oui, nous avons aussi une pièce sécurisée en bas. La sécurité a été notre priorité absolue lors de la rénovation de cette maison.

J'allume l'éclairage d'ambiance – de subtiles bandes de lumières ambrées et rouges qui longent les escaliers – et conduis Lara en bas. Ensuite, j'allume d'autres lumières d'ambiance. Nous avons aménagé le Donjon comme un salon chic, avec des canapés et des fauteuils pour les voyeurs, et du matériel pour les jeux BDSM. Le mur du fond est recouvert de miroirs fumés allant du sol au plafond afin que les soumis et les dominants puissent se regarder eux-mêmes ou leurs partenaires. Il y a également des salles privées avec des bancs à fessée et d'autres équipements.

— C'est ici que je t'amène quand tu es méchante, dis-je à

Lara en la guidant vers un banc de fessée. Enlève ta culotte et mets-toi à genoux ici.

Je tapote la zone rembourrée pour ses genoux.

Lara cligne des yeux et s'efforce d'avaler sa salive, mais ne bouge pas.

C'est logique. Elle n'est pas particulièrement désireuse de me faire plaisir ce soir. Elle préfère que je la « force » à obéir. J'envahis son espace, glissant mes mains le long de ses cuisses et remontant l'ourlet de sa robe moulante.

— Je vais t'aider, *malyshka*.

En faisant tourner mes paumes autour de ses fesses à plusieurs reprises, je murmure :

— Tu peux me faire confiance.

C'est fou à quel point je veux qu'elle me fasse confiance. Je veux désespérément une connexion plus profonde avec elle. J'ai besoin que ce soit plus qu'une scène torride dans le Donjon. Je veux que nous créions des liens.

J'accroche mes pouces à l'élastique de sa culotte et la fais lentement glisser vers le bas, m'accroupissant à ses pieds, puis remontant mes doigts le long de ses jambes tandis que je me relève.

— Voyons voir à quel point tu es excitée par ta fessée.

Je glisse mon majeur entre ses jambes et retiens mon souffle en sifflant entre mes dents lorsque je constate qu'elle est trempée.

— *Très* excitée.

Je mets beaucoup d'admiration dans ma voix.

— C'est bien, *printsessa.* Maintenant...

Je remonte l'ourlet de sa robe jusqu'à sa taille et la fais pivoter pour qu'elle fasse face au banc de fessée.

— *Mets-toi à genoux.*

Il y a soudain une fermeté dans ma voix qui la fait jeter un coup d'œil par-dessus son épaule vers moi, comme si elle vérifiait si je suis en colère.

Je lui fais un clin d'œil pour lui montrer que ce n'est pas le cas.

Elle grimpe sur la plate-forme, je pousse son torse sur le banc rembourré et attache rapidement ses chevilles aux sangles pour la maintenir en place. Je fais de même avec ses poignets, glissant mon doigt à l'intérieur pour m'assurer que les attaches ne sont pas trop serrées. Puis je la laisse mijoter pendant que je mets de la musique sexy sur la chaîne Hi-Fi du Donjon et que je vais choisir mes jouets.

Je choisis un petit plug anal pour débutants, du lubrifiant et une pagaie en cuir. C'est l'un de mes instruments préférés, car il produit un joli bruit de claquement et peut facilement être perçu comme un plaisir ou une douleur selon la force avec laquelle je le manie.

Je prends mon temps, sachant que l'anticipation intensifie l'expérience pour nous deux. Quand je retourne auprès de Lara, je caresse légèrement ses fesses nues, passant ma paume en cercles autour de chaque fesse, puis glissant un doigt entre ses jambes pour étaler son humidité autour de son clitoris.

Je lui administre ensuite une série de claques rapides et vives, en alternant les fesses droite et gauche, en concentrant les coups sur la moitié inférieure de son postérieur, là où elle s'assiéra dans les prochains jours.

— *Aïe*, s'exclame-t-elle.

— Je sais, la rassuré-je en recommençant à lui caresser les fesses.

J'adore voir les marques rouges de mes mains s'épanouir sur sa peau pâle.

— C'est ce qui arrive quand tu es méchante, Lara, lui dis-je en reprenant un ton sévère.

J'écarte ses fesses et dépose une goutte de lubrifiant sur son anus. Elle laisse échapper un glapissement qui semble mêler peur et excitation.

— Je vais te baiser le cul avec ce plug, *printsessa*.

J'approche l'extrémité bombée d'un plug en acier inoxydable de son orifice.

Elle émet un petit gémissement de protestation, que j'ignore. Je pousse son anus avec la tête du plug, en appuyant légèrement puis en le retirant. Je le pose et lui donne une nouvelle fessée avec ma main, un peu plus fort cette fois.

— Tu vas te faire enculer comme une bonne fille ?

— *Niet.*

Je glousse et frotte entre ses jambes, lui procurant du plaisir avant de reprendre ma punition.

— Je vais te faciliter la tâche.

Je retourne à mon armoire à jouets et en sors un vibromasseur. Je le frotte avec du lubrifiant, puis je titille ses plis avec, le faisant glisser jusqu'à son clitoris. En même temps, je me penche en avant et l'embrasse, puis mords l'une de ses fesses.

— Ahh-ah, gémit-elle.

Je maintiens le vibromasseur sur son clitoris, puis, de mon autre main, je ramène la tête du plug vers son anus et j'appuie doucement. Elle se crispe contre cette intrusion.

— Respire profondément, *malyshka.*

J'attends qu'elle obéisse.

— Maintenant, pendant que tu expires, pousse sur ce plug pour que je puisse l'enfoncer.

Elle se fige, retient son souffle un instant, puis expire lentement. J'applique une pression plus forte sur le plug. Elle gémit tandis que son anus s'ouvre pour accueillir le plug.

— C'est bien, ma fille, la félicité-je. Tu t'en sors très bien. Continue à pousser pour moi.

Je fais passer la partie la plus large du plug au-delà de son entrée, et il se loge à l'intérieur d'elle.

— C'est ça, *printsessa.*

Je remue et tourne doucement le plug, procurant des

sensations à toutes les terminaisons nerveuses qui entourent l'anus.

— C'est ainsi que je punis ma femme désobéissante. C'est la position dans laquelle tu te retrouveras chaque fois que tu me désobéiras.

Je m'amuse avec des propos coquins.

— Nous irons ensemble dans le Donjon. Et quand nous en sortirons, tu seras endolorie et je serai satisfait.

Je vais probablement trop loin. Je sais que son corps réagit à la domination, mais son esprit se rebelle contre mon contrôle. Je suis peut-être en train de tout foutre en l'air.

Mais elle gémit et son excitation coule entre ses jambes. *Bon sang*, son cul et sa chatte sont si beaux, exposés devant moi sur ce banc de fessée.

— C'est bien, ma gentille fille, la félicité-je.

Ma queue est plus dure que du granit.

— Maintenant, c'est l'heure de ta fessée.

— Non, gémit-elle.

— Tu vas recevoir une fessée. Je viens de te trouver avec les mains d'un autre homme sur toi, *malyshka*.

Je prends la pagaie en cuir et lui donne deux claques fermes au milieu des fesses. Comme elle les encaisse sans broncher, je continue, en y allant doucement et en la récompensant par des caresses entre les claques. Après une douzaine de coups, j'arrête et admire la teinte rose de ses fesses, puis je remue à nouveau le plug anal. Tout en décrochant les sangles aux chevilles, je lui dis :

— Voilà ce qui va se passer, *princesse*. Tu vas garder ce plug dans ton magnifique cul pendant que tu montes à l'étage et que tu m'attends dans notre chambre.

Je libère ses poignets et l'aide à se relever, faisant glisser l'ourlet de sa robe le long de ses cuisses.

— Compris ?

Elle ne répond pas. Elle essaie de ramasser sa culotte, mais je la lui arrache avant.

— Je vais la garder.

Je la glisse dans ma poche.

— Je veux que ton joli cul soit nu, à l'exception de ton plug anal, quand tu monteras dans notre chambre.

Je passe mes mains autour de ses épaules et de son dos, m'assurant qu'elle se sente toujours soutenue par moi. Cajolée. Chérie.

La faire monter sans moi est une démonstration de pouvoir à laquelle elle n'est peut-être pas prête.

Je lui mordille l'oreille et prends une voix grave et séduisante

— Tiens bien ce plug entre tes fesses et pense à ce que je vais te faire quand j'arriverai là-haut.

Elle passe d'un pied à l'autre, s'habituant clairement à la sensation d'avoir le plug dans son cul.

— Quand tu seras en haut, tu pourras te caresser si tu en as besoin.

Je lui caresse l'entrejambe pour lui montrer. Ses mains se posent sur ma poitrine et je vois ses pupilles se dilater de désir.

— Quand je monterai, je te baiserai comme il faut pour que tu te souviennes à qui tu appartiens.

———

Lara

Baron me serre les fesses de manière possessive. Une part de moi veut résister à tout cela, une part qui veut encore punir Baron de ne pas avoir été honnête avec moi sur les raisons pour lesquelles nous avons dû nous marier. Sur le rôle que je joue dans leur jeu. Je continue à penser que si je pouvais comprendre cela, je pourrais trouver un moyen de m'en sortir. Mais il ne parle pas.

Cette part a été droguée par sa domination. Tout mon corps le réclame, quelle que soit la façon dont il veut me toucher. Même si cela signifie me mettre un plug dans le cul et me donner la fessée avec une tapette en cuir. Je suis plus qu'excitée, je suis trempée et mon cerveau est vide.

La seule chose que je n'aime pas en ce moment, c'est l'idée de quitter Baron. Tout me semble parfait dans ces moments où son attention est tournée vers moi. Quand il me dirige, me domine, me donne l'impression d'être le centre de l'univers.

Mais quand ce n'est pas le cas, je me rappelle à quel point je suis seule ici. Que je ne peux faire confiance à personne et que je n'ai pas d'amis. Que Baron chassera tous les amis que je me ferai. Du moins tous ceux de sexe masculin.

— Je ne serai pas long, *printsessa*, murmure Baron lorsque nous arrivons en haut des escaliers et sortons du placard, lisant d'une manière étrange dans mes pensées.

La fête touche à sa fin. Le salon est deux fois moins rempli qu'auparavant, et la musique qu'Anya passe est plus lente et plus groovy.

—Je veux juste m'assurer qu'ils peuvent finir sans moi.

— Si tu prends trop de temps, je vais m'endormir, l'avertis-je.

Ses lèvres esquissent un léger sourire.

— Tu ne le feras pas.

Il m'embrasse tendrement, et je me blottis contre lui, ne voulant pas séparer mon corps du sien.

Il tire l'ourlet de ma robe vers le bas, comme s'il voulait s'assurer que personne ne verra mes fesses nues, et m'embrasse dans le cou.

— Monte là-haut et enlève ta robe. Ensuite, choisis la position dans laquelle tu veux que je te baise et garde ta chatte bien humide, *malyshka*.

Ses mots me font presque jouir sur la piste de danse.

Il doit le voir, car il m'embrasse à nouveau.

— C'est bien, ma belle.

Il me guide doucement vers l'escalier, où Feliks se tient devant la corde de velours qui délimite les marches.

— Je monterai te récompenser dans quelques minutes.

Il me serre à nouveau les fesses, ce qui fait bouger le plug et fléchir mes genoux.

Je monte les escaliers. Chaque pas que je fais secoue le plug dans mon cul, ce qui me procure *une sensation incroyable*, même si j'ai honte de le dire parce que cela me semble tellement *mal*. Ma lubrification naturelle coule entre mes cuisses. Je ressens une sensation de plénitude à l'intérieur de moi, accentuée par mon cul endolori et la sensation de mon anus maintenu ouvert par le plug.

Une fois dans la chambre, j'enlève ma robe et mes chaussures plates, puis je me brosse les dents et me lave le visage.

Je réfléchis à la consigne de Baron. *Choisis la position dans laquelle tu veux être baisée.*

Je n'arrive pas à me décider. En fait, Baron ne tarde pas du tout. Il ouvre la porte et me trouve debout devant le lit.

Il ferme et verrouille la porte, puis penche la tête et hausse un sourcil.

— Tu as du mal à choisir une position ?

Je hoche la tête.

Il se déshabille rapidement. Je le regarde, admirant les muscles saillants de ses bras.

— Ta chatte est bien mouillée ?

Mes doigts glissent le long de mon ventre pour plonger dans ma mouille. J'acquiesce. Je suis plus que mouillée.

— Monte sur le lit, *printsessa*. Laisse-moi voir si tu es assez mouillée.

Je grimpe prudemment en prenant soin de garder mon anus serré autour du plug. Baron me suit.

— Laisse-moi goûter cette chatte.

Il me pousse sur le dos et écarte mes genoux.

Je crie lorsqu'il remue simultanément le plug dans mon cul et lèche ma chatte. Sa langue tourbillonne *partout*, léchant mes jus, caressant mes plis, suçant toutes mes parties intimes.

Je vais jouir. Mes genoux se referment autour de ses épaules, mes fesses se soulèvent du lit, l'intérieur de mes cuisses tremble.

— Jouis pour moi, *malysh*.

Baron enfonce deux doigts en moi et caresse ma paroi interne.

— Tu le mérites. Tu as si bien supporté ta punition.

Je hurle et jouis, mes muscles internes pulsant. Je suis étourdie, tremblante.

Baron retire ses doigts et se retourne sur le dos.

— Monte sur moi et chevauche ma queue, mon amour.

Je suis encore étourdie par mon orgasme, mais je fais ce qu'il me dit, m'asseyant à califourchon sur sa taille. Il m'attrape par les hanches et me soulève pour m'abaisser sur son érection. Je me rends compte que je ne lui ai pas encore sucé la queue, malgré le nombre de fois où il m'a léchée.

Notre relation est asymétrique, née d'un mariage arrangé et de mon ressentiment d'être emprisonnée par celui-ci. Baron détient les clés de ma cage. Baron m'offre également un immense plaisir, mais celui-ci est teinté de son style particulier de contrôle. Il me demande très peu en retour, si ce n'est de rester loin des autres hommes, ce qui, il faut l'admettre, est une demande raisonnable. Je ne peux pas lui en vouloir pour cela, et même lorsque j'ai dépassé les limites, il s'est montré remarquablement gentil avec moi.

Ses punitions sont sexuelles. Basées sur le plaisir. Excitantes. Elles ne font que me donner envie de désobéir davantage, même si, de plus en plus, je me surprends à vouloir gagner son approbation.

Peut-être que je veux lui donner quelque chose en retour.

Je gémis en prenant son membre long et épais en moi. Avec le plug anal, j'ai l'impression qu'il n'y a plus de place. La sensation est exacerbée. Il me semble encore plus gros. Il m'étire davantage. Je halète quand j'atteins la garde, le gland de sa queue profondément en moi. Il tient mes hanches, sans bouger, me laissant m'habituer à son intrusion.

Puis il passe ses mains derrière moi et actionne le plug. Je halète, balançant instantanément mes hanches sur les siennes. Je frotte mon clitoris contre ses reins, trouvant l'endroit où son gland frotte une crête interne. Ma respiration s'accélère. Baron utilise le plug pour me propulser sur sa queue, et je le chevauche plus vite, mes mains appuyées sur ses épaules, mes longs cheveux tombant autour de son visage.

Il me regarde comme si j'étais la plus belle chose qu'il ait jamais vue. Comme s'il était complètement fasciné par moi.

Mon cœur fait des bonds dans ma poitrine. Quelque chose se libère. Tout s'ouvre.

Je réalise que Benjamin Baranov n'est pas du tout comme je l'imaginais. Il est dangereux, certes. Il aime clairement contrôler. Mais il est généreux. Pas seulement avec moi, mais aussi avec sa cellule bratva. Il accorde son attention. Sa stratégie. Même sa violence. Tout cela dans un but qui semble tourner autour des personnes qu'il considère comme les siennes.

Pour la première fois, je suis vraiment honorée de faire partie de ce groupe. D'appartenir à Baron. D'être quelqu'un pour qui il serait prêt à tuer.

J'ai maintenant envie de l'entendre m'appeler sa femme avec cette fierté possessive qui lui est propre.

Je repense à son regard stupéfait lorsque je suis descendue ce soir. La façon dont il m'a revendiquée pendant la fête, annonçant à tout le monde que j'étais sa femme. Il rayonnait de joie lorsque je me suis prêtée au jeu avec lui pour alimenter les rumeurs.

Je sens un autre orgasme monter, et je gémis, résistant.

Baron me retourne sur le dos sans séparer nos hanches et me pénètre, son besoin de contrôle prenant clairement le dessus.

Je suis contente de ce changement, car je ne vois plus rien. La pièce tourne. Ma respiration est courte et rapide. Baron me pénètre vigoureusement, appuyant une main contre le mur au-dessus de ma tête et soulevant une de mes jambes pour aller encore plus profondément.

— Tends le bras et enfonce ce plug, *malyshka*, m'ordonne-t-il.

J'obéis, car j'ai appris à faire confiance à ses instructions qui me procurent un plaisir fou. Je ferme les yeux, submergée par les sensations doubles dans mon cul et ma chatte.

— Baron... Ben.

Ses yeux bruns se plissent et ses lèvres s'incurvent en un sourire malicieux lorsque je prononce son nom.

— C'est ça, Lara. À qui appartient ce corps magnifique ?

Je secoue la tête, refusant de l'admettre. Il ne me possède pas. Du moins, je ne le veux pas.

Il rit, comme s'il concédait sa défaite.

— Qui te fait crier quand tu jouis, *printsessa ?*

— C'est toi, haleté-je, déjà folle de plaisir.

Prête à repartir comme une fusée.

— Ce corps m'appartient.

Il me pénètre violemment, de plus en plus fort et de plus en plus vite.

Je crie, mon plaisir teinté de peur devant sa brutalité. Sa force. La violence avec laquelle il me baise.

— C'est moi qui te fais jouir. Regarde-moi, Lara.

Je ne m'étais pas rendu compte que j'avais les yeux fermés,

mais je les ouvre maintenant. J'ai du mal à me concentrer, mais Baron soutient mon regard.

— Jouis pour moi maintenant.

Il frotte mon clitoris avec le bout de son pouce.

Je pousse un cri, mais je n'arrive pas à atteindre le sommet.

— Jouis, haleté-je, à bout de souffle.

Baron gémit, et je regarde avec fascination son visage se déformer. Il perd le contrôle. Un muscle sautille dans sa joue alors qu'il me pénètre avec une force brutale, son rythme devenant irrégulier. Avec un cri, il s'enfonce profondément en moi et jouit.

À cet instant, j'enroule mes jambes autour de son dos et accroche mes chevilles pour le maintenir en moi. Je jouis avec lui, mes muscles internes se contractant et pulsant autour de sa queue, la pressant pour en extraire jusqu'à la dernière goutte.

Baron laisse échapper un rire rauque et enfouit son nez dans mon cou.

— Bon sang. C'était tellement chaud. Tu me rends fou, Lara.

Le plaisir de son appréciation se mêle à l'euphorie de mes orgasmes multiples.

Je déteste l'admettre, mais je suis peut-être en train de tomber amoureuse de mon mari.

Je suis accro à ses caresses. Je suis fascinée par le simple fait de le regarder.

On frappe à la porte, et Baron se raidit et se retire.

— Oui ?

Il se jette hors du lit et attrape le bord de la couverture pour le rabattre d'un geste rapide sur mon corps nu.

La voix de Leo retentit de l'autre côté.

— Baron, les flics sont là. Ils n'ont pas de mandat, mais ils te demandent.

CHAPITRE DIX-SEPT

Baron

Putain.

J'enfile un jean et glisse mon téléphone avec ma carte d'identité dans la poche arrière.

— Fais-les entrer, dis-je à travers la porte fermée. Nous n'avons rien à cacher. Tout est en règle.

J'enfile un T-shirt et ouvre la porte.

— D'accord, répond Leo. Tu descends ?

—J'arrive.

Je referme la porte, me souvenant de l'état dans lequel j'ai laissé ma femme.

Je remonte sur le lit et l'embrasse sur la tempe.

— Je suis désolé. Je reviendrai dès que possible. Tu as besoin d'aide pour retirer le plug ?

Lara s'assoit, l'air délicieusement ébouriffée. Ses yeux sont brillants et lumineux, son visage est rouge et ses cheveux sont en bataille. Ses yeux sont grands ouverts.

—Je m'en occupe. Vas-y.

J'embrasse ses lèvres gonflées et enfile mes tongs pour descendre les escaliers en courant. Huit policiers sont dispersés au rez-de-chaussée, marchant comme s'ils cherchaient quelque chose.

Je descends les escaliers en courant. Il est un peu plus de deux heures du matin. J'ai entendu la musique s'arrêter il y a environ dix minutes. Les derniers fêtards sortent maintenant en courant aussi vite qu'ils le peuvent. Les membres de ma maison sont tous rassemblés, mes soldats se tiennent au garde-à-vous.

Mais ils ont tous l'air inquiets. Je ne veux pas qu'ils s'inquiètent pour ça, quoi que ce soit. Je peux m'en occuper.

— Je suis Benjamin Baranov, dis-je au premier policier que je vois en essayant de projeter une autorité calme. Comment puis-je vous aider ?

— Monsieur Baranov, pouvons-nous inspecter les lieux ?

— Pas de mandat, murmure Leo pour me le rappeler.

Son père, Maxim, est l'homme de confiance de mon père. Il connaît les lois et sait comment éviter de se faire prendre ou comment se sortir de n'importe quelle situation.

— Puis-je vous demander ce que vous cherchez ? demandé-je.

— Nous effectuons un contrôle de bien-être auprès des fêtards présents dans la maison.

Je hausse les sourcils.

— Un contrôle de bien-être ?

Cela signifie-t-il qu'ils vérifient la consommation de drogue ?

Le policier ne répond pas. Lui et son partenaire parcourent les pièces de la maison, observant les visages des invités qui se précipitent dehors, arrêtant les plus ivres pour leur poser des questions.

Je les suis.

— Puis-je vous demander de quoi il s'agit ?

Ils m'ignorent, et l'un d'eux tente d'ouvrir la porte d'une chambre au premier étage.

— Qu'y a-t-il ici ?

Il frappe à la porte.

— C'est une chambre.

Je hausse les sourcils. Il ne sait pas qu'il y a quelqu'un qui dort là-dedans. Quelqu'un pourrait être en train de dormir dans cette pièce, pour autant qu'on sache.

L'idée qu'ils frappent à cette porte me fait grincer des dents. Je dois prévenir Lara s'ils montent à l'étage.

— Pouvez-vous me l'ouvrir ? demande le policier.

C'est la chambre d'Alex. Mon empreinte digitale ouvrira la porte, mais je cherche Alex du regard.

— Je suis là, dit Alex en s'approchant de moi.

— Ils veulent inspecter ta chambre.

Il me jette un regard en coin et hausse les épaules, puis déverrouille la porte et la pousse pour l'ouvrir. Un policier entre et un autre demande à ce que la porte suivante soit ouverte.

— Vous êtes Benjamin Baranov ? demande un inspecteur en entrant dans le salon.

Il me montre son badge.

— Oui.

— Venez avec moi, s'il vous plaît.

Anya et Zoe se tiennent côte à côte, l'air soucieuses. Elles fusillent les policiers du regard. Elles sont clairement inquiètes.

Je leur montre que je maîtrise la situation.

— Suis-je en état d'arrestation ?

— Pas encore. Nous aimerions simplement vous poser quelques questions au poste.

Merde. Très bien. Plus tôt je saurai ce qu'ils cherchent, mieux ce sera.

— D'accord. Allons-y.

Je lève les mains.

— Je vais appeler Lucy, dit Zoe en parlant de ma mère.

— Personne n'appelle Chicago, ordonné-je.

Ma mère est la meilleure avocate pénaliste de l'État, mais la dernière chose que je souhaite, c'est la réveiller au milieu de la nuit pour lui annoncer que la police a emmené son fils au poste pour l'interroger. Toute ma vie, elle a essayé de me tenir à l'écart des affaires de la Bratva. Lorsque Lili et moi avons été entraînés dans la violence alors que nous étions enfants, cela a ébranlé son mariage avec mon père. Ils s'en sont remis, mais cela a contribué à mon départ dans un internat suisse. Je m'intéressais trop à leurs affaires.

Appeler ma mère sera mon dernier recours.

Je m'en occupe. Ils n'ont rien contre moi, sinon je serais menotté et on me lirait mes droits.

Mais je n'aime pas ça.

Ma confiance s'effrite encore un peu plus lorsque j'aperçois Lara en haut des escaliers, qui me regarde être escortée vers la porte.

Je m'arrête et je lève les yeux vers elle, une lourdeur m'envahit comme une prison de fer.

Le fait qu'elle me voie ainsi est encore pire que le fait que ma mère soit au courant. Ma femme devrait pouvoir me faire confiance pour lui épargner ce genre de merde. Je devrais être capable de contrôler chaque situation pour éviter ce genre de scène embarrassante. J'ai raté quelque chose ce soir, mais je ne sais pas quoi.

— Allons-y, dit le policier en me tirant par le bras pour me faire passer la porte d'entrée.

Je jette un coup d'œil en arrière en sortant, mais quelqu'un ferme la porte derrière nous, me cachant la vue de ma femme.

Au poste, on me conduit dans une salle d'interrogatoire. Je jurerais avoir aperçu le chancelier Ogden en train de parler avec un homme vêtu d'une chemise noire et d'un jean à l'entrée de la pièce voisine, mais ils disparaissent avant que je puisse en être sûr.

Je m'assois à la table, à la place indiquée par le détective, et entrelace mes doigts tatoués. Il y a un miroir sur le mur en face de moi qui doit être sans tain. Ce qui signifie que le chancelier Ogden regarde cet interrogatoire.

Mon estomac se noue. Quelle que soit la raison, elle est suffisamment importante pour que le chancelier de l'université de Thornecroft soit convoqué. Cela va-t-il au-delà de la vendetta de Titan House contre nous ? Est-ce lié à la Bratva ? Cela a-t-il un rapport avec les Rostov ?

Putain, j'ai besoin de plus d'informations pour résoudre ce problème.

Le détective s'assoit en face de moi, ouvre un dossier et en sort une photo qu'il fait glisser sur la table.

— Connaissez-vous cette femme ?

Je jette un coup d'œil à la photo et l'adrénaline envahit mon corps. Le guerrier en moi refait surface, prêt à tuer ou à mourir. À se battre pour sa sécurité.

Je comprends maintenant pourquoi le chancelier serait impliqué.

Je lève les yeux, le regard brûlant.

— Qu'est-il arrivé à Melinda Tracy ?

— Vous la connaissez donc.

Mon cerveau tombe dans le vide. A-t-elle été kidnappée ? Assassinée ? Je dois savoir pour pouvoir régler ça.

Je regarde le miroir sans tain et lève le menton dans sa direction.

— Il fait partie des services secrets ? Ou des opérations spéciales ?

J'entends une porte claquer et le type entre d'un pas lourd. C'est le genre d'homme qui porte une chemise deux tailles trop petite, afin de mettre en valeur les muscles de son torse. Il tire une chaise et la retourne pour s'asseoir à l'envers, comme un cow-boy. J'imagine qu'il se prend pour un dur à cuire.

— Quand avez-vous vu madame Tracy pour la dernière fois ? demande-t-il.

Ma mère me dirait de ne pas répondre aux questions sans la présence d'un avocat. Je devrais l'appeler. Ou au moins appeler le jeune professeur de droit qui m'achète parfois de la drogue. Je suis stupide de répondre à leurs questions, mais j'ai besoin de savoir ce qui est arrivé à Melinda.

— Il y a deux heures, à la maison Baranov. Elle a disparu ?

Elle est peut-être encore là-bas. Anders l'a peut-être emmenée dans sa chambre après avoir joué dans le Donjon. Est-ce simplement parce qu'elle n'est pas rentrée à son dortoir ? J'essaie de calmer mon cœur, qui bat la chamade.

Elle n'est peut-être pas morte. Elle n'a peut-être pas été assassinée et ne gît pas dans une mare de sang. Je n'aurai peut-être pas à vivre avec l'angoisse d'avoir échoué à protéger quelqu'un qui m'est cher.

— Était-elle en votre compagnie à la maison Baranov ? demande le détective.

— Non. Je ne lui ai même pas parlé. Je l'ai juste aperçue vers la fin de la fête.

Je passe ma main sur ma barbe naissante.

— Est-elle blessée ? Morte ? Pouvez-vous me dire ce qui se passe ?

— Comment définiriez-vous votre relation avec madame Tracy ? demande Mister Gonflette.

Je n'ai pas envie de le faire.

— Nous sommes amis.

C'est la définition la plus précise qui soit.

— Avez-vous quitté la maison Baranov à un moment donné pendant la nuit ? demande le détective.

— Non.

— Avez-vous servi un verre à madame Tracy ce soir ?

— Moi personnellement ? Non.

— Avez-vous eu des relations sexuelles avec madame Tracy ce soir ?

— Non. Je suis marié.

Cela semble surprendre les deux hommes.

Eh bien, oui, cela nous a tous surpris.

Je plisse les yeux. Pourquoi posent-ils cette question ?

— Seriez-vous prêt à fournir un échantillon d'ADN pour vous disculper dans cette affaire ?

Je m'assois et je fixe les deux hommes, sans rien laisser paraître sur mon visage, tandis que j'essaie de comprendre l'ampleur de ce qui se passe ici. On dirait que Melinda a été violée ou assassinée.

Et si j'avais pu empêcher ce qui s'est passé ? C'est moi qui ai laissé la fête sans surveillance pour aller jouer dans le Donjon avec ma femme. Et si, en négligeant mes devoirs, quelque chose avait échappé au reste de l'équipe ? Un danger qui aurait entraîné quelque chose de terrible pour la jeune femme sans doute la plus importante – du moins sur le plan politique – du campus ?

J'essaie de ne pas imaginer Melinda gisant dans une mare de sang.

Pas comme Valentina. C'est fini.

Nous n'en sommes plus là, comme dirait Lili.

Ma mère me conseillerait-elle de donner un échantillon ? Non. Elle me dirait de ne répondre à aucune question sans la présence d'un avocat. Elle me dirait que je suis victime d'un coup monté.

C'est certainement un coup monté.

J'expire bruyamment.

— Bien sûr.

Le détective en chemise noire fait un signe de tête au détective, qui se dirige vers la porte et dit quelque chose aux personnes à l'extérieur.

— Elle est en vie ?

J'essaie de paraître calme, mais ma voix se brise.

L'homme en chemise noire m'observe. Après un long moment angoissant, il hoche la tête.

— Elle est à l'hôpital. Elle a été droguée et agressée sexuellement lors de votre fête.

CHAPITRE DIX-HUIT

Lara

Je me blottis contre les membres de la maison Baranov dans la cuisine. Il est cinq heures du matin et personne n'a dormi. J'ai préparé des expressos et du lait chaud pour tout le monde avec leur machine à expresso italienne. La police a fouillé toutes les pièces de la maison, probablement à la recherche de drogues ou d'accessoires liés à la consommation de drogues, mais elle semblait également vérifier l'état de santé de toutes les personnes qui semblaient ivres. Leo, Alex et Feliks les suivaient comme des chiens de garde silencieux attendant d'être lancés à l'attaque. Sauf que leur maître n'était pas là pour leur donner des ordres.

La maison semble complètement différente sans l'autorité tranquille de Baron. Je n'avais pas réalisé à quel point son contrôle apportait un sentiment de sécurité avant son absence. Sans lui, tout semble instable. À la dérive.

Effrayant.

Je n'aime pas l'idée que Baron soit au poste de police. Pas du tout. Une fois de plus, il semble avoir sacrifié son propre confort, sa sécurité et son plaisir pour soulager la pression et le stress de tous les autres.

Sauf que je ressens la tension.

Je veux qu'il sorte. Je veux qu'il soit en sécurité. Je veux savoir pourquoi ils le harcèlent alors qu'il a travaillé si dur pour que tout se passe bien pour cette fête.

— Est-ce que quelqu'un devrait prévenir Lili ? demandé-je.

Elle a quitté la fête à un moment donné pour rentrer chez elle. Elle ne sait rien du fait que son grand frère a été emmené au poste de police.

— Laisse-la dormir, répond immédiatement Leo, comme s'il y avait déjà réfléchi.

Il semble que Baron ne soit pas le seul à avoir un instinct protecteur envers Lili Baranova.

— Explique-moi encore les lois américaines, dis-je à Leo.

— Il n'a pas été arrêté quand ils sont partis. Ils l'ont juste emmené pour l'interroger. S'ils n'ont pas suffisamment d'éléments pour l'inculper d'un crime, ils ne peuvent pas le retenir plus de quarante-huit heures sans le présenter à un juge pour cause probable.

Je secoue la tête, ne comprenant toujours pas ce que tout cela signifie.

— Je vais y aller, déclaré-je en me levant. Pour le faire évader ou le faire libérer sous caution, peu importe.

Le téléphone d'Anders sonne.

— C'est Baron.

Nous nous pressons tous autour de lui.

Tu as raccompagné Melinda chez elle hier soir ?

Le visage d'Anders pâlit.

— Merde. Il est arrivé quelque chose à Melinda ? Oh, mon Dieu.

Il répond rapidement :

Non, tu m'as dit que tu avais besoin de moi pour

mettre fin à la fête, alors j'ai appelé la sécurité pour qu'elle l'accompagne à son dortoir.

Ils veulent que tu te rendes au poste pour faire une déposition et un prélèvement d'ADN dès que possible.

Anders se lève en chancelant.

— Je viens avec toi, dis-je fermement. Je m'en fiche si je dois attendre quarante-huit heures au poste de police. C'est mieux que de rester ici sans savoir ce qui lui arrive.

Leo se lève également.

— Moi aussi. Je peux récupérer les images de vidéosurveillance de son départ, si cela peut aider.

Quinze minutes plus tard, nous entrons tous les trois dans le petit commissariat de Whisper, où le policier à l'accueil conduit immédiatement Anders à l'arrière, ignorant Leo et moi.

Leo commence à travailler sur son téléphone, récupérant les images de la caméra installée sous le porche de la maison. Son visage est sombre.

— J'espère qu'il n'est rien arrivé à Melinda, dit-il d'un ton tendu.

— Tu es ami avec elle ?

Leo secoue la tête.

— Non. Mais je me sentirais très mal si quelque chose lui était arrivé après avoir quitté notre fête. Je me sentirais responsable, et Baron...

Il s'interrompt.

J'essaie sans succès d'avaler ma salive.

— Qu'en est-il de Baron ?

Leo perçoit l'intensité dans ma voix et lève les yeux de son téléphone, sur lequel il continue de travailler pendant que nous parlons.

— Il n'y a rien entre eux, dit-il d'un ton dédaigneux. Ce n'est pas ce que je veux dire. Mais Baron a du mal à accepter que des gens soient blessés sous sa surveillance.

Et voilà. Encore une autre référence à cet aspect protecteur de Baron et une allusion au traumatisme sous-jacent qui en est la cause.

— Que lui est-il arrivé ? demandé-je doucement.

Leo me jette un rapide coup d'œil, puis secoue la tête.

— Ce n'est pas à moi de raconter cette histoire.

Mon pouls s'accélère rien qu'en entendant que j'ai raison : il y a une histoire. Mais je respecte la limite fixée par Leo. Il a raison : c'est à Baron de me la raconter. J'espère qu'il pourra le faire.

Le téléphone de Leo vibre, et il répond à un message.

— Putain.

Il passe une main dans ses cheveux.

— Qu'est-ce qu'il y a ?

Il me tend son téléphone, qui affiche l'application du *New York Times*. Un bandeau « Breaking News » s'étale en haut de l'écran, suivi du titre : « La fille du candidat à la vice-présidence Gabe Tracy droguée et agressée lors d'une fête à Thornecroft ».

Je retiens mon souffle, un frisson glacial me parcourant les veines.

— Mais... ça n'est pas arrivé. N'est-ce pas ?

Leo secoue la tête.

— Certainement pas. C'est Titan House qui nous fait marcher.

Je vois cependant le doute sur son visage.

— Une autre maison du campus irait-elle aussi loin simplement parce que vos fêtes sont meilleures ? demandé-je, dubitative. Ils *n'agresseraient* pas une femme, n'est-ce pas ?

Un muscle se contracte dans la mâchoire de Leo.

— Eh bien, c'est elle qu'ils choisiraient s'ils voulaient être sûrs que nous soyons définitivement fermés et poursuivis en justice.

Il réfléchit encore un peu.

— Ou alors, ce sont les adversaires politiques de son père qui essaient de le faire passer pour un faible.

Il secoue la tête.

— Non, ça n'a pas de sens. Ça doit être un coup monté pour nuire à Baron et à notre maison.

Il reprend son téléphone et fait défiler les vidéos.

— Tiens, regarde.

Il me montre la vidéo d'Anders accompagnant Lara jusqu'à une voiturette de sécurité, l'une de ces voiturettes électriques à ciel ouvert utilisées par la patrouille de sécurité du campus. Il l'embrasse avant de l'aider à s'installer sur le siège arrière, puis reste debout à regarder la voiturette s'éloigner.

— Elle avait l'air droguée, selon toi ? demande Leo.

Je secoue la tête, prenant une inspiration bien nécessaire.

Leo a des preuves. Tout va bien se passer.

Il se lève et se dirige vers la réception.

— Je voudrais parler à la personne en charge de l'affaire Melinda Tracy, dit-il en montrant l'écran de son téléphone. J'ai une preuve vidéo horodatée de son départ de notre fête.

———

Baron

Ils m'interrogent pendant ce qui me semble être des heures. Je ne regrette pas de ne pas avoir appelé ma mère. Si je suis officiellement inculpé, elle me tuera probablement pour ne pas l'avoir prévenue immédiatement, mais pour l'instant, je coopère. Pour le bien de Melinda.

Finalement, ils me disent que je suis libre de partir.

— Votre femme est venue vous chercher, me dit le détective.

La surprise m'envahit comme un liquide chaud dans la poitrine.

— Vraiment ? demandé-je bêtement.

Lara est venue.

Il est tôt le matin, ce qui signifie qu'elle n'a probablement pas dormi.

Ce qui signifie qu'elle tient à moi.

Ma femme est venue me chercher.

Aucune phrase n'a jamais eu autant de sens pour moi.

— Ne quittez pas la ville, m'avertit l'officier.

J'acquiesce et je sors dans le hall du petit poste de police.

Une autre vague de chaleur envahit mon corps lorsque je la vois. Lara se lève d'un bond de sa chaise pour venir à ma rencontre. Elle porte un pantalon de survêtement de marque bleu sarcelle et un T-shirt rose pâle court, moulant ses seins nus.

— *Malyshka*, dis-je d'une voix rauque en trébuchant vers elle. Tu es venue.

Elle vient à ma rencontre et jette ses bras autour de mon cou. Je l'attrape par la taille et la soulève du sol pour la serrer longuement contre moi.

Mes yeux me piquent.

Leo se tient à proximité, et Anders sort d'une salle d'interrogatoire, l'air hagard.

— Partons d'ici, dis-je, et nous sortons tous les quatre.

Une fois en sécurité dans le SUV de Leo, je dis :

— Je ne sais pas ce qui vient de se passer. Ils ont dit que Melinda avait été droguée et agressée sexuellement lors de notre fête.

Anders a l'air d'avoir envie de vomir.

— Tu peux m'emmener à l'hôpital, Leo ? Je dois la voir.

J'acquiesce.

— Oui, moi aussi.

Je prends la main de Lara et la serre.

— Ça te va ?

Elle hausse les sourcils, surprise, mais acquiesce.

— Je leur ai montré la vidéo où on la voit quitter la fête, clairement *pas droguée*, nous explique Leo. Et j'ai vérifié que je vous avais personnellement vus, toi et Anders, dans la maison pendant tout le temps qui a suivi son départ.

— Merci, dis-je doucement.

— Je leur ai dit que j'allais passer au crible toutes les images de la fête pour trouver tout ce qui concernait Melinda. Je peux trouver des images d'Anders à l'intérieur de la maison après son départ, et Lara était ton alibi.

Je me tourne vers Lara, soudainement mal à l'aise.

Elle hoche la tête.

— Ils m'ont interrogée, et je leur ai dit que nous étions ensemble pendant la dernière heure de la fête.

Je serre les dents. La dernière chose que je souhaitais, c'est que ma femme soit interrogée pour corroborer mon histoire.

— Ils t'ont interrogée ? Je suis vraiment désolé, Lara.

Elle relève le menton.

— Je me suis portée volontaire.

Une nouvelle vague de chaleur m'envahit. Je porte sa main à mes lèvres et embrasse le dos de celle-ci.

— Je suis désolé, murmuré-je à nouveau.

— Tu ne peux pas tout contrôler, Baron.

Elle me regarde fixement de ses yeux bleus, et j'ai l'impression que mon cœur fait des culbutes.

— Tu n'es pas responsable de toutes les mauvaises choses qui arrivent dans le monde.

— Je suis le principal suspect, dit Anders d'un ton sec depuis le siège avant. Ils vont trouver mon ADN partout sur elle. Mais c'était consensuel.

— Bien sûr que ça l'était, dis-je. Elle leur dira ça quand elle se réveillera.

Il se tourne vers moi.

— Mec, et si elle ne s'en souvient pas ? Elle était couverte de marques, tout le monde va penser que je suis une sorte de prédateur sexuel monstrueux.

C'est là que tout devient clair.

— Tout ça, *c'était* un coup monté, dis-je en réfléchissant à voix haute. Tout le monde sait ou croit savoir que nous avons un donjon. Il est possible que quelqu'un sache que Melinda Tracy l'a fréquenté l'année dernière. Peut-être même qu'elle l'a fréquenté avec moi.

Je jette un regard désolé à ma femme, mais son visage reste compatissant.

— Donc, quelqu'un drogue Melinda à la fête et appelle peut-être à l'aide, et la police la trouve droguée et couverte de bleus, avec l'ADN de quelqu'un sur elle, conclut Leo.

— Exactement. Ça doit être un coup monté, sinon ils ne seraient pas venus à notre fête pour me chercher. Je ne lui ai pas adressé la parole de toute la soirée, dis-je.

— Et si c'était ce type que je soupçonne d'avoir drogué Lili ? demande Leo.

Je secoue la tête.

— Il avait une flasque de vodka. C'était une coïncidence. Ou ton instinct qui te disait que quelque chose de grave allait se passer.

— Qui l'a trouvée et a appelé les secours ? demande Lara.

— Je ne sais pas. L'article de journal ne dit rien sur la façon dont elle a été trouvée, répond Leo.

— Un article *de journal* ?

Je passe mes doigts dans mes cheveux.

— Ça a fait le buzz très vite. Merde.

— Oui, répond Leo. J'ai reçu une alerte info du *New York Times* sur mon téléphone. C'est comme ça que j'ai su qu'il fallait chercher les images de vidéosurveillance.

— Maintenant, toute l'attention du pays va se porter sur cette affaire. Même s'ils ne peuvent pas porter plainte, le chancelier fera probablement tout pour étouffer l'affaire, y compris m'expulser et fermer notre maison, gémis-je.

— Ou moi, dit Anders d'un air pitoyable. Si ce type qui travaille pour son père ne me tue pas avant.

— Tu lui as dit la vérité ? demandé-je. À propos de ce que toi et Melinda avez fait ?

Leo s'arrête devant l'hôpital, mais aucun de nous ne descend. Cette conversation doit être terminée dans l'intimité de notre véhicule.

— J'ai... dit que nous avions couché ensemble, répond Anders. Mais je ne voulais pas révéler qu'elle aimait la douleur. Je veux dire, tout le monde pourrait l'apprendre. Son père pourrait l'apprendre. Il me ferait probablement tuer.

— Personne ne sera tué sous ma surveillance, grogné-je. Je peux probablement m'occuper de ce type en chemise noire. Il a l'air bien entraîné, mais moi aussi.

— Et si Melinda ne se souvient pas que nous avons couché ensemble ? Est-ce que sa perte de mémoire et sa confusion remontent à avant qu'elle ne prenne la drogue ?

Un frisson nous parcourt tous dans le véhicule alors que nous réfléchissons à cette question.

— Je ne sais pas, dis-je doucement. Mais je pense que Melinda est assez intelligente pour comprendre la vérité si nous lui présentons les faits.

Je l'espère. Mais Anders a probablement eu raison de ne pas la « démasquer », et selon l'importance qu'elle accorde au secret de cette partie de sa vie, il est possible qu'elle sacrifie Anders pour y parvenir.

Mais je ne laisserai pas cela arriver.

— Dans le meilleur des cas, nous trouverons les salauds qui ont fait ça et nous leur ferons payer.

— Nous les traduirons en justice, corrige Lara. Sinon, tu ne pourras pas blanchir ton nom.

———

L'hôpital est envahi par la presse, et lorsque je demande à la réception où se trouve la chambre de Melinda, la réceptionniste nous répond qu'ils ne divulguent aucune information sur Mme Tracy.

— Merde. Je vais lui envoyer un SMS. Bon sang, qu'est-ce que je vais bien pouvoir lui dire ? demande Anders.

— Dis-lui que tu as appris ce qui s'est passé et demande-lui si tu peux la voir, lui conseillé-je.

Une silhouette familière vêtue d'une chemise noire moulante se fraye un chemin à travers la foule et se dirige vers le couloir.

— Regarde.

Je lève le menton.

— Je parie qu'il sait où se trouve la chambre de Melinda.

Nous remontons tous les quatre le couloir, suivant l'agent du gouvernement. Il emprunte l'escalier, et je le suis, restant en retrait dans l'embrasure de la porte du premier étage pour écouter combien d'étages il monte. Lorsque la porte du troisième étage se ferme, je fais signe à mes amis de me suivre.

Au troisième étage, j'entrouvre la porte et jette un œil dans le couloir.

Gabe Tracy se tient dans l'encadrement de la porte d'une chambre d'hôpital, flanqué de deux agents des services secrets. Il écoute Mister Gonflette. Son homme de main m'aperçoit et ils regardent tous les deux dans notre direction.

Et puis merde. J'ouvre la porte de la cage d'escalier et sors en tenant la main de Lara. Anders et Leo nous entourent.

— Benjamin Baranov et Anders Hansen, dit le père de Melinda.

Son expression est sombre et menaçante. Qui pourrait le blâmer alors que sa fille unique a été agressée ?

Je suppose qu'il connaît nos noms grâce à Mister

Gonflette. J'espère seulement qu'il l'a déjà informé de notre présomption d'innocence.

Ma mère a travaillé pour le faire élire, mais ce n'est probablement pas le moment de le mentionner. Il le sait sans doute déjà.

— Sénateur Tracy.

Je ne sais pas si je dois lui tendre la main pour la serrer ou non. Je décide de ne pas le faire, car il ne semble pas d'humeur à serrer des mains.

— Voici ma femme, Lara Baranova, et mon colocataire, Leo Popov.

L'homme à la chemise noire m'observe d'un air inquisiteur. Je ne pense pas que grand-chose lui échappe.

— Pourquoi êtes-vous ici ?

Le sénateur Tracy a l'air aussi fatigué que moi. Personne n'a dormi la nuit dernière.

— Pour soutenir Melinda.

Je jette un œil dans la chambre derrière lui, mais le lit est vide.

— Elle se repose.

Le sénateur nous jette un regard sévère. Je remarque que les agents des services secrets se tiennent de part et d'autre de la porte voisine. Ce doit être celle où elle se trouve.

Je le regarde sans ciller. Je veux qu'il sache que je ne suis pas coupable et que je n'ai rien à cacher. Du moins, pas dans cette affaire. J'ai beaucoup à cacher dans d'autres domaines.

— Entrez dans cette chambre.

Le sénateur Tracy incline la tête vers la chambre vide derrière lui, et nous entrons en file indienne. Mister Gonflette nous suit et ferme la porte derrière nous.

Le sénateur tourne son regard noir vers Anders.

— Dois-je comprendre que vous... *sortez avec* ma fille ?

Anders se dandine d'un pied sur l'autre.

— Je ne suis pas sûr qu'elle le définirait ainsi, mais honnêtement, sénateur, je donnerais ma couille gauche pour que ce soit vrai.

Gabe Tracy hausse les sourcils.

Anders a le don de désarmer les gens, et il semble que sa confession explicite ait fonctionné, car le père de Melinda baisse les épaules et se passe la main sur le visage.

— Je veux juste que vous sachiez, sénateur, que nous allons trouver celui qui a fait ça à Melinda et le lui faire payer, dis-je.

— Il veut dire *le traduire en justice*, me corrige à nouveau Lara en me serrant la main.

Je fais craquer ma nuque. Le coupable subira ma violence. *Ensuite,* je le traduirai en justice.

— Savez-vous qui a fait ça ? demande le sénateur Tracy.

— J'ai des idées. Et j'ai des ressources. Nous les trouverons.

Mister Gonflette m'observe fixement. Je m'attends à ce qu'il dise quelque chose comme « Laissez-moi m'occuper de l'enquête », mais il ne dit rien, alors je continue :

— Qui l'a amenée à l'hôpital ? Sa colocataire ?

— La sécurité du campus.

Mister Gonflette nous communique une information inattendue.

Leo et moi échangeons un regard. L'agent de sécurité. Ça ne pouvait être que lui.

— Le même type qui l'a récupérée indemne à la maison Baranov ? demande Leo.

Aucun des deux ne répond.

— Nous commencerons par là, dis-je.

— Vous voulez me faire part de vos idées ? demande le sénateur.

J'hésite. Je ne veux pas porter d'accusations sans preuve, mais la culpabilité de ce qui est arrivé à Melinda me ronge. C'est à cause de moi que cela s'est produit. Comme Valentina,

Melinda était une innocente prise entre deux feux dans la Bratva. Je me passe la main sur le visage.

— Sénateur... il est possible que ce soit un coup monté pour faire fermer notre maison. Choisir une cible aussi en vue que votre fille garantissait que des têtes allaient tomber. Sans parler de la pression énorme et de la mauvaise presse que cela a entraîné pour l'université. Savez-vous qui a appelé le *New York Times* ?

— Nous enquêtons là-dessus, répond le sénateur Tracy.

Il me regarde en fronçant les sourcils.

— Donc, selon votre théorie, tout cela vous concerne, vous et votre maison ?

Sa voix est empreinte de dérision. Comme si j'étais un narcissique qui détournait la tragédie de sa fille à mon profit.

Je renonce à partager mes pensées et secoue la tête.

— Vous avez raison. Je suis probablement juste paranoïaque.

— Non, expliquez-moi votre théorie, exige l'homme en chemise noire.

Il est adossé au mur, les mains jointes sur ses genoux.

Qui que ce soit, ce n'est pas un agent des services secrets ordinaire. C'est sans aucun doute un membre des forces spéciales qui a toute la confiance du sénateur.

Je prends une inspiration.

— J'espère que personne n'a agressé Melinda, mais qu'on lui a juste donné de la drogue. Les gens savaient qu'elle venait souvent chez nous, et il y avait peut-être des rumeurs selon lesquelles elle et moi avions eu une relation physique dans le passé. La droguer pendant ou juste après notre fête m'aurait valu une tempête médiatique. Le fait qu'elle ait couché avec Anders n'arrange rien. Si Melinda ne se souvient pas de ce qu'ils ont fait ensemble à la fête avant qu'elle ne soit droguée, Anders va avoir de gros problèmes, et notre maison sera probablement fermée, au moins pour les fêtes, voire défini-tivement.

Gabe Tracy a l'air en colère.

— Vous voulez dire qu'il s'agit peut-être d'une sorte de bizutage ?

Je le regarde droit dans les yeux.

— Je vous dis que je détruirai celui qui est derrière tout ça. Personne ne fait de mal à mes amis.

Les coins des lèvres de Mister Gonflette se relèvent un instant, puis son visage redevient impassible.

— Et Melinda est votre amie.

C'est une question, mais sa voix ne monte pas à la fin.

— Oui, monsieur.

— D'accord. Voici ce qui va se passer. Vous trouvez celui qui a fait ça à ma fille et vous me l'amenez.

— Oui, monsieur.

— Et vous feriez mieux de prier pour que vos versions correspondent à celle de Melinda quand elle se réveillera, sinon vous avez raison, je vous anéantirai tous.

Il nous lance un regard noir à tous les quatre avant de faire un geste de la main vers la porte.

— Maintenant, sortez.

CHAPITRE DIX-NEUF

Lara

Je me réveille à treize heures. J'ai faim et le lit est froid. Je me lève et cherche Baron. J'entends son téléphone vibrer pour signaler l'arrivée d'un SMS et je vois qu'il est toujours sur la table de chevet. Il doit encore être là.

Une brise fraîche souffle dans la pièce et je me rends compte que la fenêtre est entrouverte. Quand je m'approche pour la fermer, je vois Baron assis dehors sur le toit, vêtu d'un débardeur et d'un jean, les bras négligemment posés sur ses genoux repliés.

J'ouvre la fenêtre et il se retourne.

— Lara.

Son regard semble hanté.

Je grimpe sur le toit en tuiles légèrement incliné, et il tend immédiatement la main pour me stabiliser.

— Ça va ? me demande-t-il lorsque je m'assois à côté de lui.

— Oui. Et toi ?

Pour une fois, il ne joue pas son rôle habituel, celui d'un

homme lisse, maître de lui et fermé. Il prend une longue inspiration et expire bruyamment. Puis il hoche la tête.

— Je vais bien.

Mais ses mots semblent lourds de sens.

— Que fais-tu ici ?

Je regrette immédiatement cette question idiote. Il voulait manifestement être seul, et je l'interromps.

Il m'adresse un léger sourire.

— Je bronze.

— Tu es habillé, lui fais-je remarquer.

— Je peux y remédier.

Il passe les mains entre ses omoplates et retire son haut d'un geste si sexy que je jure que mes ovaires ont lâché trois ovules.

— Tu es inquiet ?

Le leader fort est de retour, et je m'en veux d'avoir posé la mauvaise question. Je veux qu'il s'ouvre et se montre vulnérable, pas qu'il me rassure.

Il secoue la tête.

— Non. Je vais trouver les enfoirés qui ont fait ça et régler le problème.

Il parle avec une confiance totale, et je n'ai aucun doute qu'il le fera.

Je regarde la vue. Je comprends pourquoi Baron aime venir ici. Nous sommes au deuxième étage, à la hauteur de la cime des arbres. Notre fenêtre donne sur les maisons du quartier, loin du campus.

— C'est ici que tu viens réfléchir ?

J'essaie à nouveau.

Il entrelace ses doigts avec les miens et porte mes jointures à ses lèvres.

— Oui.

— Est-ce que je te dérange ?

J'essaie de me convaincre de ne pas être blessée s'il répond oui, mais mon cœur est à vif et vulnérable. Comme s'il allait éclater au moindre coup.

— Putain, non.

Il me regarde.

— Tu es la meilleure chose qui me soit arrivée.

Ma poitrine se serre comme s'il venait d'y nouer un ruban. Je veux le croire. Ça me fait flipper de voir à quel point je m'en soucie. J'ai du mal à respirer.

— Quand ils m'ont laissé sortir de prison ce matin et m'ont dit que ma femme m'attendait, je...

Baron s'interrompt, son regard errant sur mon visage.

— Je ne peux pas te dire ce que ça a signifié pour moi. Je n'arrivais pas à croire que tu sois venue me chercher.

— Bien sûr que je suis venue te chercher.

Je ne sais pas pourquoi mes yeux se remplissent de larmes. J'ai la gorge nouée.

— Tu es mon mari.

Baron baisse la tête entre ses genoux pendant un instant, puis appuie son épaule contre la mienne.

— Je suis touché, marmonne-t-il. Je veux...

Il s'interrompt à nouveau.

D'habitude, il est si habile et sûr de lui. En tant que *pakhan* de sa cellule bratva, il est fort, dominant, c'est le chef, mais en ce moment, il est tout à moi.

Je ne m'étais pas rendu compte à quel point j'avais besoin de ça. Non pas que je voulais l'humilier – enfin, peut-être que si – mais j'avais envie de l'ouvrir comme une huître. De voir les parties plus tendres sous sa carapace dure. Je voulais découvrir ce qui le motivait. Qu'est-ce qui le poussait à sacrifier son propre bonheur pour le bien de tous ceux qui l'entouraient ? Qu'est-ce qui faisait de lui un protecteur si féroce ?

Je touche son visage.

— Que veux-tu ? murmuré-je.

Il laisse échapper un petit rire sans humour.

—Je veux que tu t'intéresses à moi.

Sa voix se brise.

Mon cœur fait de même.

Je passe ma jambe par-dessus sa taille pour m'asseoir à califourchon sur ses genoux.

—Je tiens à toi, Baron, murmuré-je.

Il me tient par la taille et appuie son front contre le mien.

— Je suis fou de toi, Lara. J'ai accepté de t'épouser par devoir, mais dès que je t'ai rencontrée, tout a changé. J'ai eu l'impression que tu étais... quelqu'un que j'avais attendu toute ma vie.

Les larmes me montent aux yeux.

— Je ne voulais pas de ça. Je ne le veux toujours pas. Mais... tu as réussi à briser mes défenses. Je veux te connaître, Baron. Le vrai toi.

Il me fixe, son regard brun sombre. J'y vois une légère inquiétude. Comme s'il savait que je prenais d'assaut le château, que je venais chercher son secret le plus profond et le plus sombre.

— Dis-moi, murmuré-je.

Une véritable inquiétude s'allume dans son regard, mais il la dissimule.

— Te dire quoi ?

— Ce qui t'a rendu comme ça. Qui as-tu perdu ?

Il prend une inspiration brusque et retient son souffle.

Je prends son menton mal rasé entre mes mains et passe mes pouces vers ses oreilles, effleurant les poils fins qui composent ses pattes.

— Notre nounou. Valentina. Et... Lili aurait pu mourir.

Je reste immobile, retenant mon souffle. J'attends qu'il continue.

— C'était ma faute. Nous ne quittions jamais notre immeuble sans protection. Mon père nous conduisait à l'école dans une voiture blindée. Notre immeuble était une forte-resse, personne ne pouvait y pénétrer.

Baron respire par à-coups.

Le traumatisme de ce qu'il s'apprête à me raconter domine encore son système nerveux. Il le revit encore comme si cela se passait dans le présent.

— Je voulais une glace.

Sa voix est rauque.

— Il y avait un vendeur de glaces sur la plage, je pouvais le voir depuis la fenêtre de notre salon. J'avais dix ans, j'étais assez grand pour aller l'acheter moi-même, mais nous n'avions pas le droit de sortir seuls, ce que je détestais. J'ai harcelé Valentina pour qu'elle me laisse y aller, et comme elle refusait, je lui ai demandé de nous y emmener. J'ai mis Lili dans le coup, et elle a supplié, imploré et pleurniché jusqu'à ce que Valentina accepte de nous y emmener.

Je garde le silence et continue à lui caresser les tempes et les oreilles du bout des doigts, essayant d'apaiser son agitation pendant qu'il raconte son histoire.

— On a pris les glaces et on rentrait à pied, on était presque arrivés devant notre immeuble, quand une camion-nette blanche a roulé sur le trottoir et trois types en sont sortis. Valentina a crié et a pris Lili dans ses bras. Elle m'a dit de courir vers l'immeuble, mais moi...

Il secoue la tête, l'air confus. Comme s'il était toujours ce garçon de dix ans en état de choc sur le trottoir.

— Je suis resté là, figé.

— C'est une réaction humaine normale, murmuré-je doucement, ne voulant pas l'interrompre, mais ne voulant pas non plus qu'il continue de croire qu'il a mal agi.

Il déglutit.

— L'un d'eux a tiré sur Valentina, une balle en pleine tête. Elle s'est effondrée sur le trottoir, la moitié du crâne empor-tée. Il a attrapé le bras de Lili et l'a déboîté, la tirant hors de l'étreinte mortelle de Valentina. Deux types m'ont attrapé. Je me suis enfin réveillé et j'ai essayé de m'enfuir, mais c'était trop tard. Ils m'ont traîné jusqu'au van. Maykl, le père d'Alexei et Feliks, s'est précipité hors du bâtiment, arme au poing, mais il n'a pas tiré.

Baron fronce les sourcils.

— Je lui ai crié de tirer. À ce moment-là, je ne comprenais pas pourquoi il ne le faisait pas, mais bien sûr, il avait peur de nous toucher accidentellement, Lili ou moi.

Baron s'interrompt et ne poursuit pas. Il regarde dans le vide, comme s'il revivait encore ce moment.

— Et ensuite, que s'est-il passé ?

— Ils nous ont jetés tous les deux à l'arrière du van et ont pris la fuite. Maykl a tiré sur l'un des pneus au moment où ils démarraient, mais ils ont continué à rouler, à toute vitesse. Il y a eu une course-poursuite. Le van a fait plusieurs tonneaux. J'ai perdu connaissance pendant un moment.

— *Bozhe moi,* soufflé-je.

Pendant un instant, les yeux de Baron se fixent sur mon visage, comme si je venais de lui rappeler que je suis toujours là. Que nous sommes dans le présent. Un futur où il a grandi. Où il a échappé à cet événement la vie sauve.

Il déglutit.

— J'ai entendu des coups de feu à l'avant. L'arrière du van était séparé de la cabine du conducteur, donc je ne savais pas ce qui se passait. Nous étions dans le noir, à l'envers. Il y avait un type sur moi. Lili criait et pleurait parce qu'elle souffrait. J'avais mal à la tête et au cou. L'un des types a ouvert les portes arrière. Il tenait Lili en prise d'étranglement, un pistolet pointé sur sa tête, et il criait à tout le monde de reculer. Mon père et ses hommes étaient là, mais ils ont lâché leurs armes, et je ne comprenais toujours pas pourquoi. Je me suis rendu compte que le type qui était sur moi était assommé, alors j'ai pris son arme. Je savais comment m'en servir. Mon père m'emmenait à la chasse depuis quelques années sous prétexte de m'apprendre à manier les armes.

Lili pleurait, et le type la secouait en lui disant de se taire, sinon elle mourrait. Je me suis approché derrière lui. Mon père m'a dit *de ne pas tirer*. Je n'ai pas compris qu'il s'adressait à moi. J'ai pointé le pistolet sur la nuque du type et j'ai appuyé sur la gâchette. Je me souviens du regard terrifié de mon père lorsqu'il s'est précipité pour rattraper Lili. L'autre homme a gémi derrière moi et a commencé à se relever, alors je me suis retourné et je lui ai tiré dessus aussi.

J'essaie de cacher le choc qui me traverse l'âme. La voix de Baron est désormais étouffée. Comme s'il était devenu insensible à ce moment-là, et qu'il était anesthésié en me racontant cela.

— J'ai raté mon coup, alors je me suis approché et j'ai continué à tirer. J'ai vidé le chargeur sur le type et j'ai continué à tirer jusqu'à ce que Maykl m'arrache le pistolet des mains et me serre dans ses bras.

Des larmes me montent aux yeux.

Gospodi, ce n'était qu'un enfant. Il a vu sa nounou mourir et croit encore que c'était sa faute. Il a dû tuer deux hommes pour sauver la vie de sa sœur. Pas étonnant qu'il essaie désormais de contrôler chaque aspect de sa vie pour protéger tous ceux qu'il aime.

Je l'enlace et presse mon visage contre son cou.

— Je suis tellement désolée, Ben. Cela n'aurait pas dû t'arriver.

Il me serre fort contre lui, à m'en couper le souffle.

— Ce n'était pas ta faute.

Je m'écarte pour le regarder dans les yeux.

— Si tu penses que tu es responsable de la mort de Valentina, ce n'est pas le cas.

Un muscle se contracte dans la joue de Baron.

— C'est moi qui...

— *Nyet*, l'interromps-je. Tu n'as pas dit à ces hommes de venir la tuer. Tu n'as rien à voir avec ça. Si ton père n'avait pas été un chef de la Bratva, aller à la plage pour manger une glace aurait été une activité normale. C'est son comportement, pas le tien, qui t'a privé de cette normalité. Rien de tout cela n'était ta faute.

— J'aurais pu tuer Lili.

La voix de Baron est tendue.

— Quoi ? Comment ?

— Quand j'ai tiré sur le type qui la tenait, le coup aurait pu partir et la tuer. C'est pour ça que mon père m'a dit *de ne pas tirer*.

La colère m'envahit.

— Qu'il aille se faire foutre, ton père ! Il t'a dit que tu aurais pu tuer Lili ? Tu as *sauvé* Lili. Tu as sauvé Lili, Ben.

J'utilise son vrai nom, pour m'assurer que l'enfant en lui m'entende.

— C'était la faute de ton père, pas la tienne.

La douleur envahit le visage de Ben, mais il acquiesce.

— Non, il a pris la responsabilité. C'est la seule fois où j'ai vu mon père pleurer.

Mes yeux se remplissent à nouveau de larmes. Lui dire de blâmer son père est inutile. Ils ont tous souffert. C'était un traumatisme familial partagé. Je le serre à nouveau dans mes bras.

— Je suis tellement heureuse que tu sois en vie, Benjamin Baranov.

Baron laisse échapper un soupir.

— Ah bon ?

J'acquiesce, pensive. Tant de choses se sont passées ces dernières semaines. On dirait qu'une éternité s'est écoulée. J'ai quitté Paris pour épouser un inconnu, je me suis inscrite dans une nouvelle université, j'ai été jetée dans une cellule composée d'héritiers de la Bratva, j'ai vécu les expériences sexuelles les plus folles de ma vie et... je suis tombée amoureuse.

Et si mon père n'avait pas arrangé mon mariage avec Baron, j'aurais raté tout ça. Je n'aurais pas connu cet incroyable jeune homme, brillant, fort et imparfait de la plus belle des manières. Je ne saurais pas ce que c'est que d'être le centre d'attention d'un homme comme lui. Un homme qui attire l'attention de tous ceux qui l'entourent et qui déplace des montagnes pour orchestrer le destin qu'il désire. Un homme dangereux et violent qui n'a jamais montré la moindre colère à mon égard, même lorsque je le provoque. Un homme qui est peut-être moralement ambigu, mais qui agit sans aucun doute selon un code.

Je l'embrasse.

— Oui. Je suis en train de tomber amoureuse de mon mari.

Prononcer ces mots à voix haute me donne l'impression de dévaler une piste de ski double diamant noir sans bâtons.

Baron m'attrape par la nuque. Ses yeux brillent. Le prince bratva intensément concentré est de retour auprès de moi, tout traumatisme effacé.

— Je suis tombé amoureux de toi dès que tu es descendue de cet avion, *malyshka*, dit-il.

Il m'embrasse fougueusement, ses lèvres s'écrasant sur les miennes, sa langue fouettant ma bouche. Son sexe s'allonge, pressé contre mon entrejambe.

— À l'intérieur, murmure-t-il contre mes lèvres, soulevant ma taille pour m'aider à me lever. J'ai besoin de toi sur un lit. Sous moi. Nue.

Je ris alors qu'il me suit.

— Pas sur le toit ?

Il me prend la main et m'accompagne jusqu'à la fenêtre, me soutenant pendant que je grimpe.

— Trop risqué.

Il redevient soudain sérieux.

— Je ne te perdrai pas.

Mon cœur fait un bond dans ma poitrine. Mon mari, marqué par la tragédie, s'inquiétera probablement toujours pour ma sécurité.

En vérité, je me sens en totale sécurité avec lui. J'avais peur au début parce que je ne comprenais pas pourquoi j'étais ici, et je lui en veux encore de ne pas m'avoir prévenue, mais je crois que Baron me protégera, quoi qu'il arrive.

— Je suis toujours en sécurité avec toi, murmuré-je.

———

Baron

Elle est en train de tomber amoureuse de moi.

Mon cœur se gonfle et chante. C'est plus tôt que je ne l'espérais. Plus que je ne m'y attendais. Dès que nous entrons, je la soulève et la plaque contre le mur, l'embrassant à en perdre haleine.

Elle mord ma lèvre inférieure et tire dessus.

— Je croyais que tu avais dit sur le lit.

Je presse le renflement de ma queue contre son entrejambe.

— C'est trop banal ? Je ne veux pas que tu penses que je suis ennuyeux.

Elle rit, la tête renversée en arrière.

— Impossible.

Elle prononce le mot en français plutôt qu'en anglais.

— Oh, c'est sexy, *malyshka*. Parle-moi en français.

Elle laisse échapper une série de mots en français tandis que je la pose sur ses pieds et lui enlève son T-shirt.

— Enlève ton pantalon, lui dis-je en déboutonnant le mien.

J'ai laissé mon débardeur sur le toit, mais je m'en fiche.

Elle tend la main vers mon jean.

— Je vais t'enlever *ton* pantalon.

Ma queue, déjà tendue contre la fermeture éclair, durcit davantage. Je trouvais déjà excitant que ma femme se soumette à ma domination, mais il n'y a rien de plus excitant que de la voir prendre l'initiative.

Elle mord sa lèvre inférieure et me regarde dans les yeux tout en baissant ma fermeture éclair.

Je pousse un soupir rauque lorsqu'elle libère mon érection. Elle passe ses pouces dans la ceinture de mon jean et de mon caleçon et les fait glisser le long de mes jambes.

Ma queue est au garde-à-vous, déjà dégoulinante de liquide pré-éjaculatoire.

Lara saisit la base de ma queue et la serre, allongeant mon érection. Elle la tient en l'air et lèche mes bourses, suçant doucement d'abord l'une, puis l'autre.

Je gémis, et le son a quelque chose de rauque et de douloureux.

— C'est tellement bon, *malysh*. Tu me tues.

Elle passe sa langue sous ma queue et la fait tournoyer autour du gland. Puis, d'un mouvement fluide, elle engloutit tout le gland et glisse ma queue dans la poche de sa joue.

— Putain, bébé. C'est trop bon, la félicité-je, mes doigts glissant dans ses cheveux.

J'alterne entre masser son cuir chevelu et fermer mes doigts en poing pour tirer doucement, et elle commence à fredonner autour de ma queue.

Je commence à perdre le contrôle. Elle ne me tue pas, elle me rend fou. Je suis déjà mort. J'ai eu beaucoup de relations sexuelles pour un homme de mon âge – j'ai commencé jeune et j'ai beaucoup expérimenté – mais rien n'est comparable à ce moment.

Ce n'est pas sa technique, même si elle est excellente. C'est Lara. Sa volonté. Son cœur magnifique et généreux. Sa capacité à me pardonner de l'avoir forcée à se marier avec moi. Les larmes qu'elle a versées pour moi sur le toit.

C'est le fait de savoir que notre relation va durer. Que nous allons y arriver. Elle porte ma bague, et je suis en train de gagner son cœur.

J'ai accompli beaucoup de choses à Thornecroft, mais je renoncerais à tout cela pour ça. Ma magnifique femme à genoux à mes pieds, me donnant du plaisir.

Je contrôle ses mouvements, tirant sa bouche plus vite sur ma queue, la forçant à me prendre plus profondément. Ses yeux s'écarquillent, mais elle ne proteste pas. Elle s'agrippe à mes hanches, ses ongles griffant mes fesses.

— Nue, parviens-je à grogner.

Je suis sur le point de jouir dans sa gorge, mais je veux qu'elle jouisse avec moi.

— J'ai besoin que tu sois nue tout de suite.

J'essaie de rendre ma voix sévère, mais elle ne semble que désespérée.

Bon sang, je *suis* désespéré.

J'ai tellement envie de baiser ma femme que je vais exploser.

Elle lâche ma queue et lèche la salive sur sa lèvre inférieure.

— Tu es tellement sexy.

C'est un miracle que je sache encore parler. Je suis presque sûr que toutes mes cellules cérébrales sont dans ma queue en ce moment.

— Viens ici, princesse.

Je lui attrape les coudes et la relève, puis je lui enlève son pantalon de survêtement. Elle ne porte pas de culotte, ce qui me rend fou. Je la soulève et la porte jusqu'au lit, mes doigts écartés sur ses fesses nues.

— C'est à mon tour de te goûter, dis-je.

Je la retourne sur le côté et soulève un genou par-dessus

mon épaule pour la lécher. Je caresse l'intérieur de la cuisse de son autre jambe tandis que ma langue écarte ses lèvres. Elle est déjà toute mouillée, et le goût de son miel me rend fou.

Je lèche mon pouce et le porte à son clitoris tandis que je lèche, suce et *dévore* sa délicieuse chatte.

— Retourne-toi, lui ordonné-je, ma main tournant déjà ses hanches pour qu'elle soit face au lit. Tu aimes par-derrière ?

Je la maintiens à plat ventre, mais écarte largement ses jambes et la pénètre.

Elle gémit pour dire oui.

Je glisse facilement en elle ; elle est plus que prête à me recevoir. Alors que je balance mes hanches contre les coussins moelleux de ses fesses, je plonge mon visage dans son cou, respirant le parfum de caramel de ses cheveux.

— J'adore t'avoir dans mon lit, murmuré-je, même si mon cerveau est déjà en ébullition à l'idée d'être en elle. *Notre* lit.

— Hmm, gémit-elle en réponse.

— J'adore t'avoir dans ma maison. Dans ma vie.

L'aveu le plus vulnérable s'échappe de ma bouche dans le brouillard de nos ébats.

— Je veux que tu restes.

Ma peur est exposée : je me suis efforcé de séduire Lara pour qu'elle reste avec moi. Peut-être parce que je n'ai jamais considéré cela comme quelque chose de permanent. Ou peut-être parce que je pense toujours qu'elle finira avec Brash Rostov. Mais depuis le début, j'ai l'impression qu'il y a un compte à rebours et que je ne dispose que d'un certain temps avec Lara avant que tout ne soit fini.

— Je suis là, dit Lara.

Elle a raison. Elle est là maintenant. Je ne peux pas contrôler l'avenir, même si je le voudrais. Tout ce que je peux faire, c'est profiter pleinement de ma femme à cet instant précis.

Je me retire, la retourne sur le dos et ralentis mon rythme cardiaque en suçant et pinçant ses tétons.

— Je veux voir ton beau visage quand tu jouis, dis-je en la pénétrant à nouveau. Serre ma queue avec ta chatte.

Les muscles internes de Lara se contractent et je gémis.

— C'est bien, ma belle. Comme ça. Montre-moi à quel point tu peux serrer fort.

Elle serre à un rythme pulsé, se resserrant quand je la pénètre, se relâchant quand je me retire.

Je sais, grâce à mes recherches sur l'orgasme féminin, que contracter les muscles internes peut aider une femme à jouir. Elle semble vraiment excitée, les yeux révulsés, le souffle saccadé, surtout quand j'accélère le rythme.

Je tiens à peine le coup. Mes bourses sont tendues. Je suis prêt à exploser.

— Retiens ton souffle maintenant, lui dis-je.

Elle essaie de se concentrer sur mon visage, le front plissé.

— Retiens ton souffle jusqu'à ce que tu jouisses.

Elle inspire profondément, mais expire immédiatement dans un sanglot de plaisir.

Je glousse.

— Retiens ton souffle jusqu'à ce que tu jouisses, *malyshka*.

Je passe ma main autour de son cou. Je *ne* serrerais *jamais* sa gorge pour l'empêcher de respirer. Même avec son consentement. Je ne jouerais pas avec sa vie comme ça. Mais je sais que ça excite les femmes de savoir que j'ai le pouvoir de le faire.

Elle retient son souffle. Son regard croise le mien et devient intense. Je la pénètre plus fort, la martelant de coups rapides. Son visage prend une teinte rose et ses yeux s'écarquillent. La panique se lit sur son visage juste avant qu'elle ne pousse un cri et convulse dans l'orgasme. Ses muscles serrent ma queue et je perds le contrôle. Je donne deux coups de plus et m'enfonce profondément pour jouir. Je la remplis de ma semence, puis je me retire doucement et la pénètre à nouveau, ce qui déclenche une nouvelle vague de contractions autour de ma queue.

Ses bras s'enroulent autour de mon cou et elle me serre fort, le souffle entrecoupé de sanglots.

— Je t'aime, lui murmuré-je à l'oreille en mordillant son lobe.

Elle s'immobilise, son cœur battant contre le mien.

— Je t'aime aussi, murmure-t-elle.

C'est là que je sais que tout est fini pour moi. Cette femme est entrée dans ma vie et a bouleversé toute mon existence en une semaine. Elle me fait me sentir entier d'une manière que je n'avais plus ressentie depuis la mort de Valentina. Je ne veux pas qu'elle s'en aille.

Si Abrasha Rostov essaie de me la reprendre, je le tuerai.

CHAPITRE VINGT

Baron

Après avoir pris une douche, Lara et moi descendons et trouvons Melinda recroquevillée sur le canapé avec Anders.

Son visage est pâle et ses yeux sont rouges. Elle semble encore plus maigre que d'habitude. Fragile, sur le point de se briser. Ça me donne envie d'arracher la tête de quelqu'un pour lui avoir fait du mal.

Elle me lance un regard larmoyant.

— Tu ne peux pas m'interdire l'accès à ta maison après ce qui s'est passé.

Bon sang. Je me sens très mal de l'avoir autant blessée.

— Bien sûr que non.

Je m'approche d'elle et me penche pour la serrer fort dans mes bras.

— Je suis vraiment désolé que cela t'arrive.

— Je suppose que tu avais raison, dit-elle, la voix étranglée par les larmes. J'ai attiré une attention indésirable sur ta maison.

— Non. C'est moi qui me suis trompé. Nous étions déjà dans leur ligne de mire, et ils se sont servis de toi pour nous atteindre. Au lieu de te tenir à l'écart, j'aurais dû te rapprocher de nous.

Anders s'éclaircit la gorge.

— C'est bien, parce qu'elle ne veut pas être seule en ce moment, et je lui ai dit qu'elle pouvait rester dans ma chambre.

Il a l'air d'avoir toute une série d'arguments prêts à me lancer si je refuse, mais c'est une bonne idée.

J'ai besoin qu'elle soit plus près de moi pour pouvoir la protéger. Si son père devient vice-président des États-Unis et qu'ils lui assignent des agents des services secrets, je m'occuperai de ce problème à ce moment-là. Après ce matin, je soupçonne qu'ils savent déjà qui je suis et ce que je pourrais faire. Je doute que beaucoup de choses échappent à Mister Gonflette.

— Bien, dis-je. Je veux que tu restes ici, où nous pouvons te protéger.

Le soulagement envahit le visage d'Anders, et Melinda se blottit dans ses bras.

— Melinda, voici ma femme, Lara.

Lara la serre également dans ses bras.

— Je suis vraiment désolée que tu aies été agressée.

Le son de ma voix a attiré plusieurs membres de la maison dans le salon. Alex et Leo apparaissent, ainsi que les jumeaux.

— Elle n'a pas été violée, dit Anders à voix basse. Les résultats des tests ADN sont arrivés, elle a juste été droguée.

Dieu merci. Je n'aurai pas à me demander comment me débarrasser d'un cadavre aujourd'hui.

Leo prend la parole :

— J'ai récupéré toutes les vidéos de la fête où Melinda apparaît, et personne ne semble s'être approché d'elle, du moins pas d'après ce que nous avons pu voir sur les caméras.

Melinda secoue la tête.

— Non, je n'ai même pas pris de verre pendant que j'étais

ici, donc il n'y avait aucune occasion. J'avais apporté ma propre bouteille d'eau. Et je n'étais qu'avec Anders.

Anders a un bras sur le dossier du canapé derrière ses épaules et lui caresse l'arrière de la tête.

— Donc, on pense à l'agent de sécurité, c'est ça ? dis-je.

— Oui. J'ai son nom, dit Anya. Gregory Smith. Il n'est pas membre de la maison Titan, mais il fait partie de l'équipe de football.

— C'est un étudiant de deuxième année, dit Alex. Pas très brillant. Il a une bourse d'études grâce au football.

— Tu penses pouvoir pirater ses relevés bancaires ? lui demandé-je. Peut-être qu'ils l'ont payé pour le faire.

— Je l'ai déjà fait.

Anya a l'air satisfaite.

— Il n'y a pas eu de gros dépôt récemment sur son compte. Mais ils ont pu le payer en espèces.

— C'est vrai, dis-je, pensif.

— J'ai aussi son adresse, j'ai découvert qu'il vit seul et qu'il travaille en ce moment.

— Ah bon ?

Je hausse les épaules.

— Qui est partant pour une petite mission de reconnaissance ?

Je jette un coup d'œil à Leo.

— Je vais chercher mes crochets.

Melinda se lève du canapé, suivie par Anders.

— J'y vais.

— Moi aussi, dit Lara.

Je grimace.

— On va enfreindre la loi, *malyshka*. Je ne veux pas que tu sois impliquée.

La bouche de Lara prend une expression obstinée.

— J'y *vais*.

Tout le monde détourne poliment le regard.

Merde. S'il y a une chose que j'ai apprise de mon père, c'est de ne pas impliquer la famille dans les affaires. Il faut garder les choses propres à la maison. Lara est ma femme et ne devrait pas être entachée par quoi que ce soit d'illégal.

Mais elle est prête à se battre avec moi pour ça, et je ne veux plus être le méchant. Ça fait trop de bien de l'avoir à mes côtés pour une fois.

Je prends une inspiration et expire.

— D'accord.

Soudain, tout le monde se lève et s'agite.

— Attendez. Pas vous, les gars.

Je fais signe aux autres de rester assis.

Alex, Feliks et Phoenix ont l'air déçus et se rassoient sur le canapé.

— Quoi ? demande Anya avec une innocence feinte. Je croyais que le sexisme avait pris fin. Lara et Melinda y vont.

— Je n'ai pas besoin que ton père me botte les fesses pour avoir mis ses précieuses filles dans le pétrin. Anders, tu devrais rester aussi. Si tu te fais prendre, tu pourrais perdre ton visa étudiant.

Anders renifle d'agacement.

— Quand est-ce que ça m'a déjà arrêté ? Il a attaqué Melinda. Je vais aller jusqu'au bout.

— Nous aussi, dis-je.

Leo acquiesce.

— C'est vrai.

— Tout à fait, dit Alex.

— Personne ne s'en prend aux amis de la maison Baranov, renchérit Zoe.

———

Lara

Maintenant que Baron et moi sommes sur la même longueur d'onde, j'*adore* le voir en action. Avant, ses prouesses en tant que chef d'une jeune cellule de la Bratva me faisaient peur. Il était l'ennemi, et cela prouvait que j'avais un adversaire redoutable. Maintenant, cela signifie que j'ai un partenaire *badass*.

Je veux dire, nous avons encore des choses à régler. Je n'aime pas être un pion dans un jeu que je ne comprends pas, et je déteste que Baron ne me dise pas quel est mon rôle ici. Je n'aime pas penser que ma famille est en danger. Je sais que le père de Baron nous tient tous dans un étau.

Mais maintenir mon cœur loin de Baron était tellement plus difficile que de le laisser aller. C'est comme si maintenant qu'il s'est confié à moi, qu'il m'a dit qu'il m'aimait, les portes qui l'empêchaient d'entrer dans ma zone de confort se sont ouvertes en grand. Les sentiments que j'éprouve pour lui sont grands.

Vraiment grands. En fait, ils semblent grandir à chaque minute qui passe. Je ne savais pas que l'amour pouvait être à la fois si merveilleux et si terrifiant. C'est comme si je faisais une chute libre depuis une falaise, confiante que Baron installera un filet pour me rattraper en bas.

Je suis assise à côté de lui dans le véhicule, jetant des regards furtifs sur les muscles saillants de ses avant-bras pendant qu'il conduit. Sa mâchoire est ferme et son regard est déterminé. Je suppose qu'il réfléchit déjà aux cinq prochaines étapes.

Il a pris une boîte de gants en latex et des casquettes de baseball pour nous tous avant notre départ.

Je sais qu'il ne voulait pas que je vienne, pour ma propre sécurité, mais il est hors de question que je rate ça.

Je n'aimais pas me sentir exclue de ses opérations auparavant, et je ne vais pas le laisser me renvoyer dans la catégorie des épouses protégées. De plus, je suis très investie dans le projet de rendre justice à Melinda. Et je veux voir Baron en action, c'est excitant.

Une montée d'adrénaline me parcourt lorsque je réalise que je fais partie de leur aventure. Baron s'arrête devant un immeuble d'appartements étudiants et l'observe attentivement. Nous regardons un étudiant s'approcher et entrer à l'aide d'une carte magnétique.

— La porte d'entrée fonctionne avec une carte magnétique, comme dans un dortoir, murmure-t-il.

— Je m'en occupe.

Leo pousse la porte et enfonce sa casquette sur son visage.

— Attendez que j'entre.

Nous le regardons depuis les vitres teintées alors qu'il s'avance d'un pas assuré vers la porte de l'immeuble. Il s'arrête près d'un poteau et fait semblant de consulter son téléphone, puis, lorsqu'une personne sort de l'immeuble, il attrape la porte et se glisse à l'intérieur. Il appuie son épaule contre la vitre de l'atrium, faisant semblant de regarder son téléphone.

— Bon, maintenant, à vous deux.

Baron se retourne pour regarder Anders et Melinda.

Ils sortent de la voiture et traversent la rue. La porte automatique s'ouvre pour eux, comme si Leo avait appuyé sur le bouton pour fauteuil roulant.

— Allons-y, *malysh*.

Baron me tend une casquette de baseball, je relève mes cheveux et la mets sur ma tête.

La porte s'ouvre également pour nous. Baron se passe stratégiquement la main sur le visage, murmurant en russe qu'il y a une caméra juste devant nous.

Anders et Melinda ont disparu.

— Prends l'ascenseur, nous prendrons les escaliers, dit Baron à Leo.

— On se retrouve là-bas.

Leo semble disparaître derrière nous tandis que Baron me

conduit vers la cage d'escalier. Nous montons un étage jusqu'au couloir du deuxième étage, où nous trouvons Anders avec Melinda sur ses épaules, en train de coller un morceau de chewing-gum étiré sur la caméra dans le coin.

Leo se dirige vers une porte et actionne la poignée à deux mains à l'aide de ses outils. Un instant plus tard, il disparaît à l'intérieur de l'appartement. Baron et moi le suivons, Melinda et Anders juste derrière.

Baron sort deux paires de gants en latex de sa poche et m'en tend une.

— Bien. Pas d'empreintes digitales.

Je prends les gants et les enfile. Ils sont trop grands, laissant des espaces au bout des doigts en caoutchouc.

— Ne touche à rien sauf si tu y es obligé, me dit-il.

J'acquiesce et traverse le studio en désordre. Ça sent les chaussettes sales et les suspensoirs. L'année scolaire vient de commencer, mais il semble y avoir des miettes accumulées depuis des années sur le sol. Un bol de macaronis au fromage à moitié mangé est posé dans l'évier.

— Eh bien, ça a été facile.

Leo est à quatre pattes et regarde sous le lit.

— J'ai trouvé l'argent.

Il sort un sac en papier et le retourne pour nous montrer les liasses de billets qu'il contient.

— Combien ça t'a rapporté de me droguer ? demande Melinda en prenant le sac dans ses gants trop grands et en l'ouvrant.

Elle vide les liasses de billets sur le comptoir de la cuisine pour les compter.

Baron prend la poubelle dans la salle de bains et regarde à l'intérieur, puis me la montre. À l'intérieur se trouvent l'emballage d'une seringue et une sorte de médicament.

— C'est du Rohypnol ? demandé-je.

— Oui. Enfin, un générique, confirme Baron.

Il sort la seringue usagée et la montre aux autres. Il dit à Melinda :

— Tu ne l'as pas ingéré. Ce salaud te l'a injecté pour que ça agisse plus vite et que ça donne l'impression que tu avais été droguée à la fête.

Melinda a l'air horrifiée, sa main se précipite vers son cou.

— Laisse-moi voir.

Anders commence rapidement à examiner son corps, la faisant pivoter. Lorsqu'il arrive à ses cuisses, il demande :

— Qu'est-ce que c'est ?

Nous nous précipitons tous pour examiner une petite ecchymose circulaire sur sa cuisse.

— Ce n'est pas moi qui ai fait ça, dit Anders.

Melinda rougit, ce qui me fait me demander quelles ecchymoses il *a* laissées.

— Si ton père obtient un mandat, la police pourrait découvrir tout ça. Ça suffirait probablement à le faire condamner.

L'expression de Baron est totalement neutre.

— Tu veux suivre la voie légale, ou on peut s'occuper de lui ?

— Que vas-tu lui faire ? demande Melinda.

— Prendre l'argent et le torturer jusqu'à ce qu'il avoue qui l'a payé pour te faire ça. Puis lui casser la jambe.

Baron réfléchit et hausse les épaules.

— Ou son bras. Quelque chose qui va foutre en l'air sa saison de football, pour qu'il perde sa bourse et que tu n'aies plus à le revoir ici.

— Je choisis la deuxième option, dit-elle.

Elle retrouve un peu de vie maintenant que la vengeance est en vue. Comme si le pouvoir que ce type lui avait pris en la droguant lui était revenu.

Baron lui adresse un large sourire, et il dégage un instant une innocence enfantine qui me fait fondre le cœur.

Melinda tend le sac d'argent à Baron.

— Six mille dollars, c'est ce que valaient pour lui le fait de m'agresser et de te piéger.

Baron jette un coup d'œil dans le sac, mais ne fait pas mine de le prendre.

— C'est à toi. C'est toi qui as été blessée.

Elle repousse le sac.

— Considère ça comme mon loyer. Je vis à la maison Baranov maintenant.

Baron croise les bras sur son torse musclé et la regarde.

— D'accord, dit-il après un moment. Tu fais partie des nôtres maintenant. Mais nous allons devoir tatouer l'un de tes doigts.

Melinda jette un regard surpris à Anders.

Il secoue la tête.

— Il se fout de toi.

— Oh.

Elle rit.

— Seulement si tu commets un crime, précise Leo.

Melinda sourit.

— Est-ce que celui-ci compte ?

— Tu veux que ça compte ? la taquine Anders.

Baron m'enlace.

— Tu vas définitivement te faire tatouer.

Sa voix est un grognement grave qui m'est uniquement destiné.

— Ah oui ?

Je capte son ton séducteur et lui réponds d'une voix suave :

— Quel est le tatouage pour effraction ?

Il soulève ma main gauche entre nous et retire mon gant. Il fait tourner l'alliance autour de mon annulaire.

— C'est mon nom, juste ici.

Il effleure de ses lèvres mon quatrième doigt.

Je laisse échapper un rire rauque.

— Ton nom, hein ?

— Mmm hmm. Il peut être en cyrillique si tu veux.

— Oh, parce que c'est beaucoup mieux d'afficher la déclaration de propriété dans ma langue maternelle ?

Baron rit et me mord le poignet, le tenant entre ses dents pendant un instant avant de le lâcher.

— Au moins, tu comprends que tu m'appartiens.

Une part de moi est toujours offensée parce que c'est littéralement vrai, mais mon corps réagit comme Baron le souhaite, s'échauffant pour lui, mes tétons durcissant, ma chatte se contractant dans le vide. Mon corps adore lui appartenir, même si je me rebelle à moitié.

— Continue à te dire ça, mon mari. Nous verrons bien qui finira par posséder qui.

CHAPITRE VINGT-ET-UN

Baron

Nous attendons que Gregory Smith ait fini son service et nous l'entraînons dans une ruelle sur le chemin du retour. L'ironie de voir un membre de la sécurité du campus se faire agresser dans une ruelle est la cerise sur le gâteau de ma vengeance.

J'ai amené Alex, Feliks, Leo, Anders et Anya.

Phoenix, Zoe, Lara et Melinda ont préféré ne pas venir, ce qui est une bonne chose, car je ne veux pas que Lara voie cet aspect de ma personnalité. J'ai essayé de dissuader Anya, mais elle m'a encore traité de sexiste et m'a dit que mes règles ne s'appliquaient pas à elle parce qu'elle était lesbienne. Plutôt que de discuter, je l'ai laissée venir. Il n'y a pas de mal à cela, elle sera en parfaite sécurité avec nous.

Feliks tient Gregory dans une prise de bras tandis qu'Alex et Leo le frappent à tour de rôle.

Je fais tout un spectacle en enfilant un poing américain.

— Bon, on a trouvé l'argent, la seringue et le Rohypnol dans ton appartement. Ça t'excite de violer des femmes après les avoir draguées ?

Le type s'affaisse dans les bras de Feliks, comme s'il essayait de se mettre à genoux.

— Non.

Sa voix tremble de peur.

— Je ne viole pas les femmes. Je le jure. Je... je... je n'ai pas violé Melinda Tracy. Je lui ai juste fait une piqûre et je l'ai emmenée à l'hôpital. Elle était en sécurité tout le temps.

— Tu as une définition différente de *la sécurité*. Anders n'est généralement pas porté sur la violence, contrairement à nous, les héritiers de la Bratva, mais cette fois-ci, c'est différent.

Il frappe Gregory à la mâchoire d'un solide crochet du droit.

— Elle ne se sentait pas du tout en sécurité après avoir été agressée par le type qui était payé pour la protéger.

Anders lui assène un uppercut et la tête de Gregory part en arrière.

Sa tête pend un instant avant qu'il ne reprenne ses esprits.

Je ferais mieux d'intervenir avant qu'Anders ne s'emballe.

— Qui t'a payé ? Je veux des noms.

Il sanglote.

— C'étaient les Titans. Ils ont dit qu'ils me laisseraient entrer dans la maison si je le faisais.

Ce *salaud* ne l'a même pas fait pour l'argent. Il l'a fait pour entrer dans une putain de maison. C'est pour ça que j'ai dû créer la mienne. Thornecroft est un putain de cloaque d'influence et d'élitisme de la vieille argenterie.

— *Les noms*, grogné-je en enroulant mes doigts autour de sa gorge charnue et en lui donnant des coups de poing dans les côtes avec mon poing américain.

Il halète de douleur.

— Je vais te le dire. Je vais tout te dire. C'était... c'était

Ashton Basen et Charlie Daggert, dit-il rapidement. Ce sont eux deux qui m'ont approché.

— Que t'ont-ils demandé de faire ?

— Juste de lui faire une injection, de l'emmener à l'hôpital et de leur dire où je l'avais trouvée.

Gregory halète. Du sang coule du coin de sa bouche.

— C'est tout... c'est tout ! C'est tout. Rien d'autre.

Il divague maintenant.

— Qui a appelé le *New York Times ?*

Son expression est vide, ses yeux écarquillés de peur. Quand il secoue la tête, du sang jaillit du coin de sa bouche.

— Aucune idée.

Je le frappe à nouveau, et il gémit.

— Quoi d'autre ?

— L'argent ! s'écrie-t-il comme s'il s'accrochait à une bouée de sauvetage. J'ai été payé à l'hôpital. Charlie était là avec un autre type, un nouveau membre. C'était lui qui s'occupait de l'argent. Un petit type laid. D'un autre pays.

Ses yeux s'illuminent.

— Russe ! Russe comme vous.

Ce type n'est pas très futé, vu qu'il vient seulement de comprendre que nous sommes tous les deux russes.

Je jette un coup d'œil à mes amis.

— Denis Penkin.

Anya grimace.

Denis Penkin, l'espion de Rostov. Comment est-il impliqué dans tout ça, bon sang ?

Les poils de ma nuque se hérissent et je regarde autour de moi. La Chemise noire, le fantôme du gouvernement, se cache dans l'ombre au bout de la ruelle.

Bon, il nous arrêtera s'il le veut. Je me dis que s'il n'intervient pas, c'est toujours moi qui mène la danse.

Anya s'avance nonchalamment dans son short court et ses Doc Martens.

— À mon tour.

Je recule et fais un signe de la main.

— Je t'en prie.

— Écoute-moi bien, Gregory Smith. Si tu drogues encore une femme, je te couperai personnellement la queue et te la fourrerai dans le cul. Compris ?

Il la regarde d'un air ahuri, visiblement pas effrayé par une geek rousse de 52 kilos.

Elle lui donne un violent coup de genou entre les jambes et il se plie en deux. Son grognement est si douloureux que tous les hommes présents sur place tressaillent instinctivement.

Puis elle recule.

— Tu peux lui casser la jambe maintenant, dit-elle avec désinvolture.

— Attendez.

Le fantôme s'avance. Il est vêtu de noir et tient un morceau de tissu noir dans ses mains.

— Quelqu'un d'autre veut s'occuper de lui avant que vous n'ayez fini.

Il enfile une cagoule noire sur la tête de Gregory et lui attache les mains derrière le dos avec des liens en plastique.

— Les garçons, pourriez-vous le mettre dans mon coffre ?

Feliks et Alex me regardent, et j'acquiesce.

— Allez-y.

Il recule rapidement sa voiture dans la ruelle et ouvre le coffre. Feliks et Alex jettent Gregory sans ménagement à l'arrière, et Mister Gonflette claque la porte.

— Le sénateur apprécie votre sollicitude envers sa fille, me dit-il en me tendant la main.

Je la serre, et il me la presse fermement.

— Si vous avez besoin d'un emploi après l'obtention de votre diplôme, contactez Melinda. Nous avons besoin de personnes ayant vos compétences particulières.

Il jette un coup d'œil à mes autres amis.

— Vous tous.

Alors qu'il s'éloigne, Anya me demande :

— Que crois-tu qu'ils vont lui faire ?

— Aucune idée. Mais je suis sûr qu'il aura ce qu'il mérite.

CHAPITRE VINGT-DEUX

Lara

Mardi après-midi, je me rends à la librairie de Thorne-croft pour acheter l'un des manuels dont j'ai besoin pour un cours lorsque j'entends des hommes parler à voix basse en russe. Je me retourne naturellement pour regarder.

Est-ce l'un de mes amis ?

Non, c'est un homme plus âgé, qui ressemble à un professeur. Ce doit être le professeur de mathématiques de Baron et Lili, Vasiliev. Celui que Baron dit détester parce qu'il sait qu'il fait partie de la Bratva. Il parle à Denis.

Je n'ai pas revu Denis depuis qu'il a quitté Whisper's End amoché par mon mari. Son nez est bandé, comme s'il venait d'être cassé. L'œuvre de Ben, je suppose.

La culpabilité me tord les tripes.

Au moins, ce n'était que son nez. Je ne savais pas d'où venait le sang.

Mais cela n'excuse pas la violence de Baron.

Ils me regardent tous les deux, et Denis murmure quelque chose au professeur tout en me faisant signe.

Je lui réponds par un signe de la main et un regard d'excuse, qu'il interprète comme une invitation. Il quitte le professeur pour venir vers moi.

— Bonjour, Denis.

Je le salue en russe.

— C'est mon mari qui a fait ça ?

Je grimace et montre son nez.

— Je suis désolée.

L'expression de Denis est sombre. Le chiot amical a disparu.

— Oui. Je ne l'ai pas dénoncé pour te rendre service.

Il me prend par le coude et m'entraîne sur le côté, baissant la tête.

J'essaie de me dégager de son étreinte. La dernière chose dont j'ai besoin, c'est que Baron nous voie et redevienne violent.

— Tu as besoin d'aide ? Tu es en danger ? Je pense qu'il fait partie de la Bratva. Tu le savais ?

Je dois retirer de force mon coude de sa main et reculer d'un pas.

— Oui, je suis une princesse bratva, Denis, lui dis-je.

Je cherche le choc dans son regard, mais je ne le trouve pas. Au lieu de cela, il se penche à nouveau vers moi et me parle doucement :

— J'ai des relations. Je peux t'aider à sortir de ce mariage. Tu n'as pas à rester avec lui.

Gospodi, il parle exactement comme Brash. C'est comme ça que ça va se passer pour le reste de ma vie.

Cette pensée est trop déprimante pour que je puisse même l'envisager, alors je la repousse.

Je suis heureuse avec Baron. La plupart du temps. Mais cela ne regarde que nous deux et peut-être nos familles. Cela ne concerne personne d'autre.

— Je n'ai pas besoin de ton aide, dis-je fermement. Mais merci pour ta proposition.

— Prends mon numéro. Appelle-moi si tu as besoin d'aide, insiste-t-il.

C'est ça. Comme si avoir le numéro d'un autre homme dans mon téléphone allait bien se passer pour moi si Baron le découvrait.

— Non *merci*.

Je m'éloigne, retenant mon souffle jusqu'à ce que je sente qu'il quitte la librairie.

Il me faut quelques minutes pour me débarrasser de la tension qui m'envahit.

Alors que je passe à la caisse, je jette un coup d'œil par la fenêtre et aperçois Baron qui passe devant le magasin. Il me voit en même temps et s'arrête, un sourire illuminant son visage habituellement sérieux.

Je lève un doigt pour lui dire que j'arrive tout de suite, et il se dirige vers la porte.

Une voix grave s'élève derrière moi en russe :

— Éloigne-toi de ce garçon, il est dangereux.

Je me retourne brusquement et aperçois le professeur Vasiliev derrière moi dans la file d'attente.

Bozhe moi, j'en ai marre que tout le monde essaie de me sauver. Je lui lance un regard réprobateur en ramassant mon nouveau livre et le ticket de caisse.

— Oui, je sais que vous détestez Baron.

Je relève le menton.

— C'est mon mari, donc vous me détestez probablement aussi.

— Non, pas Baron, dit-il en jetant un coup d'œil dans la direction où je me tenais avec Denis. L'autre.

Avant que je puisse en savoir plus, la porte s'ouvre. Vasiliev se retourne brusquement et s'éloigne juste avant que Baron n'apparaisse dans l'embrasure.

J'avale ma salive, le cœur battant un peu trop vite.

Qu'est-ce que c'était que ça ? Pourquoi dit-il que Denis est dangereux ? Cela n'a aucun sens. Il doit les confondre tous les deux.

— *Privet*.

Je lève le visage pour sourire à Baron et l'embrasser.

— *Privet, malyshka*.

Je jurerais qu'au moins un tiers des étudiants présents dans la librairie nous regardent.

— C'est sa femme, murmure quelqu'un.

J'entends d'autres bribes de commérages autour de nous.

— ...mariage arrangé... mafia russe...

Baron est vraiment célèbre sur ce campus. Et maintenant, moi aussi.

L'attention qu'on nous porte ne me dérange pas.

Il prend le nouveau livre de ma main et le sac à dos de mon épaule, puis passe son bras autour de moi tandis que nous sortons sous les murmures autour de nous.

— Oh, mon Dieu, je suis tellement jalouse... Ils sont trop mignons...

— Oui, mais tu crois que ça va durer ?

CHAPITRE VINGT-TROIS

Lara

Mercredi soir, Baron m'emmène dîner dans un restaurant chic et me fait manger du homard et boire une bouteille de vin à cent dollars jusqu'à ce que je sois légèrement éméchée.

Il me serre contre lui alors que nous quittons le restaurant.

— J'ai adoré notre premier rendez-vous.

— C'est comme ça qu'on appelle ça ? le taquiné-je.

Avoir un premier rendez-vous après avoir déjà tout fait avec cet homme − l'épouser, avoir des relations sexuelles folles et débridées, enfreindre la loi, jouer dans un donjon − semble ridicule.

Mais il a raison. J'avais l'impression que c'était un tout premier rencard. J'avais des papillons dans le ventre quand il m'a dit qu'il m'emmenait dîner, et c'est toujours le cas maintenant que je rentre chez lui.

C'est le premier rendez-vous que je *voulais* avoir avec lui. Même s'il s'est montré insistant auparavant, maintenant que je me soucie de savoir s'il m'aime ou non, son attention me rend heureuse.

Nous arrivons au SUV, il m'ouvre la porte et m'aide à monter.

Il appuie son bras contre le cadre de la porte, comme il l'avait fait le premier jour où il était venu me chercher à l'aéroport. Il semble vouloir dire quelque chose, puis il change d'avis, ferme ma portière et s'installe au volant.

Alors que nous retournons vers le campus, le bruit des sirènes se fait entendre.

Je tends le cou pour regarder par la fenêtre.

— Que se passe-t-il, à ton avis ? lui demandé-je. C'est de la fumée ?

— Je pense qu'il y a peut-être eu un incendie à Titan House pendant que tout le monde était absent.

Je retiens mon souffle en réalisant que notre rendez-vous servait également d'alibi public à Baron. J'y réfléchis un instant. Est-ce que je déteste le fait qu'il ait démantelé l'organisation qui a tenté de faire porter à mon mari le chapeau d'un viol et qui a agressé une jeune femme pour y parvenir ?

Non. Non, je ne déteste pas ça.

J'apprécie également le fait qu'il ait dit que personne n'était présent. Il n'a donc fait de mal à personne. Il s'est simplement vengé. Les fêtes de Titan House qui souffraient des activités de la maison Baranov ne seront plus un problème cette année.

— Eh bien, dis-je, cela ressemble à du karma pour moi.

Baron me regarde avec un soupçon de soulagement, et je réalise qu'il attendait ma réaction. Les papillons recommencent à voleter dans mon ventre.

Nous nous garons devant la maison Baranov, mais Baron ne fait pas mine de sortir.

Il coupe le moteur.

— Lara... Je veux répondre à ta question. Celle que tu m'as posée l'autre soir et que j'ai éludée. Pourquoi es-tu vraiment ici ?

Je me prépare mentalement alors que mon pouls s'accélère. Qu'est-ce que cela peut bien être ? En quoi puis-je leur être utile ? Ou dans quel pétrin mon père s'est-il fourré ?

Que se passe-t-il, bon sang, et pourquoi suis-je leur pion ?

— Mon père m'a demandé de t'épouser pour assurer ta sécurité.

Je cligne des yeux. Cela n'a aucun sens. Son père est la menace. Celui dont les menaces nous ont mis en danger.

— Je ne comprends pas.

Baron ouvre la bouche, mais regarde alors derrière moi, à travers la fenêtre. Son visage se transforme en une expression de rage sombre.

— *Blyad,* jure-t-il en ouvrant la portière à la volée.

Je me retourne pour regarder par la fenêtre. Il me faut un instant pour que mon cerveau comprenne ce que mes yeux voient. Ou du moins pour l'assimiler.

Brash Rostov est là. Il est là, il tend la main pour ouvrir ma portière.

Je reste figée pendant un instant. Est-il là pour moi ? Je me souviens que Baron m'avait dit qu'il connaissait Brash depuis l'internat. Est-ce que cela concerne quelque chose entre eux deux ?

Ma portière s'ouvre et j'entends Baron grogner :

— Éloigne-toi de ma femme.

Brash se penche et détache ma ceinture de sécurité, déposant un léger baiser sur ma joue.

Je m'écarte brusquement, confuse.

— Brash, qu'est-ce que tu fais ici ? Je t'avais dit de ne pas venir.

Baron attrape Brash par l'épaule et le tire en arrière.

Brash se retourne et frappe Baron, qui esquive et lui assène un coup de poing gauche dans le ventre.

— Ne bougez pas ! s'écrient plusieurs voix en russe au

moment où un groupe d'hommes armés de fusils automatiques encercle les deux hommes.

— *Bozhe moi* ! Arrêtez !

Je saute hors de la voiture.

Je suis effrayée pour Baron, mais il m'agace également. Pourquoi doit-il être aussi possessif ?

Brash retrousse la lèvre supérieure dans un grognement, mais il ignore Baron et se tourne vers moi.

— Lara, tu peux oublier complètement ce mariage. Tu n'as pas à abandonner tes études, ton appartement et tout ce que tu aimais à Paris pour laisser ces voyous orchestrer ta vie.

Ma poitrine se serre.

— Brash, je t'avais dit de ne pas venir.

J'essaie de regarder Baron derrière lui. Brash s'interpose entre lui et moi. Je suppose qu'il pense me protéger. Ils le pensent tous les deux. Ce serait mignon si ce n'était pas aussi stupide. Je n'ai pas besoin d'être sauvée.

— Tu sais pourquoi tu as dû l'épouser ?

Brash pointe Baron du pouce d'un air moqueur.

J'essaie de croiser à nouveau le regard de Baron, mais il ne me regarde pas ; il se contente de lancer un regard meurtrier à Brash.

Je ne devrais pas avoir à expliquer cela à Brash. Il a largement dépassé les bornes.

— Je te l'ai dit, nos parents l'ont arrangé quand nous étions enfants. Ma vie est avec Baron maintenant. Je l'ai accepté.

Enfin, peut-être pas la vie, mais j'ai accepté Baron.

— C'est à cause de moi, grogne Brash.

Je fronce les sourcils. Quelle remarque arrogante et narcissique.

Sauf que je croise enfin le regard de Baron, et il a l'air furieux. Comme si Brash venait de révéler une vérité qu'il ne voulait pas voir dévoilée.

Comme si… c'était peut-être vrai.

Que s'apprêtait-il à me dire avant l'arrivée de Brash ? La vraie raison pour laquelle je suis ici.

— Tu avais suscité « l'intérêt de quelqu'un d'autre »…

Brash fait des guillemets avec les doigts pour souligner cette expression avant de préciser :

— *Moi.*

— Benji Baranov ne supportait pas que je m'approche de ce qui lui appartenait. Il savait que j'avais le pouvoir d'empêcher cette union. Ils t'ont donc emmenée avant que tu puisses me parler du mariage et obtenir mon aide.

Je ne savais rien du mariage, donc il n'y avait rien à dire.

Cela semble absurde, mais je vois la vérité se refléter sur le visage de Baron. Il ne le nie pas. Il jette un coup d'œil aux armes qui nous entourent, comme s'il se demandait s'il pouvait se battre pour s'en sortir.

Des frissons glacés parcourent ma peau. Le même sentiment de trahison que j'ai ressenti le jour où mon père s'est présenté à mon appartement m'envahit.

— Baron ? demandé-je. Est-ce vrai ?

Il serre les dents et respire par ses narines dilatées. Il a le même regard que lorsqu'il essayait d'empêcher Lili de tuer le type qui, selon lui, l'avait droguée à la fête. Comme s'il était en mode guerrier et prêt à tout pour protéger ce qui lui appartient.

— Baron ! m'écrié-je.

Il ne détourne pas les yeux de Brash lorsqu'il me répond :

— Pas *exactement*.

Pas exactement. Pas. Exactement.

Mais qu'est-ce que c'est que ce bordel ?

Est-ce possible ? Cela signifie que tout cela a été orchestré par mon père et Baron ensemble. Mon père m'a fait croire que sa vie et celle de ma mère étaient en danger, alors qu'en réalité, c'est parce qu'il craignait que l'homme avec qui je sortais puisse me protéger de ses machinations. De devenir un pion dans ses stupides jeux de bratva. De me marier avec Baron.

Et Baron était soit tellement en compétition avec Brash, soit tellement possessif à mon égard – une femme qu'il ne connaissait même pas – qu'il a dû me voler. Me faire sienne.

Je me sens mal.

Des larmes de rage me montent aux yeux. Je dois m'éloigner d'eux tous. Mais surtout de Baron. Je me retourne et cours sur le trottoir dans mes talons aiguilles.

— Lara, m'appelle Brash.

Baron ne dit rien ; il reste là, debout, l'air de vouloir assassiner Brash. Je suppose que la culpabilité est trop forte pour lui. Pour une raison quelconque, cela me met encore plus en colère.

Comment ose-t-il me séduire ? Me manipuler ? Sachant qu'il m'arrachait des bras d'un autre homme. Sachant que mon père avait mis fin à ma vie à Paris sur un coup de tête et m'avait fait croire que venir ici était une question de vie ou de mort. Il faisait partie de tout ce jeu orchestré par mon père. Tous jouaient avec ma vie, mes sentiments, ma réalité.

Gospodi !

Comment ose-t-il me faire tomber amoureuse de lui ? Me faire croire que je tiens à être aimée par lui ?

Comment osait-il rester là sans rien dire ? *Pas exactement.*

C'est lui qui m'a le plus trahie.

— Bouge et tu mourras, lui aboie l'un des soldats russes en russe.

Tant mieux. Il ne me suivra pas. Je ne suis plus sous son contrôle. Je ne serai plus jamais contrôlée par lui. Ni par lui ni par mon père.

— Lara.

La voiture de Brash ralentit à côté de moi alors que je

marche d'un pas lourd sur le trottoir. La portière côté passager s'ouvre et Brash se penche vers moi.

Je ne veux pas être avec lui. Je ne veux être avec personne. Mais je n'ai nulle part où aller si je n'accepte pas son aide.

Je m'arrête de marcher et il freine pour s'arrêter à ma hauteur. Nous nous regardons à travers la portière ouverte.

C'est un bel homme, élégamment vêtu, avec une Rolex au poignet. Il peut être charmant et respectueux. Il est riche et puissant. C'est vrai. Son père a probablement le pouvoir de me protéger de mon propre père.

Non pas que j'aie besoin de protection.

Le fait que j'en aie besoin me donne envie de hurler à pleins poumons.

Si je pars avec Brash maintenant, il pourra me sortir d'ici. J'ai besoin d'espace pour réfléchir à ce que je veux faire.

Contre ma volonté, je regarde par-dessus mon épaule et je vois Baron debout sur la pelouse devant la maison Baranov, entouré d'hommes qui pointent leurs armes sur lui.

Il me regarde droit dans les yeux, et je sais que j'ai raison parce qu'il n'est plus jaloux ni possessif. Il a l'air anéanti. Ses mains ne sont pas en l'air, mais son visage figé exprime un profond choc. Il sait qu'il a tort.

Il sait qu'il m'a perdue.

Et c'est à ce moment-là que mon cœur se brise en deux et tombe sur le trottoir. Une moitié veut toujours que Baron le ramasse et arrange les choses. L'autre moitié ne veut plus jamais lui parler.

J'enlève la bague de mon doigt et la jette dans sa direction, puis je grimpe sur le siège avant de la voiture et claque la portière. Alors que Brash démarre en trombe, une panique maladive envahit mon corps à l'idée du morceau de mon cœur que j'ai laissé convulser sur le trottoir.

Je ferme les yeux et je souhaite que tout cela disparaisse, ainsi que tous mes souvenirs du temps passé avec Baron.

C'est fini. Cela n'aurait jamais dû arriver.

J'en ai fini avec Benjamin Baranov.

———

Baron

Je reste cloué sur place, les yeux rivés sur la voiture de Brash.

Je n'aurais pas pu plus merder.

Ma seule mission était d'empêcher ma femme de tomber entre les griffes de Brash Rostov, et j'ai échoué.

Elle s'est enfuie loin de moi pour se jeter directement dans sa voiture. L'image de son visage rougi, les yeux brillants de larmes, me donne envie de tomber à genoux. Son sentiment de trahison ne pouvait être plus clair.

Je n'ai pas le temps de m'apitoyer sur mon sort, car quelqu'un me frappe à terre avec ce qui doit être la crosse d'un AK-47, visant l'arrière de ma tête. Je tombe à quatre pattes, la tête qui bourdonne. Les hommes se jettent sur moi. L'un d'eux me donne un coup de pied dans les côtes, un autre me frappe au visage avec sa botte à embout d'acier.

Je n'essaie pas de riposter, je suis désarmé. Je ne survivrais pas. Tout ce que je peux faire, c'est me recroqueviller en boule et protéger ma tête avec mes bras. Les coups continuent de pleuvoir, et je ne peux m'empêcher de penser que je les mérite.

C'est ce que je mérite pour avoir fait du mal à Lara.

Sauf qu'elle a encore besoin de moi.

Elle m'a peut-être fui pour monter de son plein gré dans la voiture de Rostov, mais elle n'est pas en sécurité avec lui. Pas le moins du monde. Je dois me sortir de là pour la rejoindre.

Les coups continuent de pleuvoir et mes oreilles se mettent à bourdonner.

Non, c'est notre alarme incendie qui se déclenche.

Un de mes amis a dû l'activer. Probablement Phoenix.

Je ris à travers mes lèvres ensanglantées, car la manœuvre fonctionne. Après quelques coups de pied supplémentaires, les hommes arrêtent de me frapper et sautent dans leurs voitures, filant à toute vitesse dans la direction où Brash est parti.

J'essaie de me relever en titubant, mais au lieu de cela, l'herbe vient à ma rencontre et tout devient noir.

CHAPITRE VINGT-QUATRE

Je vois à peine la direction que nous prenons, car mes yeux sont brouillés par les larmes. Je ne peux m'empêcher de penser que je m'éloigne de mon existence même.

Mais Baron m'a trompée. Il était de mèche avec mon père, et je ne peux pas lui pardonner cela.

Brash parle, mais je ne l'écoute pas. Je ne cesse de repasser en boucle le regard de Baron. La culpabilité. Le regret.

Je repasse en boucle la conversation que j'ai eue avec mon père dans mon appartement. Les mots de Brash :

— Tu avais suscité l'intérêt de quelqu'un d'autre.

Il y a encore des éléments de cette histoire qui ne collent pas. Par exemple, pourquoi mon mariage avec Baron a-t-il été arrangé au départ ? Qu'est-ce qui était si important pour unir nos familles alors que son père et le mien travaillaient ensemble depuis des années ?

Et si c'était si important, pourquoi ne m'en a-t-il pas parlé quand j'étais jeune ? Pourquoi attendre que je suscite l'intérêt de quelqu'un d'autre ?

Je pourrai exiger des réponses à ces questions quand je serai de retour à Paris. Je faisais la tête à mon père, mais maintenant, j'aurais aimé le pousser davantage à me donner des réponses.

Cela dit, il n'était pas très franc à ce sujet.

Était-ce parce qu'il me manipulait ? Pour m'éloigner de la supposée tentation de Brash Rostov ? Il ne m'avait jamais empêchée de sortir avec des hommes auparavant.

Il aurait pu simplement me dire qu'il n'approuvait pas une relation avec Brash.

Tout cela n'a aucun sens.

Je reviens brusquement au présent lorsque Brash s'engage sur la route menant à la piste d'atterrissage où j'ai atterri il y a un peu plus d'une semaine.

— Qu'est-ce qu'on fait ici ?

Je ne sais pas où je pensais qu'il m'emmenait, mais c'est une surprise.

— Je dois t'éloigner des voyous qui essaient de te contrôler, dit Brash en se garant et en sortant de la voiture.

Je ne sors pas. J'avais peut-être envie de m'éloigner de Baron, mais Brash se montre tout aussi présomptueux à mon égard et à l'égard de ma vie en ce moment.

Il ouvre ma portière et me tend la main.

— Viens. Tu veux retrouver ta vie, non ? Je peux te protéger.

Cela me semble mal.

J'essuie mes yeux.

— Je n'ai pas mes affaires. Je dois faire mes valises.

Est-ce que je vais vraiment quitter Whisper ? Je suis en colère contre Baron, mais... le temps que j'ai passé avec lui a été le meilleur – et le pire – de ma vie. J'étais furieuse et effrayée quand je suis arrivée ici, mais Baron était là. Je suppose que je suis tombée amoureuse. Je me suis fait des amis. Je suis devenue membre à part entière de quelque chose, de mon plein gré. Je n'ai pas non plus horreur de mes cours.

Paris me semble loin. Comme si la femme qui menait cette vie avait déjà disparu. Transformée en quelqu'un d'autre. Les possibilités de stage et de carrière qui s'offrent à moi là-bas me semblent beaucoup moins intéressantes que ce qui se passe à Thornecroft.

Je me souviens de l'excitation que j'ai ressentie hier en m'introduisant dans l'appartement de l'agresseur de Melinda. En regardant mon mari *badass* en action.

Mais non. Ce n'est pas un dur à cuire. C'est un salaud autoritaire qui m'a pratiquement kidnappée, puis séduite. Il m'a manipulée, tout comme mon père. Je ne peux pas laisser les hommes me traiter ainsi.

— Je t'achèterai de nouvelles choses, *milaya*.

J'hésite. Cela semble être une offre intéressante, d'autant plus que je ne veux pas retourner à la maison Baranov pour faire mes valises. Mais quelque chose ne va pas.

Brash a dit qu'il me ramènerait à ma vie à Paris, mais maintenant il va m'acheter toutes ces nouvelles choses ? Est-ce une offre amicale parce qu'il est riche ou y a-t-il quelque chose de possessif là-dedans, comme… le fait que je vais rester *avec lui ?*

Parce que je ne veux pas être avec lui.

Maintenant que j'ai découvert ce que c'est que d'avoir le cœur en feu, il est clair que je ne ressens absolument rien pour cet homme.

— Je n'ai même pas mon passeport.

— Tu n'en auras pas besoin. Viens, le jet est sur la piste.

Le jet est sur la piste. Comme si… il l'avait fait attendre là pour nous ? Il savait qu'il allait m'emmener ? Pourquoi je n'ai pas besoin de mon passeport ? Parce qu'il a payé quelqu'un ? Ça devient bizarre.

Mon cerveau a du mal à tout comprendre, probablement

parce que mon cœur saigne encore à cause de la trahison de Baron.

Mais bon. Oui. Quitter Whisper est la meilleure chose à faire. Une fois de retour à Paris, je pourrai prendre le temps de faire mon deuil et d'y voir plus clair. Je donnerai peut-être une chance à Baron de s'expliquer.

Je vais certainement appeler mon père et lui dire ses quatre vérités.

Je laisse Brash m'accompagner jusqu'au jet, et nous attachons nos ceintures.

Alors que l'avion décolle, Brash sort son téléphone et passe un appel.

— C'est fait.

Il me jette un coup d'œil.

— J'ai la fille Turgeneva. Préparez les papiers du divorce. Je veux qu'ils soient prêts à être signés dès que nous atterrirons.

Tout en moi s'arrête. Mon cœur oublie de battre. Ma respiration s'interrompt complètement. Le chagrin disparaît de mon système, remplacé par l'adrénaline.

Je détache ma ceinture et me lève d'un bond, mais il est trop tard. L'avion décolle.

— Ah, ah.

Brash m'attrape le poignet et me tire sur ses genoux. Il me mord le côté du cou comme s'il se prenait pour un vampire.

— *Aïe !*

Je pousse un cri. Je ne sais pas s'il m'a fait saigner, mais il y aura certainement un bleu.

— Tu ne vas nulle part.

Sa prise sur mon poignet me fait mal. Il y a une joie maniaque dans sa voix qui me glace le sang.

— Ton père n'aurait pas dû refuser notre offre initiale.

Mon cerveau est en ébullition. Quelle offre ? De quoi parle-t-il ? Je me débats dans son étreinte.

— En tant que ma femme, tu apprendras bientôt que je suis prompt à punir et lent à pardonner.

Il me jette de ses genoux. Je dérape dans l'allée, me cognant la hanche contre mon siège avant de m'y raccrocher.

— Maintenant, assieds-toi et attache ta ceinture, ou tu récolteras ta première punition ici même, dans l'avion.

———

Baron

Je passe du conscient à l'inconscient. J'entends les voix de mes amis qui luttent pour me soulever et me porter à l'intérieur.

Elle est partie.

J'ai perdu Lara.

J'ouvre les yeux avec difficulté et me retrouve allongé sur le canapé. Tous mes amis sont rassemblés autour de moi. Certains ont le visage crispé par l'inquiétude. D'autres sont marqués par la rage.

— Anya, dis-je d'une voix rauque, essayant de la trouver dans le groupe.

— Je suis là.

Elle lève la main et j'arrive à me concentrer sur elle.

— Où est-elle ? croassé-je.

Anya a l'air surprise. Pour une fois, elle n'a pas anticipé ma prochaine demande.

— Lara ?

— Oui, Lara !

Je me relève péniblement et jette mes bras en avant lorsque ma vision s'assombrit.

Phoenix glisse son épaule mince sous mon bras pour me soutenir.

— Tu n'es pas en état de courir après elle.

— Où est-elle ?

Le son de ma propre voix me fend presque le crâne. J'essuie le sang qui coule de ma bouche. Une de mes molaires semble branlante.

Anya déverrouille mon téléphone et regarde l'écran fissuré. Il a dû tomber de ma poche lorsque l'armée de Brash m'a renversé.

— Oh merde, marmonne-t-elle.

— Quoi ? explosé-je.

— Elle est à l'aérodrome.

Whisper n'a pas d'aéroport commercial, seulement une piste d'atterrissage privée utilisée par les riches pour faire entrer et sortir leurs jets privés de la ville.

— Emmène-moi là-bas.

Je boitille vers la porte.

— Baron, au cas où tu ne l'aurais pas remarqué, ils avaient des AK-47, dit Zoe. Nous n'avons pas ce genre d'armes. Et même si nous en avions, tu ne peux pas déclencher une guerre comme ça sans appeler ton père au préalable.

— Elle a raison, dit Leo doucement. Je suis tout à fait d'accord pour poursuivre cet enfoiré, mais nous devons bien réfléchir.

Je m'affale contre le mur, ma respiration me faisant souffrir à cause de mes côtes fracturées. Je ferme les yeux. *Réfléchis, Ben. Réfléchis.*

Ils ont raison, on ne peut pas déclencher une guerre. Pas sans le soutien de mon père.

Blyad !

J'aurais dû trouver quelque chose à dire à Lara pour l'empêcher de s'enfuir. Pourquoi ne lui ai-je pas dit plus tôt, au dîner ? Ou sur le chemin du retour ? Le fait que j'avais prévu de tout lui dire ce soir rend sa perte encore plus douloureuse. J'aurais pu éviter cette scène horrible si j'avais eu le courage de tout avouer une heure plus tôt. Ou quelques jours plus tôt. Quelques semaines plus tôt. Dès le début.

Maintenant, elle est entre les griffes d'Abrasha Rostov, et je ne pense vraiment pas qu'il la laissera lui échapper une deuxième fois.

— Peux-tu découvrir où ils vont ?

Ma lèvre inférieure enfle de plus en plus à chaque instant qui passe.

— Je ne peux pas pirater la FAA comme ça, d'un simple claquement de doigts, se plaint Anya, le front plissé.

Zoe sort son téléphone.

— Je peux peut-être demander à quelqu'un de me le dire.

Elle cherche le numéro de l'aérodrome et appuie sur le bouton d'appel du haut-parleur.

— Oui, ici Zoya Novikova, dit-elle avec un fort accent russe qui ressemble exactement à celui de la mère de Leo, Sasha, lorsqu'elle est éméchée. Mon ami Abrasha Rostov a un avion là-bas ?

L'homme à l'autre bout du fil répond :

— D'accord.

— *Da*. Sa petite amie a laissé une bague chez moi, et je vérifie si elle est toujours là. Ai-je le temps de la rapporter ?

— Ah... Je ne sais rien à ce sujet, répond l'homme.

Zoe lève les yeux au ciel.

— L'avion de Rostov a-t-il déjà décollé ?

— Rostov ? Euh... oui, il est sur la piste en ce moment.

— Ahhh, je suis en retard. Je vais devoir lui envoyer par la poste. Savez-vous s'ils retournent à Paris ? Ou Moscou ?

— Le jet Rostov ? Non, ils se dirigent vers Istanbul.

Un frisson me parcourt.

Il ne la ramène pas à Paris. Il l'emmène en Turquie. Les Rostov ont probablement un palais là-bas. Il l'emmène dans un endroit où il pourra l'enfermer et m'empêcher de l'approcher.

— Oh, Istanbul, c'est vrai. Bon, tant pis. Je vais chercher l'adresse. *Spasibo*.

Zoe met fin à l'appel.

— Bon travail, Zoe, dis-je.

La porte d'entrée s'ouvre et Lili se précipite à l'intérieur.

— Oh, mon Dieu, Baron. Que s'est-il passé ? Leo m'a envoyé un SMS pour que je vienne.

Je me fais une note mentale de frapper Leo plus tard, quand je pourrai bouger sans trop souffrir. Pendant que je lui résume la situation le plus succinctement possible, Leo passe un appel vidéo sur son téléphone et Phoenix m'apporte une poche de glace pour mon visage.

Le père de Leo, Maxim, apparaît sur l'écran. Sasha, sa mère, se penche vers le téléphone avec un grand sourire.

— Leonid ! Comment vas-tu ?

— Euh, ça va, maman, mais je peux parler à papa en privé une minute ?

— Si tu promets de m'appeler demain.

— Promis.

— D'accord, je t'aime.

Sasha envoie des baisers tandis que Maxim s'éloigne d'elle.

— Salut, papa.

Il incline son téléphone pour montrer mon visage tuméfié pendant une seconde, puis le tourne à nouveau vers lui.

— On peut avoir une conversation avec toi et oncle Ravil ?

Maxim jure, et sa caméra bouge alors qu'il sort de son penthouse et se dirige vers celui de mes parents.

— C'était Rostov ?

— Oui.

Leo pose son téléphone sur le rebord de la fenêtre, et les héritiers de la Bratva se rassemblent autour. Phoenix et Anders restent en retrait, hors champ.

— D'accord, donnez-moi une minute, vous n'aurez ainsi à nous mettre au courant qu'une seule fois.

Quelques instants plus tard, il nous appelle en vidéo

depuis le bureau de mon père. Maxim, Dima et mon père nous regardent.

À présent, j'ai eu le temps de réfléchir. D'imaginer différents scénarios dans ma tête. J'ai une idée à moitié aboutie pour sauver Lara.

— Ça va, Ben ? demande mon père.

Si je vais bien ? Pas du tout. Et ce n'est pas seulement parce que je me suis fait tabasser. C'est parce que Lara a disparu. J'avais une seule mission : la protéger. Et j'ai échoué.

Pire encore, je lui ai fait du mal. Tout ce que je voulais, c'était gagner son amour et sa confiance.

Je pensais y être parvenu, mais mon erreur a détruit tout ce que j'avais construit avec tant d'efforts.

— Lara est partie, dis-je.

Admettre mon échec a un goût amer.

— Brash avait un espion à Thornecroft qui était impliqué dans l'agression de la fille de Gabe Tracy. Le but était de nous faire tomber, la maison Baranov et moi. Ils l'ont droguée et emmenée à l'hôpital où l'espion a dû entrer en contact avec elle. Je suppose que, sous l'effet de la drogue, elle lui a révélé quelque chose que je lui avais confié en toute confidentialité au sujet de mon mariage arrangé, à savoir qu'il avait été précipité parce *que quelqu'un d'autre s'intéressait à* Lara.

Mes amis me regardent tous avec surprise. Ils n'étaient pas au courant de la conversation que j'ai eue sur la pelouse, ils en ont simplement été témoins depuis les fenêtres.

— Brash a utilisé exactement les mêmes mots que moi avec Melinda quand il s'est présenté ce soir. Oh, et au cas où tu ne le saurais pas, Adrian n'a pas dit la vérité à Lara, alors elle est venue ici en croyant que notre mariage avait été arrangé depuis notre naissance et que j'étais un salaud. Ça aurait été sympa de me prévenir. Bref, Lara était tellement bouleversée d'avoir été manipulée qu'elle est partie avec lui.

— En plus, ils sont arrivés avec des AK-47, donc Baron n'a pas pu la suivre, ajoute Anya.

Je continue :

— Il l'a mise dans un avion pour la Turquie. Je vais prendre l'avion seul, aller la chercher et la ramener. Tu peux m'organiser un vol ?

Mon père me regarde d'un air impassible. Nous avons en commun cette capacité à garder un visage impénétrable lorsque nous sommes confrontés à des situations complexes.

— Tu penses qu'elle viendra avec toi ?

La douleur de l'avoir blessée remonte à la surface, vive et fraîche. Vais-je trouver les mots pour qu'elle me pardonne ?

Non, attends. Cela n'a aucune importance. Son choix de m'aimer ou non est moins important que sa sécurité.

Comme son père, je préférerais la savoir à l'abri loin de Rostov plutôt que de recevoir son pardon.

— Je vais la persuader, dis-je.

Zoe et Lily me jettent des regards dubitatifs. Elles doivent entendre la détermination dans ma voix. La certitude que je ramènerai Lara, qu'elle veuille être sauvée ou non.

— Les Rostov ont une propriété à Istanbul. Il y aura dix fois plus de gardes là-bas que ceux qui sont venus la chercher. Comment vas-tu les contourner ? demande Maxim.

— J'y entrerai discrètement. Comme une mission secrète. Ainsi, nous éviterons une guerre.

Le visage de mon père reste impassible. Il me regarde pendant ce qui me semble être une éternité.

— D'accord, dit-il enfin. C'est ta femme. C'est toi qui dois y aller.

Je suis soulagé. J'avais peur qu'il essaie de me protéger et refuse de m'aider pour me dissuader d'y aller.

— Tu attendras qu'Adrian et son équipe soient en place pour te soutenir ou t'extraire si les choses tournent mal.

J'acquiesce. C'est logique. Ils peuvent arriver là-bas depuis Moscou plus rapidement que moi.

— Ne les laissez pas y aller sans moi.

Mon père hésite, puis acquiesce.

— Je donnerai cet ordre. Mais je ne peux pas garantir qu'Adrian le suivra. Un père ferait n'importe quoi pour son enfant, y compris désobéir à son *pakhan*.

C'est vrai. C'est pourquoi les familles sont normalement interdites dans la Bratva. Mais la grossesse de ma mère a tout changé pour la Bratva de Chicago, puis pour la branche moscovite qu'Adrian dirige aujourd'hui.

— Mais ton plan pourrait éviter une guerre. Si ce n'est pas le cas...

Mon père écarte les mains.

— ...nous entrerons en guerre. La Brat de Rostov ne peut pas kidnapper ma belle-fille et s'en prendre à mon fils sans que je riposte.

J'avale ma salive, reconnaissant de son soutien total.

— Dima va s'efforcer de contourner leur sécurité et de te fournir tout ce dont tu as besoin.

— Je peux aider, dit Anya.

Son père lui fait signe de la tête.

— Nous travaillerons en équipe.

— Je pars avec Baron, dit Leo.

— Non, l'interromps-je. J'ai besoin que tu restes ici pour protéger la maison. Surtout après ce qui s'est passé avec les Titans.

Mon père hausse un sourcil, mais comme nous ne lui donnons aucune explication, il laisse tomber.

Leo fronce les sourcils, mais ne discute pas davantage.

— Je vais voir combien de temps il me faudra pour te trouver un avion, dit mon père. Maxim va préparer une liste de choses qu'Adrian devra t'apporter : des armes, du kevlar, ce genre de choses. On restera en contact. En attendant, repose-toi et mange. Tu auras besoin de forces.

J'acquiesce, mais je n'ai besoin ni de nourriture, ni de repos. La rage me donne toute la force dont j'ai besoin.

Ma femme est entre les griffes d'un psychopathe. Je pourrais brûler le monde entier pour la récupérer.

CHAPITRE VINGT-CINQ

Lara

Je suis dans de beaux draps.

Je fais les cent pas dans la grande pièce où Brash m'a emmenée. C'est une chambre principale avec un lit king size et une immense fenêtre donnant sur un verger. Nous ne sommes pas à Paris. Nous sommes dans la résidence familiale de Brash en Turquie.

La porte est verrouillée. Si j'avais des doutes, c'est confirmé. Je suis sa prisonnière.

J'ai la tête qui tourne parce que je n'ai pas dormi du tout pendant le trajet, et il doit être cinq heures du matin dans l'Illinois.

Il n'y avait que Brash et ses hommes de main dans l'avion. Je n'avais personne à qui demander de l'aide. J'ai attendu que Brash s'endorme, puis j'ai essayé d'utiliser mon téléphone, mais il n'y avait ni réseau, ni wifi pour envoyer un message à qui que ce soit.

À l'atterrissage, il a pris mon téléphone dans mon sac à main et l'a jeté par la fenêtre de la limousine qui est venue nous chercher.

— Respire profondément, me dis-je à moi-même, essayant de contenir ma panique.

J'ai l'impression d'être l'héroïne d'un film d'horreur qui réalise soudainement que les apparences sont trompeuses.

Je suis l'héroïne trop stupide pour survivre. Pourquoi suis-je partie avec Brash ?

Qu'est-ce qui m'a fait croire qu'il était plus sûr que Baron ?

Oh, Baron. Quand je pense à lui, j'ai encore l'impression que ma poitrine est coupée en deux.

J'essaie de rassembler toutes les pièces du puzzle. J'ai eu tout le temps du voyage en avion pour réfléchir. Pour examiner les pièces du puzzle et essayer de les assembler.

Brash a dit que mon mariage arrangé devait avoir lieu parce que quelqu'un d'autre s'intéressait à moi, à savoir lui. L'expression de Baron avait confirmé la véracité de cette affirmation. Qu'avait dit Brash dans l'avion ? *Ton père n'aurait pas dû refuser ma première offre.*

Cela signifie-t-il qu'il avait proposé de m'épouser ? Après quelques rendez-vous ? Sans même me demander mon avis ?

Je secoue la tête. C'est tellement moyenâgeux. Donc, ce n'est pas le désir de Brash pour moi qui est en jeu. Je ne suis qu'un pion, là aussi. Peut-être que le plan est aussi évident qu'il y paraît. Un mariage arrangé pour conclure une alliance avec mon père. Sauf que m'enlever de force ne va pas convaincre mon père de coopérer. Brash a mal joué son coup s'il pense que cela va se terminer comme il le souhaite. Ou peut-être qu'il s'en fiche désormais, et qu'il s'agit simplement de se venger de mon père pour l'avoir snobé.

Sauf qu'il m'a appelée sa femme.

Il a parlé de me punir.

Un sentiment de malaise m'envahit. Je sais que ce ne sera pas le genre de punition séduisante que m'inflige Baron. Le genre qui inclut un peu de douleur et se termine par du plaisir pour nous deux. Si je pensais que Baron avait un côté sadique, ce n'est rien comparé à la véritable violence que je perçois chez Brash.

Je m'effondre sur le lit. La douleur de ne pas avoir Baron à mes côtés me fait monter les larmes aux yeux. Mais qu'il aille au diable !

Si notre mariage a été précipité ou forcé pour empêcher Brash de me réclamer, pourquoi ne m'a-t-il pas simplement dit cela ?

Mieux encore, pourquoi mon père ne me l'a-t-il pas dit ? C'est lui qui m'a mise dans cette horrible situation en ne me faisant pas confiance pour me dire la vérité. Si je m'en sors, je ne sais pas si je lui pardonnerai un jour.

Mais ces pensées ne m'aideront pas à m'en tirer. Je dois garder la tête froide. Trouver un moyen de gérer Brash. Trouver un téléphone pour appeler Baron ou mon père. Mon père serait plus proche de la Turquie, mais c'est Baron que je veux. C'est Baron que mon corps réclame. Baron que je voudrais gifler pour avoir conspiré avec mon père sans m'en informer.

Connaissant Baron, il est peut-être déjà en route.

À moins qu'il m'ait vraiment crue : partir, c'était dire au revoir. À moins qu'il ait pensé que j'avais fait mon choix et qu'il ait été assez gentleman pour me laisser le faire. Il a tendance à faire passer les besoins des autres avant les siens.

Me laisserait-il partir aussi facilement ?

Cette pensée me glace le cœur.

Ne me laisse pas partir, Baron. J'adresse une prière silencieuse à toute entité supérieure qui voudra bien m'écouter.

J'entends le verrou de la porte coulisser et Brash entre. Je m'assois sur le lit. Il arbore un sourire suffisant qui me donne envie de lui mettre mon poing dans la figure, mais j'essaie de le cacher.

Le problème, c'est que je ne suis pas très douée pour masquer mes sentiments.

— Tu t'es bien installée, ma chérie ?

Je retiens la réplique cinglante qui me brûle les lèvres. *Respire profondément. Fais semblant d'être aimable. Ou du moins, ne le provoque pas.*

— C'est difficile de m'installer sans mes affaires.

Voilà. Ça n'avait pas l'air trop désagréable.

Brash fait un geste dédaigneux de la main.

— On t'achètera de nouvelles affaires. De quoi as-tu besoin pour l'instant ? Une brosse à dents ? Il y en a sous le lavabo. Le shampoing et le savon sont dans la douche.

Ses yeux prennent une lueur dangereuse.

— Tu n'as pas besoin de vêtements.

Il s'approche et tend la main vers moi.

J'ai envie de lui donner un coup de genou dans les parties, mais je m'écarte et me précipite vers la fenêtre.

— J'aimerais voir ce verger.

C'est la première chose qui me vient à l'esprit, alors je m'y accroche.

— Sortir m'aiderait à m'adapter au nouveau fuseau horaire. Le décalage horaire commence déjà à me peser, bredouillé-je.

— Tu sortiras quand tu l'auras mérité.

Il réduit la distance entre nous, me plaquant contre la vitre, ses doigts autour de ma gorge.

— Maintenant, enlève tes vêtements.

Je m'agrippe à ses poignets, mes ongles griffant sa peau. Je ne peux plus respirer. La douleur causée par ma trachée écrasée est atroce. Des étoiles dansent devant mes yeux et je commence à m'évanouir. Il relâche brusquement son étreinte sur ma gorge, et je halète et tousse tandis que mon corps tente désespérément de se réoxygéner.

Il agrippe le corsage de mon chemisier et tire dessus, déchirant le tissu.

— Tu ne peux pas coucher avec moi ! m'écrié-je.

C'est la seule chose qui me vient à l'esprit.

— J'ai mes règles.

C'est vrai. Je ne sais pas si cela va m'empêcher d'être agressée, mais ça vaut le coup d'essayer.

— Et j'ai besoin de plus de tampons. À moins qu'il y en ait aussi sous l'évier ?

Oups. J'ai peut-être mis trop d'ironie dans ma voix, car son bras se tend et il me gifle. Une douleur explosive me traverse le visage, mon corps rebondit contre la fenêtre et s'effondre sur le sol. Heureusement, je perds connaissance.

Baron

Je vérifie les munitions des deux pistolets.

Adrian et son équipe m'ont rejoint à l'aérodrome privé et m'ont fait monter dans un minibus équipé de tout le nécessaire pour un siège.

Dima et Anya ont obtenu l'adresse de la propriété de Rostov, ainsi que le plan de la maison. Ils ont piraté le système de sécurité.

Je devrais attendre la nuit, mais je vais y aller maintenant.

Le traceur du téléphone de Lara s'est déconnecté près de l'aéroport, mais celui qui se trouve dans son sac à main et celui dans sa chaussure indiquent tous deux qu'elle se trouve dans la chambre principale.

Ce simple fait me rend violent. Je connais Abrasha Rostov. Il torture les faibles pour le plaisir. Il va se jeter sur Lara, lui faire des choses horribles. Peut-être pas ce soir. Peut-être qu'il se comporte encore de son mieux, essayant de la piéger pour qu'elle l'épouse.

Mais j'en doute. Si c'était le cas, il l'aurait ramenée à Paris. Mais il l'a amenée ici, dans son repaire. Elle est prisonnière. J'en suis sûr.

Je dois la sortir d'ici avant qu'il ne lui fasse des choses innommables.

J'ai pu choisir mes armes : le van contient tout ce qu'il faut. J'ai deux grenades dans les poches de mon pantalon cargo. Une chemise olive ajustée recouvre mon gilet pare-balles en Kevlar, et je porte un bonnet camouflage pour cacher mes cheveux blonds. Au lieu d'une arme automatique, j'ai choisi des revolvers avec silencieux.

Mon plan est toujours de m'infiltrer pour la faire sortir. D'après les informations recueillies par Dima, nous sommes quatre fois moins nombreux qu'eux.

— Je vais venir avec toi.

Adrian met son propre gilet pare-balles.

— Non. J'y vais seul. Tu ne viens que si j'échoue.

Adrian esquisse un rictus. Je suis sûr que ce regard fait pisser les hommes de peur quand il les torture. Il a vraiment l'air d'un dur à cuire. Il est plus rustre que mon père et le reste de la Bratva de Chicago. Bien qu'il ait une femme et une fille, il semble endurci par la direction d'un réseau criminel en Russie.

— Ce n'est pas ton opération.

— Bien sûr que si.

Ce n'est pas une façon de parler à mon beau-père, mais je m'en fiche.

— C'est ma femme. Je vais la chercher. Avec un peu de chance, sans déclencher une guerre.

Adrian me lance un regard noir. Je suis sûr qu'il se demande s'il va m'arracher les couilles.

Un de ses hommes me tend un appareil de communication, que je place dans mon oreille.

— Test.

La voix de Dima résonne dans mon oreille.

— Tout est prêt. Le système de sécurité est hors service. Je surveille toutes les caméras et je peux te guider.

J'ouvre la porte arrière du van et saute doucement sur mes pieds.

— J'y vais maintenant, marmonné-je.

— L'entrée arrière se trouve du côté est, dit Dima.

Je longe le mur et me dirige vers l'est, sans attendre de voir si Adrian me suit.

— Je déverrouille le portail. Il y a un gardien dans la guérite qui surfe sur son téléphone.

Le portail en fer forgé qui empêche les voitures d'entrer s'ouvre doucement lorsque je m'en approche.

Merci, Dima.

Je prends le pistolet dans ma main droite et pousse le portail avec ma main gauche, juste assez pour me faufiler à l'intérieur. Je reste dans l'ombre, mon arme pointée sur le gardien dans la guérite, mais il ne lève jamais les yeux.

— Reste près des buissons jusqu'à ce que tu arrives à la maison, puis tourne à droite pour passer le portail et entrer dans le jardin clos. Il y a un agent de sécurité juste à l'intérieur.

Je me faufile dans le jardin et regarde autour de moi. Un petit verger avec des allées et des bancs s'étend devant moi. Un garde patrouille à l'autre bout.

— Première porte à gauche. Je suis en train d'ouvrir la serrure.

Je maintiens mon regard et mon arme braqués sur l'agent de sécurité tandis que je me faufile par la porte ouverte, mais il ne regarde pas dans ma direction. Une partie de moi en est presque désolée. Je voulais du sang ce soir.

Mais la sécurité de Lara est tout ce qui compte. Tant que je ne l'ai pas mise à l'abri, je dois rester prudent.

— Il n'y a pas de caméras dans la résidence, donc tu vas devoir y aller à l'aveugle maintenant.

— Je m'en occupe à partir d'ici, dis-je.

J'ai mémorisé les plans. Je connais tous les chemins qui

mènent à la chambre principale. Il y a un escalier de service par ici.

Je tourne au coin et me retrouve face à un garde armé.

Putain.

Je tire avant qu'il n'ait le temps de réagir. Il s'effondre sans un bruit. Merci aux silencieux.

Maintenant, je dois faire vite avant que quelqu'un ne le découvre.

—J'ai entendu un coup de feu, dit Adrian. Au rapport.

—J'ai tué un garde, marmonné-je.

Je trouve les escaliers et monte les marches deux par deux. Il y a un autre garde en haut. Une seule balle le terrasse également.

— Un autre garde, dis-je avant qu'Adrian ne me le demande.

La porte de la chambre principale se trouve au bout du couloir. Il y a un verrou coulissant à l'extérieur, comme si Brash avait déjà emprisonné des femmes ici, mais il n'est pas verrouillé. Ce qui signifie qu'elle n'est peut-être pas là, ou qu'il est avec elle.

Un cri retentit à l'intérieur.

Lara.

L'adrénaline envahit mes membres. Ma bouche se remplit de salive, comme celle d'un animal prêt à mordre son ennemi.

— Où est-elle ? demande Adrian dans l'oreillette.

Je l'ignore et pousse la porte, arme pointée.

Non. Putain, non. Pas ma Lara.

Bon sang !

Je ne devrais pas être choqué par la scène qui se déroule devant moi. Je m'attendais à quelque chose d'horrible. Mais voir ma femme suspendue par les poignets à un crochet fixé au plafond déclenche en moi une rage si violente que je pourrais le mettre en pièces à mains nues. Je *vais* le mettre en pièces à mains nues.

Elle ne porte rien d'autre que sa culotte. Elle a des ecchymoses sur la joue et la gorge. Brash pointe un poignard vers l'un de ses tétons.

Ses yeux croisent les miens et s'écarquillent.

— Baron !

Brash se retourne et aperçoit le pistolet dans ma main.

Une balle. Une seule balle suffirait à le tuer. Mais pas avec Lara derrière lui. De plus, un tir rapide serait trop clément pour cette brute.

Ces pensées me traversent l'esprit en une fraction de seconde, car je suis déjà en mouvement.

Brash plonge en arrière, pensant que je vais tirer. Je suis son mouvement avec mon arme et, dès qu'il est hors de portée de Lara, je lui tire dans la cuisse.

Il pousse un cri et tombe derrière le lit.

— Au rapport !

La tension est palpable dans la voix d'Adrian.

Je n'ai pas le temps de lui raconter la scène en détail. Je bondis d'un coup. Je tombe sur le corps étendu de Brash, lui écrasant le plexus solaire pour lui couper le souffle. Je lui agrippe ensuite la gorge, puis je me laisse tomber sur lui et le bloque de mes jambes.

Il se débat, mais je lui enfonce le canon du pistolet dans la bouche, lui cassant une dent. Je veux qu'il me regarde dans les yeux quand je le tuerai.

Il attrape la lampe sur la table de chevet et me la balance. Je me penche en arrière pour encaisser le coup tout en tirant.

Il crache du sang.

Trop rapide, merde.

Je voulais le faire souffrir pour avoir touché Lara. Pour toute la douleur qu'il a causée dans ce monde.

Je range mon arme et lui donne un coup de poing au visage, satisfait d'entendre son nez se briser. Puis je lui casse la pommette. Je lui casse les dents.

— On entre, dit Adrian.

Merde.

— Je désactive toutes les caméras, dit Dima.

J'entends le crépitement des mitrailleuses dans le verger, et cela me ramène à la réalité.

Brash est mort. Je me secoue et pose deux doigts sur sa gorge pour m'en assurer.

Je dois faire sortir Lara d'ici. Je me retourne et me précipite vers elle, sortant un couteau pour la détacher.

— Lara. *Malyshka.* Putain.

Je réalise que je n'ai plus le droit de l'appeler *malyshka*, mais elle jette ses bras autour de mon cou et j'ai envie de pleurer.

CHAPITRE VINGT-SIX

Lara

Baron me serre si fort que je ne peux plus respirer. Il embrasse mes cheveux, ma tempe, mon front.

— Je suis tellement désolé, murmure-t-il d'une voix rauque.

Je m'accroche à lui, incapable de tenir sur mes jambes. Je ne le veux pas, mais mon regard revient vers Abrasha. Si j'étais une meilleure personne, je serais horrifiée par ce dont je viens d'être témoin. Mon mari a tiré sur un homme, puis l'a battu à mort. Mais j'ai savouré chaque seconde de cette scène.

J'ai admiré Baron, couvert d'ecchymoses, mais toujours aussi impressionnant. Il respirait la compétence.

Je n'ai jamais douté qu'il remporterait la bataille.

— Il est mort, dit Baron.

Des cris et des coups de feu retentissent à l'intérieur de la maison.

— Ton père est là.

Baron retire son T-shirt de sa tête et m'aide à l'enfiler. Je passe mes bras dans les trous et il me donne ensuite son gilet pare-balles.

— Allez, viens, dit-il. Il faut y aller.

Il me prend la main et me conduit vers la porte.

— Reste derrière moi.

— Mais tu ne portes pas de gilet pare-balles.

Il se retourne, les yeux brillants d'émotion, et m'embrasse fougueusement.

Je halète lorsque nous nous séparons. Qu'est-ce que c'était ? Un baiser d'adieu au cas où il ne s'en sortirait pas ?

— Tu tiens à moi, murmure-t-il.

Mon cœur se serre douloureusement. Bien sûr que je tiens à lui. Je n'ai jamais cessé de tenir à lui. Baron est à moi. Je suis à lui. Nous sommes faits l'un pour l'autre. Je n'ai jamais été aussi sûre de quoi que ce soit dans ma vie.

Je suis en colère contre lui, mais mon cœur a commencé à guérir dès que Baron a franchi la porte. Même lorsque je suis partie, je ne voulais pas que ce soit fini entre nous. J'étais blessée et en colère, mais j'espérais qu'il me suivrait. J'espérais qu'il trouverait un moyen de réparer notre relation.

Nous avons encore un énorme problème à régler, mais il est là. Sexy en diable avec son torse musclé dénudé et son pantalon cargo avec des armes attachées à chaque jambe.

Il me tend l'un des pistolets et j'enlève le cran de sûreté. Baron hoche la tête quand il voit que je sais m'en servir, puis me pousse vers le sol, afin que nous avancions accroupis. Nous quittons la chambre en enjambant le corps d'un garde mort. Baron garde son corps incliné devant le mien pour me protéger.

Des coups de feu retentissent depuis plusieurs directions. J'ai vu des dizaines de gardes lorsque nous sommes arrivés en voiture. Je prie pour que mon père ait amené une armée, car cet endroit est défendu comme une forteresse. Nous arrivons en bas des escaliers où gît le corps d'un autre garde. Je pose mon pied nu sur sa poitrine. Je ne porte rien d'autre que le T-shirt de Baron, un gilet pare-balles en Kevlar et ma culotte, mais j'ai une arme et je suis avec l'homme le plus puissant que je connaisse.

Et je ne parle pas de mon père.

Toute la peur que Brash m'inspirait s'est maintenant transformée en puissance. Je lève mon arme, prête à tirer. Je compte protéger Baron pendant qu'il me protège.

C'est mon mari. Nous sommes faits l'un pour l'autre.

Je suis tombé amoureux de toi dès que tu es descendue de cet avion, malyshka.

Il le savait depuis le début. Je ne l'ai compris que lorsque j'ai cru que c'était fini entre nous. Il faut parfois passer par le pire pour y voir clair.

Nous tournons au coin du couloir et Baron recule brusquement. Des balles de mitrailleuse frappent le sol exactement là où nous nous trouvions un instant auparavant.

Baron me plaque contre le mur, son corps écrasé contre le mien, son arme prête à tirer.

Lorsque les tirs de mitrailleuse cessent, deux coups de feu retentissent et j'entends le bruit d'un corps tombant au sol.

— La voie est libre, crie mon père en russe.

Baron me lâche et nous avançons tous les deux.

Deux hommes gisent morts aux pieds de mon père. Il nous fait signe d'avancer et nous courons dans le couloir.

Il m'enlace rapidement d'un seul bras et lève le menton en direction de Baron.

— Fais-la sortir d'ici.

— Allez.

Baron me prend la main et m'entraîne hors de la maison vers le verger. J'entends des coups de feu provenant de l'intérieur de la maison. Nous découvrons les corps de deux gardes dans le jardin.

Nous courons vers un portail, longeons une haie et franchissons un portail plus grand qui nous permet de quitter la propriété.

Baron continue de courir et me conduit jusqu'à une camionnette blanche.

Je reconnais le conducteur qui en sort comme l'un des hommes de mon père.

Baron ouvre la porte arrière et nous montons à l'intérieur.

— Lara est en sécurité, dit-il, et je remarque qu'il porte un appareil de communication à l'oreille.

— Sortez-la de là, entends-je la voix de mon père résonner.

— *Papa*.

Le chauffeur claque la porte.

Me tenant par les hanches, Baron me guide vers un siège et s'accroupit devant moi, son regard inquiet parcourant mon visage plus vite que ses doigts tandis qu'il m'inspecte, grimaçant à la vue des ecchymoses sur mon visage et mon cou.

— Est-ce qu'il...

La ligne dure de sa bouche et le danger dans ses yeux en disent long.

— Non. Je lui ai dit qu'il ne pouvait pas parce que j'avais mes règles.

Je vois quelque chose se briser en Baron avant que son visage ne redevienne celui du chevalier endurci.

Le van démarre, mais Baron reste facilement en équilibre sur la pointe des pieds. Il retire l'oreillette de son oreille et appuie sur un petit bouton. La lumière s'éteint.

— Anatoli Rostov, le père de Brash, a appelé ton père quand vous avez commencé à sortir ensemble et a proposé une union entre vos deux familles.

Baron se lance dans son récit sans préambule. Comme s'il avait eu le temps de réfléchir à tout ce qu'il aurait dû me dire et qu'il voulait immédiatement réparer son erreur.

Il est toujours accroupi devant moi, les mains posées légèrement sur mes hanches, les yeux rivés sur les miens.

— Ton père craignait pour ta sécurité et lui a répondu que

c'était impossible, car ton mariage avait été arrangé depuis ta naissance avec moi. Rostov a compris que ton père ne pourrait pas résister seul face au mien et à la Bratva américaine… pas avec seulement sa propre cellule.

Je cligne des yeux, absorbant le flot d'informations. Je réassemble les pièces du puzzle avec ce nouveau contexte.

— Ton père a immédiatement appelé mon père et lui a demandé si j'accepterais de t'épouser et de te faire venir aux États-Unis pour te protéger. J'ai *bien sûr* accepté.

Je lutte contre une soudaine envie de pleurer. Bien sûr, Baron a accepté. Il fait toujours passer la protection des plus faibles avant ses propres besoins.

— Je connaissais Brash depuis le pensionnat.

Le visage de Baron s'assombrit à nouveau.

— J'ai été témoin de ses tendances psychopathiques. J'ai été renvoyé pour avoir vengé l'un d'entre eux. Ton père s'inquiétait pour sa famille, mais moi, je m'inquiétais pour Brash et ce qu'il te ferait s'il avait le contrôle sur ta vie.

Les larmes me montent aux yeux. Pourquoi mon père ne m'en a-t-il pas parlé ?

— Je pensais que tu savais que c'était une mascarade, mais quand tu es arrivée furieuse en pensant que j'étais l'ennemi, j'ai compris qu'il ne t'avait pas dit la vérité.

Oh, mon Dieu. Baron était le héros depuis le début. Et je l'ai traité comme un ennemi. Et il l'a accepté. Toute ma colère et mes réactions excessives. Il l'a accepté sans se défendre. Sans se montrer blessé. Il a simplement accepté mon manque de gratitude avec un stoïcisme total. Avec une grâce absolue.

— Je me suis dit que ton père ne t'avait rien dit pour une bonne raison. Tu es très transparente avec tes émotions. Je ne sais pas si tu es douée pour mentir, mais je suppose que non.

Même si je suis en colère contre mon père, Baron a probablement raison. Je suis une très mauvaise menteuse et je ne peux pas cacher mes sentiments.

— Il ne voulait pas que les Rostov découvrent que c'était une farce. Mais ils l'ont découvert. Rash a envoyé un espion à Thornecroft : Denis.

Je le regarde bouche bée, les yeux écarquillés. Denis ? *Gospodi !* Pas étonnant que Baron ne voulait pas qu'il s'approche de moi.

— Il a participé à l'attaque contre Melinda. Il était à l'hôpital quand elle a été amenée, et je pense qu'il a dû lui parler pendant qu'elle était sous l'effet des médicaments. Je lui avais dit que nous avions un mariage arrangé. J'ai aussi dit quelque chose que je n'aurais pas dû dire, à savoir que la date de notre mariage avait été avancée parce que vous aviez reçu une autre proposition. C'est tout ce dont Brash avait besoin pour comprendre que ton départ était lié à lui et pour croire qu'il avait une chance de te convaincre de partir avec lui.

J'ai une dizaine de questions et certainement des choses dont je devrais me soucier davantage, mais mon esprit est resté bloqué sur Melinda et sur le fait qu'il lui ait parlé de nous.

Mes lèvres tremblent lorsque je demande :

— Étais-tu avec Melinda ?

J'ai besoin de savoir. Alors qu'il est là, si honnête, me racontant tout, j'ai besoin de savoir si elle est sa petite amie. Ou si elle *l'était.* J'ai besoin de savoir ce qu'elle représentait pour lui.

L'amour envahit le visage de Baron. Son regard s'adoucit. Il serre mes hanches plus fort, dans une étreinte plus possessive.

— *Malyshka,* non. Melinda est une masochiste qui utilise la douleur pour l'aider à gérer le stress lié à sa personnalité de type A. J'avais l'habitude de lui infliger cette douleur. Quand elle est venue me voir cette année pour me le demander, je lui ai dit que j'étais marié et qu'elle n'était plus la bienvenue à cause de l'attention que la position politique élevée de son père attirerait sur notre maison. De plus, je savais qu'Anders avait le béguin pour elle.

J'acquiesce, mais mes yeux se remplissent de larmes. Baron m'a caché la vérité sur quelque chose d'aussi important. Je suppose que j'ai besoin de savoir ce qui est réel. Si *nous* sommes réels.

— Je suis désolé de t'avoir fait du mal. Je ne voulais pas ça. Je ne te mentirai plus jamais. Je te le promets. Je t'ai déjà dit que je suis tombé amoureux de toi dès que tu es descendue de l'avion. C'est vrai. J'ai accepté de t'épouser par devoir, mais tout a changé dès que je t'ai rencontrée.

Je le fixe du regard. Je veux y croire. Je veux tellement y croire. Mais je ne suis pas sûre.

— Je pensais que nous aurions un mariage uniquement sur le papier. Pour sauver les apparences. Nous aurions des chambres séparées. Je te laisserais faire ce que tu veux, et tu me laisserais faire ce que je veux. Mais te rencontrer m'a semblé être le destin. Et alors, peu m'importait la manière dont le destin nous avait réunis, je n'allais pas laisser passer un cadeau comme toi.

Des larmes coulent sur mes joues et je retiens mon souffle en sanglotant. Je mets ma main sur ma bouche pour les retenir.

— Je suis vraiment désolé de t'avoir fait du mal, Lara. Pardonne-moi, s'il te plaît.

Son regard est interrogateur, mais avant que je puisse répondre, il dit :

— Brash est mort, mais je ne t'abandonnerai pas.

Une expression farouche se dessine sur les traits durs de son visage.

— Je ne veux pas que tu m'abandonnes, dis-je d'une voix étranglée.

— Oh, bébé. *Malyshka*.

Il se redresse légèrement pour prendre mon visage entre ses mains.

— Je t'aime tellement.

— Je t'aime, Baron.

Je jette mes bras autour de lui, le faisant tomber sur le sol du van. Il m'entraîne avec lui, tirant mon corps sur le sien afin de pouvoir m'enlacer.

— Épouse-moi, Lara, murmure-t-il.

Je souris.

— Nous sommes déjà mariés. Ou était-ce aussi un mensonge ?

Baron nous fait rouler sur le côté, afin que nos nez se touchent.

— Ce n'est pas un mensonge. Nous sommes mariés. Tu es à moi. Mais je veux recommencer. Traite-moi de progressiste, mais je veux que ma femme soit consentante. Les mariages consensuels sont à la mode en ce moment.

— Tu veux un mariage avec une robe blanche ? le taquiné-je, me souvenant de ce qu'il m'a dit le jour de notre mariage.

Nous recommencerons plus tard. Tu auras la bague que tu veux. Et la robe que tu choisiras. Des fleurs. Tous tes amis et ta famille seront là pour célébrer.

Il m'embrasse sur l'arête du nez.

— Je veux tout ça avec toi. Te faire la cour. Un mariage. L'amour fou. Je veux connaître tous tes secrets. Être ton meilleur ami.

Il déglutit.

— Être le père de tes enfants.

— Tu veux des enfants ?

Je suis soudainement catapultée dans l'espace. Je n'ai plus de sol sous les pieds. Plus de gravité. Seulement des étoiles qui clignotent dans toutes les directions.

Il hoche la tête, scrutant mon visage. On dirait qu'il retient son souffle.

Je le vois, cet avenir avec Benjamin Baranov. Un avenir que je n'avais jamais imaginé. Un vrai mariage avec un amour sincère et des enfants. Le genre d'amour que partagent mes parents. Ben serait un père incroyable. Il déplacerait des montagnes pour s'assurer que ses enfants ne manquent de rien. Il sacrifierait sa vie pour les protéger et les rendre heureux. Tout comme je sais qu'il le ferait pour moi.

— Oui, murmuré-je.

Un sourire enfantin illumine le visage de Baron.

— Oui ?

Je ris.

— Tu pensais que j'allais dire non ?

La douleur assombrit son regard.

— Je n'étais pas sûr. J'avais peur de t'avoir perdue pour toujours.

Ses sourcils se froncent.

— Pas à Brash... Je n'aurais jamais laissé cet homme t'avoir. Mais après t'avoir libérée...

Il soupire.

— Je ne savais pas si tu me pardonnerais. Ton père et moi t'avons fait beaucoup de mal. C'est beaucoup à pardonner et à oublier.

Une boule se forme dans ma gorge.

— Sans parler du fait que tu avais une vie à Paris. Si tu veux y retourner, je...

Il déglutit, et je peux pratiquement voir les calculs rapides qui défilent dans son brillant cerveau.

— Je trouverai une solution. Je déménagerai là-bas pour être avec toi. Leo peut diriger la maison Baranov. Il n'y a que toi qui compte.

Ma poitrine se serre. Il serait prêt à tout abandonner pour moi. Tout ce qu'il a construit, tout un empire. Les personnes qu'il se sent responsable de protéger. Ses entreprises commerciales.

—Je ne veux pas quitter la maison Baranov.

Je réalise que c'est vrai. Même lorsque je me suis enfuie des mains de Baron, je savais que je reviendrais. Je savais que c'était là qu'était ma place. La maison Baranov, avec ses occupants pleins de vie, est désormais mon foyer.

J'avais besoin d'espace à ce moment-là, mais je voulais qu'il se batte pour moi. Qu'il arrange les choses. Qu'il me convainque de revenir et de régner à ses côtés.

J'aime cet homme. En très peu de temps, il est devenu tout pour moi. Mon présent et, oui, je le vois maintenant, mon avenir.

La joie illumine le visage de Baron, et il m'embrasse passionnément.

—Je t'aime, Lara.

Ses lèvres sont différentes.

Quand il interrompt le baiser, je les touche légèrement du bout des doigts. Sa lèvre inférieure est fendue et enflée.

— Comment t'es-tu fait ça ?

Baron secoue la tête d'un air dédaigneux, comme s'il ne voulait pas que je m'inquiète.

— Les hommes de Brash. Après ton départ.

La colère me monte à la gorge. Pendant que Brash m'emmenait à l'aéroport, il a laissé ses hommes battre mon mari. J'aurais aimé pouvoir le tuer moi-même. Brash était le mal incarné. Comment ai-je pu ne pas m'en rendre compte ?

Baron voit ma détresse et repousse mes cheveux de mon visage.

— C'est fini maintenant.

— *Lui*, c'est fini, dis-je. Mais nous, ça ne fait que commencer.

CHAPITRE VINGT-SEPT

Lara

Je me réveille dans ma chambre d'enfant, la tête posée sur l'épaule de Baron. Nous avons pris l'avion pour Moscou hier soir, ou peut-être était-ce ce matin. Je ne sais pas combien de temps j'ai dormi. Je sais juste qu'à chaque fois que je me réveillais, l'adrénaline coulant dans mes veines, Baron me serrait dans ses bras et me murmurait doucement à l'oreille jusqu'à ce que je me détende et me rendorme. Il me murmurait que c'était fini. Que j'étais en sécurité. Qu'il ne laisserait jamais rien m'arriver.

Tu es à moi, Lara Baranov, et je ne laisserai personne te toucher, c'est la dernière chose qu'il m'a murmurée il y a quelques heures.

Il dort encore, ce qui est inhabituel pour lui. Je suppose que nous avions tous les deux besoin de repos. Je repousse les couvertures pour sortir du lit et je retiens mon souffle quand je vois l'état du corps de Baron. Il est en caleçon — nous étions bien trop épuisés à notre arrivée pour partager un moment sexy — et ses côtes sont couvertes d'ecchymoses noires, bleues et vertes.

Gospodi, il a probablement des côtes fêlées ou cassées. Et c'est dans cet état qu'il est venu me sauver ! Le mot « héros » ne suffirait pas pour décrire Baron. C'est un chevalier. Non, un prince. *Mon* prince.

Je prends une douche et j'enfile les vêtements qui se trouvaient encore dans mes tiroirs depuis ma dernière visite. Puis je me dirige vers le salon pour retrouver ma mère. Je l'ai vue quand nous sommes arrivés, mais j'étais alors en plein délire. J'ai besoin d'un autre câlin.

Mon père possède trois propriétés différentes en Russie. Notre logement à Moscou est un immense penthouse avec des parquets en bois massif recouverts de tapis moelleux. Les plafonds sont voûtés et le penthouse est doté de grandes fenêtres et de lucarnes, car ma mère aime les espaces lumineux.

Je la trouve dans son atelier de poterie, mais elle n'est pas au tour. Elle est debout, regardant par la grande fenêtre, une tasse de thé entre les mains. C'est une tasse qu'elle a fabriquée elle-même, et une odeur menthe en émane. Mon père se tient derrière elle, ses bras tatoués enroulés autour d'elle. Sa tête repose contre sa poitrine.

— Lara, *lyubimaya*.

Le visage de ma mère s'illumine lorsqu'elle me voit, elle pose sa tasse de thé et ouvre grand les bras.

— Maman. Papa.

Je suis émue aux larmes. Même si mon enlèvement n'a pas duré longtemps, c'est un miracle d'être de retour à la maison avec les personnes que j'aime.

Mes parents m'enlacent étroitement et je m'imprègne de leur amour. Si je suis devenue une femme forte et indépendante qui étudie dans un autre pays, c'est parce que je savais qu'ils seraient toujours là pour moi.

— Je t'en veux, dis-je à mon père, mais ma voix est entrecoupée de sanglots.

— J'ai... des regrets.

La voix de mon père est rude, comme toujours.

— Tu aurais dû me dire que c'était Brash qui représentait un danger, pas Baron. Je ne serais jamais partie avec lui.

— Oui, il aurait dû te le dire, dit ma mère.

Je prends une inspiration pour continuer à le réprimander, mais mon mari entre, torse nu, les cheveux ébouriffés, vêtu du même pantalon cargo qu'il portait à notre arrivée. Il s'arrête dans l'embrasure de la porte, l'air indécis.

C'est alors que je réalise que cela n'a pas d'importance.

Mon père a fait ce qu'il pensait devoir faire pour assurer ma sécurité. Je pourrais argumenter sans fin qu'il aurait dû faire d'autres choix, mais s'il l'avait fait... je n'aurais pas cet homme magnifique dans ma vie aujourd'hui. Si j'avais pensé qu'il était juste un type sympa qui me rendait service, j'aurais peut-être insisté pour avoir des chambres séparées, sachant qu'il respecterait ma décision. Je ne serais pas tombée follement amoureuse de celui que je considérais comme l'ennemi.

Je ne serais pas follement amoureuse de mon prince charmant.

Donc, je suppose que je n'ai aucun regret. Et si *je* n'ai aucun regret, je ne peux pas vraiment en vouloir à mon père.

— Nous allons nous marier, annoncé-je.

Mes parents me libèrent de leur étreinte et ma mère applaudit de joie.

— Toi et Benjamin ? N'êtes-vous pas déjà mariés ? Oh, je suis tellement heureuse !

Elle me serre à nouveau dans ses bras.

— Je l'ai toujours voulu pour toi, *lyubimaya*. Vous étiez les meilleurs amis du monde quand vous étiez petits.

Hum. J'imagine ma mère planifiant notre mariage depuis le bac à sable. Je ne peux m'empêcher de me demander si son souhait pour moi quand j'étais enfant s'est diffusé dans l'éther, tirant sur les intrications quantiques pour se manifester ainsi des années plus tard : mon père m'ordonnant de l'épouser pour me protéger, et Baron ressentant l'attraction du destin dès qu'il m'a rencontrée. Pendant ce temps, j'étais inconsciente de toute la magie qui se tramait autour de moi jusqu'à ce qu'il soit presque trop tard.

Ma mère se retourne et serre Baron dans ses bras également.

— Fais attention, je crois qu'il a les côtes cassées, l'avertis-je.

— Je vois ça, dit ma mère. On peut lui faire passer une radio tout de suite.

— Ce n'est pas nécessaire, grogne Baron.

Mon père serre la main de Baron dans une poignée de main silencieuse et solennelle. Je suppose qu'il approuve.

Je ne devrais pas m'en soucier, surtout après les manigances de mon père concernant mon mariage, mais je suis heureuse. Mes parents soutiennent mon choix de mari.

Tout en tenant toujours la main de Baron, mon père pose son autre main sur l'épaule de Baron.

— Benjamin.

C'est un moment de fraternité comme il n'en existe que chez nous. Le ton de mon père est très solennel.

Baron le regarde dans les yeux, attendant. Imperturbable. Mon père a intimidé tous les garçons avec qui je suis sortie, mais cela ne sera jamais possible avec Baron.

— *Spasibo, moy brat.*

« Merci, mon frère. »

Baron incline la tête.

— C'est un honneur.

Ma mère lui sourit.

— Alors, c'est quoi cette histoire de mariage ?

Mon père lâche Baron, et je me glisse sous la protection de son bras, me blottissant contre lui.

— Baron veut un vrai mariage.

Je lève les yeux vers lui, et il m'embrasse sur le sommet du crâne.

— Avec une mariée consentante.

Les yeux de ma mère pétillent de malice.

— Et maintenant, tu es consentante ?

— Oui.

— Je suis tellement heureuse. Pour vous deux. Je n'aimais pas que tu le considères comme ton ennemi alors qu'il essayait de t'aider, mais ton père pensait que c'était plus sûr ainsi.

Elle fronce les sourcils en regardant mon père.

Mon père reste silencieux.

— Mais tout s'est bien terminé, poursuit ma mère. L'amour est compliqué. Il est inconfortable. Il fait ressortir nos besoins les plus profonds et nos pires craintes. Pour finir, il nous guérit.

— Waouh. Tu devrais noter ça pour le discours du mariage.

Je ris.

— Ça me rappelle que tu dois me raconter comment vous êtes tombés amoureux.

Je pointe du doigt ma mère et mon père.

— *Niet*, répond mon père.

— Elle peut l'entendre, dit ma mère. Après ce qu'elle vient de traverser, elle comprendra comment les circonstances peuvent transformer même les pires ennemis en amants.

Elle lance un regard malicieux à Baron.

— Le mariage de tes parents a aussi commencé par un enlèvement.

Baron est généralement doué pour ne montrer aucune réaction, mais je sens son corps se figer tandis qu'il assimile cette information.

— J'ai hâte d'appeler Lucy. Nous pourrons organiser le mariage ensemble. Tu penses que ce sera à Chicago ?

— *Da,* répond mon père, même si la question ne lui était pas adressée. Je veux que tu retournes à Chicago. La situation pourrait devenir trop tendue ici après ce qui s'est passé en Turquie.

Ma mère acquiesce.

— Je suis désolé.

J'entends le poids de la responsabilité dans la voix de Baron, et je voudrais l'effacer.

— J'ai essayé d'éviter une guerre, mais... il devait mourir.

— En effet, dit simplement mon père. Et nous avons nettoyé. Anatoli Rostov ne saura jamais avec certitude qui a fait ça. Je ne peux donc pas m'enfuir, sinon cela deviendrait évident, mais je dois assurer la sécurité de Kat, et elle sera en sécurité au Kremlin avec ton père.

— Au Kremlin ? demandé-je, perplexe.

— C'est le nom que les voisins ont donné à notre immeuble à Chicago, explique Baron. Parce qu'il y avait beaucoup de Russes qui y vivaient.

— Ah. Un peu comme les élèves de Thornecroft appellent la maison Baranov « le Goulag ».

— Exactement.

Je vois un sourire se dessiner sur le visage de Baron, et ses yeux s'embraser, comme s'il prévoyait une nouvelle descente dans le Donjon avec moi.

Mes tétons durcissent.

— Parfait !

Ma mère applaudit.

— Je vais pouvoir organiser le mariage. Vous deux, vous retournerez au Goulag.

Elle lève les yeux vers mon père.

— Je n'aimerai pas être loin de toi, cependant, dit-elle doucement.

Le regret et la nostalgie envahissent son visage, et je vois cet amour profond et toujours passionné que les deux partagent.

Le genre d'amour que j'ai trouvé.

Avec l'homme à qui je confierai ma vie.

Et mon cœur.

Et mon âme.

CHAPITRE VINGT-HUIT

Baron

Dimanche après-midi, je me tiens près du barbecue dans le jardin derrière la maison Baranov, en train de retourner des hamburgers et des saucisses. Melinda est assise sur les genoux d'Anders, sur le canapé extérieur. Alex, Feliks et Phoenix jouent au frisbee avec quelques autres membres de la maison.

Zoe endosse le rôle d'hôtesse et dispose tous les accompagnements, les assiettes et les couverts. Anya fait le DJ.

Lara et moi sommes rentrés à Thornecroft il y a une semaine. Nous avons passé les derniers jours à nous remettre de nos blessures et à rattraper notre retard dans nos études, mais aujourd'hui, j'ai décidé qu'il était temps d'organiser une fête et j'ai invité tout le monde à un barbecue cet après-midi.

Ma magnifique femme me tend une bière sortie de la glacière, et je l'embrasse. Nous avons passé toute la semaine en lune de miel, recommençant notre relation à zéro, tombant encore plus amoureux l'un de l'autre. Elle est amie avec tout le monde dans la maison, devenant chaque jour plus enjouée et spontanée.

L'atmosphère dans la maison est plus légère que jamais.

Ou peut-être est-ce seulement moi. *Je* me sens plus léger que jamais. Il y a toujours une part de sérieux en moi. Je sais que je suis responsable de la sécurité, du bien-être et de l'abondance financière de tout le monde ici, mais ce sentiment d'avoir mon âme enfermée, cette peur de détourner le regard un instant et de manquer quelque chose, a disparu.

Lara a retiré la lame de mon cœur, celle que j'avais moi-même enfoncée après avoir vu Valentina mourir, et elle l'a recousu. La blessure est toujours là, elle est toujours douloureuse, mais je n'ai plus l'impression de me battre pour ma survie chaque nuit pendant mon sommeil.

— Salut, mon frère.

Lili apparaît avec un garçon et me serre dans ses bras.

— Voici Carlos.

Elle me présente le grand blond dégingandé vêtu d'un short de foot et d'un T-shirt Manchester United. Ils se tiennent la main.

— Carlos.

J'essaie de prendre un air menaçant pour montrer à ce type qu'il ferait mieux de ne pas emmerder ma petite sœur, mais je n'y crois pas vraiment.

— Sois gentil, me dit Lara en russe en venant derrière moi et en posant sa main au milieu de mon dos.

J'adore ça. Ses contacts physiques décontractés, ses ordres. Le fait qu'elle soit vraiment ma femme.

Leo doit penser que je me relâche, car il s'approche d'un pas nonchalant et regarde le type en fronçant les sourcils.

— Le repas est prêt ? demande Lily.

— Dix minutes.

Je fais sauter un steak en l'air, le rattrape avec ma spatule, puis le fais glisser sur le gril en faisant mon show devant Lara.

— Leo a préparé des Bloody Mary, propose Lara. Et il y a aussi des mimosas.

— Elle n'a pas vingt-et-un ans, grogne Leo, toujours en

train de fusiller Carlos du regard. Et je suppose que lui non plus.

Lara lève les yeux au ciel.

Étant donné que les jumeaux boivent alors qu'ils n'ont pas encore l'âge légal, il semble étrange que Leo se comporte comme un connard à ce sujet, mais je ne m'en mêle pas.

— Comment vont les cours ? lui demandé-je, me sentant coupable de ne pas avoir pris davantage de ses nouvelles.

Mais la perte de Lara m'a fait comprendre que malgré toute ma microgestion, je ne peux pas assurer la sécurité de tout le monde tout le temps. Peut-être que je dois laisser Lili libre de faire ses propres erreurs.

— Vasiliev te cause-t-il toujours des problèmes ?

— Vasiliev ! s'exclame Lara.

— Quoi ?

— Il m'a mise en garde contre Denis.

Je me tourne vers elle pour lui accorder toute mon attention.

— Quoi ? Quand ?

— La semaine où Brash est arrivé. Ce lundi-là, quand j'étais à la librairie. Tu te souviens, tu m'avais trouvée là-bas ?

Je suis prêt à arracher la langue de Denis. Je l'ai cherché quand nous sommes revenus à l'école, mais il semble avoir disparu. D'après les recherches d'Anya, il n'a assisté à aucun cours la semaine dernière.

J'acquiesce.

— Oui.

Je suis méfiant, mon corps tout entier est en état d'alerte.

— Eh bien, Denis a essayé de me parler à la librairie. Il m'a dit à peu près la même chose que Brash au téléphone, à savoir qu'il pouvait m'aider à m'éloigner de toi si j'en avais besoin.

Ma lèvre supérieure se soulève dans un grognement. Si j'étais un lion, je montrerais les crocs.

— Et ensuite ?

Il y a tellement de menace dans ma voix que Lara recule légèrement, puis tend la main pour m'enlacer l'avant-bras et me rassurer. Elle est toujours là. Elle est toujours à moi.

— Puis je suis partie, et quand je suis passée à la caisse, Vasiliev s'est approché derrière moi dans la file d'attente. Je venais de te faire signe par la vitrine, et il m'a dit de faire attention parce que tu étais dangereux.

Je grogne encore un peu plus.

— Alors je lui ai répondu sèchement : *oui, je sais que vous détestez Baron*. Et il m'a répondu : *pas Baron, l'autre*.

J'ai haussé les sourcils. Que sait Vasiliev à propos de cet oligarque *de merde ?*

— Il t'a mise en garde contre lui ? Intéressant. Je les avais vus discuter et je pensais qu'ils travaillaient peut-être ensemble. Mais on dirait que Vasiliev est sous leur coupe.

Je garde ça en tête pour plus tard. Ça pourrait être un levier intéressant à actionner si jamais j'en ai besoin. Ou ça pourrait être quelque chose que je lui proposerais de régler contre une certaine somme.

La sonnette de la porte d'entrée retentit sur le téléphone de Leo, et il jette un coup d'œil à l'écran. Ses yeux s'écarquillent légèrement, et il croise mon regard. C'est le chancelier Ogden.

Je hausse les épaules. Je m'y attendais après l'incendie de la maison Titan.

— Eh bien, invite-le à entrer. La viande est prête.

Un instant plus tard, Leo ramène le président de l'université Thornecroft.

Zoe l'aperçoit et verse son Bloody Mary dans une plante.

Il a une soixantaine d'années, mais il se déplace avec la même grâce furtive que l'agent des forces spéciales de Gabe Tracy. Il est en excellente forme physique – nous nous croisons souvent le matin lorsque nous courons – et il semble alerte, comme s'il enregistrait tout ce qui se passe autour de lui.

— Benjamin.

Il me tend la main sans sourire.

Je serre sa main.

— Chancelier Ogden.

Je ne souris pas non plus. Nous nous sommes déjà rencontrés lorsque j'ai demandé à faire don de la maison Baranov à l'université afin qu'elle fasse officiellement partie des fraternités du campus.

— Vous arrivez juste à temps pour notre barbecue.

Je lui tends une assiette.

Il l'accepte, ce qui me surprend. Je glisse un steak dans le petit pain qu'il ouvre dans l'assiette, et il se sert parmi les accompagnements simples mais savoureux qu'Emma nous a laissés : salade de pommes de terre, pastèque et légumes coupés en morceaux avec du houmous.

— Voici ma femme, Lara, lui dis-je en la présentant. Lara, voici le chancelier Ogden. C'est le *pakhan* de Thornecroft.

Je lui adresse un léger sourire en utilisant le mot russe qui désigne un chef de la Bratva.

J'attends, mais il n'engage pas la conversation dans un premier temps, alors je sers les membres de la maison puis me prépare une assiette.

— Asseyez-vous. Vous n'êtes probablement pas venu pour le hamburger.

Nous nous installons côte à côte sur l'un des canapés extérieurs moelleux. L'ambiance ressemble à celle d'un interrogatoire, je suis confronté au même silence que celui que j'ai essuyé au poste de police, quand ils espèrent que vous allez combler le vide par des bavardages.

Mais je ne suis pas ce genre de personne.

Le chancelier finit tout ce qu'il a dans son assiette avant de me dire :

— Donc, c'est la maison Titan qui était derrière l'agression de madame Tracy.

— Ah bon ?

Je fais l'idiot.

Melinda lève les yeux en entendant son nom, et son sourire s'efface. J'ai envie de frapper le chancelier pour le lui avoir rappelé. Anders dit qu'elle est encore plus tendue que jamais, même si je trouve qu'elle a l'air mieux maintenant qu'elle l'a de son côté.

— Je peux comprendre qu'elle ait voulu se venger. Faire passer le message que personne ne doit se frotter à sa maison.

Cette visite concerne donc bien l'incendie. Je me suis assuré que tout le monde dans la maison avait un alibi pour cette nuit-là. La bombe était équipée d'un minuteur que Leo a activé depuis la bibliothèque, où au moins une douzaine de personnes l'ont vu étudier. Il a planifié son geste alors que les Titans étaient partis à une soirée d'initiation, et a même déclenché l'alarme incendie avant que l'incendie ne se déclare, pour s'assurer que tout se passe comme prévu.

— Le chef des pompiers a dit que l'alarme s'était activée avant que le début de l'incendie, ce qui est étrange.

Je croque dans un cornichon et hoche la tête poliment, désintéressé.

— Je n'accepte aucune forme de violence sur ce campus. Je m'engage à assurer la sécurité de tous les étudiants ici. C'est l'une des raisons pour lesquelles des personnes comme Gabe Tracy, le sultan Khalid al-Nasir et les membres de la *mafia* russe font confiance à cette école pour y envoyer leurs enfants.

Je me crispe. J'ai l'impression d'être de retour à l'internat. Est-il sur le point de m'expulser ?

Il pose son assiette vide sur la large table carrée en ardoise devant lui et pose les mains sur ses genoux.

— Alors ça s'arrête ici. J'ai dit aux garçons de Titan House que si j'entendais parler d'une nouvelle guerre entre maisons, ils perdraient leurs accréditations. Il en va de même pour toi. Compris ?

— Message reçu, dis-je calmement en me levant. Merci d'être passé.

Je lui tends la main.

Il me serre la main dans une étreinte de fer et me fixe du regard. Son regard bleu-gris me transperce.

— Je sais ce qui se passe ici, Benjamin.

Mon cœur fait un bond.

— Tu es discret et prudent, c'est pourquoi tu t'en tires. Mais si tu attires une attention négative sur cette école, c'est fini.

Je réponds à cette légère menace par le silence, et il lâche ma main.

— Merci pour le hamburger. Profitez bien de votre barbecue. Je vais m'en aller.

— Passez quand vous voulez, chancelier, lui dis-je alors qu'il s'éloigne.

CHAPITRE VINGT-NEUF

Lara

Je me retourne pour me regarder dans le miroir en pied de notre dressing.

Euh... waouh. Cette tenue est très osée. Mais je peux la porter.

Cet après-midi, j'ai emprunté la Range Rover de Baron et Zoe. Anya et moi avons pris la route vers la ville voisine, où se trouve un centre commercial avec un magasin Victoria's Secret. J'ai acheté un bustier rouge vin lacé dans le dos avec un string assorti. Je le porte actuellement avec une paire d'escarpins noirs à bout ouvert.

Je n'ai jamais rien porté de tel auparavant. Je me sens sexy, coquine et prête à être fessée.

Il ne me reste plus qu'à trouver mon mari.

Alors que j'attrape mon peignoir, la porte de notre chambre s'ouvre sur Baron, en pleine conversation avec quelqu'un sur FaceTime.

— Elle est juste là si tu veux lui montrer l'option...

Je me fige.

Il s'arrête, les yeux écarquillés. Sa bouche s'ouvre.

Mes tétons durcissent sous son regard.

— Euh, en fait, elle est occupée pour le moment, maman. On t'appellera plus tard, d'accord ? Salut !

Il met fin à l'appel sans me quitter des yeux.

— Putain de merde.

Il jette le téléphone sur la commode et s'avance vers moi.

— Que se passe-t-il ici sans moi ?

Je sens un picotement entre mes jambes. Une vague d'excitation à sa proximité.

Je souris.

— Il ne se passe rien *sans* toi. C'est *pour* toi que ça se passe. J'allais descendre pour t'attirer dans le Donjon.

Il me soulève en passant son avant-bras sous mes fesses et me porte au fond du dressing.

— Non, non. Tu ne descendras pas en bas dans cette tenue. Personne d'autre que moi ne verra ma femme ainsi.

Mon dos heurte la paroi intérieure du dressing, et il m'y plaque, ramenant mes jambes autour de ses hanches.

Je ris à nouveau.

— J'allais mettre un peignoir.

— Un *peignoir* ?

Il fait glisser sa bouche ouverte sur ma clavicule dénudée jusqu'à mon épaule.

— Non. Non. Personne ne te verra en peignoir non plus.

Il attrape la petite bretelle à ruban entre ses dents et la fait glisser le long de mon épaule.

— Ils imagineront juste que tu es nue en dessous. *Je suis* le seul à pouvoir t'imaginer nue.

— Je ne suis pas sûre que tu puisses contrôler ce que les autres imaginent.

Il frotte le renflement de sa queue dans le creux entre mes jambes.

— J'ai *tout* le contrôle. Je suis le putain de *prince* du contrôle, affirme-t-il.

Une vague de chaleur envahit mon corps. Mon clitoris palpite lentement. J'adore quand il devient aussi intense.

Il me soulève un peu plus haut pour mettre ses lèvres autour de mon téton, qu'il a exposé en tirant le ruban de ma bretelle avec ses dents. Sa langue tourne d'abord autour, puis il suce, fort.

Je halète sous l'effet de la secousse provoquée dans mon ventre.

— Alors, tu aimes ça ?

Je cherche un compliment, même s'il est manifestement ravi de ma tenue.

— J'aime ça, grogne-t-il en déchirant le corsage jusqu'à ma taille. *J'adore* ça, putain.

Il me repose soudainement sur mes pieds, me fait pivoter et presse mes mains contre le mur.

— Tu es tellement sexy, *malyshka*.

Il glisse un doigt sous le bord de mon string, en haut de mes fesses, et le fait glisser jusqu'à la raie de mes fesses.

— Je perds la tête.

Il me donne une petite tape sur la fesse droite.

— J'ai besoin de te baiser maintenant, dit-il brusquement en écartant mes jambes d'un coup de pied. Sinon, je vais déchirer cette jolie chose que tu portes, et tu seras triste que j'aie ruiné ta jolie nouvelle tenue.

Cette fois, il me donne une tape sur la fesse gauche.

— C'est une *nouvelle* tenue, n'est-ce pas ?

J'adore la pointe de paranoïa jalouse dans sa voix.

— Elle est neuve, haleté-je, alors qu'il m'agrippe la taille et tire mes fesses vers l'arrière. Je l'ai achetée pour toi.

— Tu me tues.

Il tire le string entre mes fesses et le met de côté d'une main, puis utilise l'autre pour me caresser entre les jambes.

Je mouille pour lui, mes jus sont glissants, ma chair est dodue et gonflée par le flux sanguin.

Il enfouit son visage dans mes cheveux, ses lèvres pressées contre mon cou.

— *Malyshka*, j'adore quand ta chatte est toute mouillée pour moi.

J'entends le bruit de sa fermeture éclair.

Son commentaire sur ma mouille m'excite encore plus.

Il frotte le bout de sa queue contre ma fente, et je gémis.

— Cambre ton dos pour moi, m'ordonne-t-il.

Je creuse le bas de mon dos, et il s'enfonce en moi.

— C'est ça. Comme ça, bébé. Prends-le comme une bonne fille.

Il s'enfonce doucement. Comme toujours, son discours dominateur est dur, mais il est attentif, il va lentement. Il s'assure que je suis prête à le prendre.

J'adore ça. Je me sens sexy, belle et totalement possédée par lui. Il me donne l'impression d'être le centre de l'univers, et rien ne pourrait me faire renoncer à ma position.

— Tu as acheté cette petite tenue sexy pour moi, *malyshka* ?

Il me remplit et se retire, puis me pénètre à nouveau.

Je suis désormais incapable de parler, alors je me contente de gémir :

— Uh huh.

— Tu savais l'effet que ça aurait sur moi ?

Il agrippe mes hanches et accélère ses mouvements.

Je gémis maintenant.

— Hmm ?

— Mmm...

Il commence à me pénétrer plus fort, m'obligeant à bloquer mes coudes pour ne pas être poussée contre le mur.

— Tu es une fille tellement sage. Je vais te récompenser comme il se doit ce soir, bébé.

Il ralentit ses mouvements et enroule son avant-bras autour de ma taille, serrant ses hanches contre les miennes pour me pénétrer. Je me hisse sur la pointe des pieds à chaque coup de reins, puis la gravité me ramène fermement sur sa queue.

Je gémis parce que c'est incroyablement bon.

— Tu aimes ça, ma belle ? Tu aimes recevoir ma queue jusqu'à ce que tu jouisses ?

— Oui, gémis-je.

Il me fait rebondir plus vite, me propulsant dans un voyage céleste. Je suis étourdie de plaisir, incapable de me tenir debout, mais cela n'a pas d'importance car Baron me tient. Il contrôle mon corps et ne me laissera pas glisser. Il ne me laissera pas tomber.

J'y crois maintenant, de tout mon cœur. Je l'ai mal compris et mal jugé auparavant, mais je ne douterai plus jamais de lui. Il est aussi solide qu'on peut l'être. Plus qu'un rocher, une montagne.

— Baron, gémis-je. Oui.

— Tu es tellement belle. Tu es incroyable.

Il continue à me complimenter pendant qu'il me baise jusqu'à l'oubli.

— Je vais jouir, m'avertit-il. Tu ferais mieux de jouir sur ma queue. Tu vas jouir avec moi ?

Ses paroles obscènes me font déjà jouir. Mes muscles internes commencent à se contracter. Il me pénètre encore quelques fois, puis reste en moi pendant que je serre et trais sa queue avec mon orgasme.

— C'est bien, halète-t-il à mon oreille. Tu es très obéissante.

Un autre orgasme me traverse, pulsant autour de sa queue.

— Je t'aime tellement, murmure-t-il en mordillant le lobe de mon oreille.

Je retiens mes larmes, car ce moment est tellement parfait.

Ce n'est pas comme ça que j'avais imaginé les choses quand j'ai enfilé cette tenue, mais c'était sincère, brut et absolument parfait.

— Je t'aime aussi, dis-je.

Il se retire et me soulève pour m'emmener jusqu'au lit.

— Ne crois pas que je ne vais pas te tenir éveillée toute la nuit dans cette petite tenue sexy, m'avertit-il en me jetant au milieu du matelas.

Je ris et tends les bras vers lui pour l'attirer contre moi.

— Voyons voir ce que tu sais faire.

ÉPILOGUE

Lara

— Ça y est.

La voix de Baron est chargée d'émotion.

Le clair de lune argenté fait scintiller l'eau. Nous nous tenons sur la promenade du lac Michigan, à un demi-pâté de maisons du Kremlin. Il est presque minuit, la veille de Noël. Le vent glacial du lac nous frappe le visage, mais cela ne me dérange pas. Je suis russe, j'ai chaud dans ma veste en laine. Grâce à la chaleur du lit de Baron.

Baron serre dans sa main des roses rouge sang, étranglant les tiges de ses jointures blanchies.

Nous avons fait l'amour et nous discutions ensuite dans le lit lorsque je lui ai demandé de me montrer où cela s'était passé. Il s'est figé, comme si cette idée l'avait rendu insensible, alors je lui ai suggéré de le faire tout de suite. Ce soir. Nous sommes allés à la pharmacie du coin pour acheter les roses, et maintenant nous sommes ici.

J'espère que plus il parlera de la mort de Valentina, moins cela l'affectera.

Je l'enlace et le serre contre moi.

— Je rends hommage à Valentina pour avoir donné sa vie afin de protéger la tienne, lui dis-je.

Ma voix tremble, même si je ne connaissais pas cette femme. Je sens à quel point elle aimait les enfants et à quel point ils l'aimaient.

— Je rends hommage à Valentina pour avoir donné sa vie afin de protéger la nôtre, répète Baron, les mots peinant à sortir de sa gorge.

— Ce n'était pas ta faute.

Je vais continuer à le répéter autant de fois qu'il le faudra jusqu'à ce qu'il me croie.

— Rien de tout cela n'était ta faute. Tu n'étais qu'un enfant. Seules des personnes horribles peuvent abattre une femme innocente qui s'occupe d'enfants innocents.

Je déteste le regard hanté de Baron. Je voudrais le serrer dans mes bras pour le réconforter. L'embrasser pour l'aider à oublier. Mais ce moment n'est pas fait pour oublier. Il est fait pour se souvenir. Pour honorer. Pour commémorer.

Je lui retire les roses des mains et les pose au milieu du trottoir. Demain, elles feront une douce surprise de Noël pour ceux qui se promèneront ici au petit matin.

— Merci, Valentina. Nous t'aimons. Tu nous manques.

Bien sûr, je ne me souviens même pas d'elle, mais j'essaie d'exprimer ce que Baron n'a peut-être pas dit.

Baron laisse échapper un son étranglé.

— Tu peux pleurer, lui dis-je. Tes larmes lui rendent hommage. Et en les laissant couler, tu lui rends hommage, ainsi qu'à l'enfant qui a souffert à cause de ce qui s'est passé ici.

Je ne sais même pas d'où me vient cette sagesse, mais je la suis. Je pense que les mots que je prononce n'ont aucune importance, contrairement au fait que nous partagions ce moment. Il n'est plus seul dans son chagrin et son tourment.

Il sait que je suis là pour en parler quand il en ressent le besoin.

Baron m'enlace de ses bras puissants et sanglote. Je le serre contre moi, imaginant que je serre aussi cet enfant en lui qui a pris le monde sur ses épaules.

Cela ne dure que quelques instants. Il se laisse aller à libérer le chagrin refoulé depuis ce moment traumatisant, il y a des années. Puis il me serre de plus en plus fort dans ses bras.

— Je t'aime tellement, murmure-t-il dans mes cheveux. Je t'aime plus que la lune dans le ciel nocturne. Plus que le soleil lors des jours les plus froids. *Tu* es le soleil qui est entré dans ma vie et m'a réchauffé.

Il rit bruyamment.

— Je suis un poète épouvantable, mais je pense chaque mot.

Je lève mon visage vers le sien.

— Je t'aime plus que la lune et le ciel nocturne et le soleil des jours les plus froids. Tu es mon guerrier. Mon défenseur. Mon protecteur. Mon amant. Mon homme. Je suis tellement reconnaissante que nous nous soyons trouvés. Et je crois désormais au destin. Je crois que cela devait arriver. Je crois que tu étais fait pour moi, que nous étions faits l'un pour l'autre.

Nous nous marions dans une semaine, mais ces mots ressemblent à nos véritables vœux. Les mots que nous déversons dans le cœur de l'autre, directement depuis notre âme. Les mots qui nous lient pour toujours, non pas dans notre mariage légal, mais dans notre mariage spirituel.

Baron m'attrape la main et se met à courir sur le sable vers l'eau. Je ris en le suivant. Chaque instant passé avec lui me semble être un nouveau départ. Cet instant. Celui que nous venons de vivre. Et tous les instants à venir.

Nous courons le long du rivage, l'air glacial contractant mes poumons. Mon rire est une offrande aux dieux :

Merci pour le cadeau qu'est cet homme. Aidez-le à guérir. Bénissez cette union, je vous en prie.

Baron

Je me tiens en smoking au bout de l'allée, les mains jointes devant moi. Je ne suis pas devant un autel, car nous ne nous marions pas à l'église, mais une bande de satin blanc recouverte de pétales de roses marque l'allée entre les chaises disposées pour nos invités. Leo se tient à mes côtés en tant que témoin. À côté de lui se trouvent Alex, Felix, Phoenix et Anders, mes garçons d'honneur. Du côté de la mariée se trouvent Zoe, Anya, Lily, Melinda et les cousines de Lara, Darya et Niko.

Nous avons décidé de nous marier le soir du Nouvel An alors que nous étions à Chicago pour les vacances d'hiver. Anders est venu de Norvège juste après Noël. La mère de Lara, Kat, a emménagé au Kremlin où mon père pouvait la protéger juste après notre dernière rencontre. Adrian est arrivé il y a deux semaines, donc Noël a été une fête très animée cette année. Toute notre famille bratva de Los Angeles est venue : la tante de Lara, Nadia, et son célèbre oncle Flynn, du groupe The Storytellers, ainsi que ses deux cousins qui font partie de notre cortège. Oleg et la sœur de Flynn, Story, ainsi que leurs trois enfants sont venus – Pavel, Kayla et leur fille Mila, qui dit qu'elle pourrait quitter l'USC pour Thornecroft au prochain semestre.

Nous avons passé une semaine incroyable ici, la jeune génération tissant des liens plus forts pendant que nos parents s'occupaient de leurs affaires.

Mes parents adorent Lara. Elle m'a dit que même s'il n'y

avait pas eu de pacte matrimonial, sa mère m'avait toujours secrètement voulu pour elle. Et il semble que ma mère aussi. Ils ont certainement organisé le mariage du siècle pour nous. Ce n'est pas un grand mariage, il s'agit principalement de la famille bratva, à l'exception de Gabe Tracy et de quelques autres invités politiques que mes parents ont conviés pour des raisons professionnelles, mais il est somptueux et a été organisé avec beaucoup de soin.

Ma mère a dépensé une fortune pour louer un restaurant cinq étoiles – sur le toit, au centre-ville – pour la soirée. Il n'est pas vraiment sur le toit, car il ferait trop froid, mais nous sommes au dernier étage d'un gratte-ciel du centre-ville. Il dispose de baies vitrées sur trois murs avec vue sur le lac Michigan et Chicago. Leur cuisine américaine moderne est généralement à tomber par terre, mais ils ont concocté un menu d'inspiration russe pour ce soir.

Des roses fraîches d'un rose pâle et pêche décorent l'espace et des guirlandes lumineuses scintillent partout.

Le quintet engagé par ma mère pour l'événement entonne *Bridal Chorus* et j'ai la gorge serrée.

Il y a cinq mois, ce mariage ne faisait pas partie de mes projets. Je n'étais même pas intéressé par une petite amie. Je me consacrais entièrement à ma mission de contrôler tout ce qui se passait à la maison Baranov pour assurer la sécurité de tous.

Je réalise maintenant que ce n'est pas possible. Il arrive des choses qui échappent à mon contrôle. Et quand cela arrive, ce n'est pas nécessairement ma faute.

Je travaille encore là-dessus, mais Lara me le rappelle chaque fois qu'elle me voit me refermer émotionnellement. La veille de Noël, elle m'a demandé de lui montrer l'endroit où Valentina a été assassinée, et nous y avons déposé des roses. Depuis, je me sens soulagé. Une pression qui pesait constamment sur ma poitrine s'est dissipée.

Ma mariée apparaît dans l'embrasure de la porte voûtée, et mon souffle se coupe. Ses cheveux sont lâchés dans le dos, bouclés en douces ondulations. Une tiare soutient le voile qui flotte au-dessus de ses boucles sombres, un tulle transparent qui flotte de sa couronne jusqu'au milieu de son dos.

Sa robe est incroyable. Sans bretelles et courte à l'avant, elle s'élargit jusqu'à devenir longue à l'arrière. Ses seins dépassent du corsage en cristal et perles, sa taille est fine et ses jambes éblouissent à chaque pas qu'elle fait. Elle a l'air à la fois très chic et digne d'une princesse de conte de fées. Je ne pensais pas que c'était possible, mais je tombe encore plus amoureux d'elle.

Je vous jure que chaque jour, je tombe un peu plus amoureux de cette femme. Sa douceur et sa force. Son courage et sa vulnérabilité. Sa confiance et son insistance à être ma partenaire dans tous les aspects de ma vie. Il n'y a rien à cacher.

J'aime le fait d'avoir appris à mieux me connaître et d'avoir grandi grâce à son amour. J'aime la façon dont elle me regarde droit dans les yeux. J'aime percevoir ses micro-émotions, le fait qu'elle n'ait pas peur de ses sentiments multiples. La façon dont elle m'aide à assumer les miens.

J'adore pouvoir lire son corps comme une délicieuse carte. La façon dont elle s'abandonne à moi et me fait confiance. Me respecte. La façon dont nous nous délectons de nos corps respectifs, explorant toutes les limites du plaisir et de la douleur que je lui montre. J'aime le fait que notre vie commune soit une grande exploration où je peux parfois baisser ma garde.

Elle tient dans ses mains un bouquet de roses d'un rose pâle et pêche.

Les invités se lèvent tous pour la regarder descendre l'allée, mais son regard reste rivé sur le mien. Son amour brille dans ses yeux, son choix est clair. Un petit sourire, un sourire complice, joue sur ses lèvres. Ce qu'elle voit sur mon visage doit confirmer ce qu'elle représente pour moi. Et elle sait qu'elle me fait perdre la tête.

Ma femme, ma magnifique femme, m'épouse pour de vrai cette fois. Elle est plus que consentante.

Mon oncle Nikolai, membre de la Bratva, officie. Je lui ai demandé parce que c'est le genre de personne qui sait créer une atmosphère propice. Il a un calme et une ouverture d'esprit qui m'ont toujours fait l'apprécier. Comme ce n'est pas un vrai mariage, peu importe qu'il ne soit ni pasteur ni juge.

— Nous sommes réunis aujourd'hui pour célébrer l'union de deux des nôtres, Benjamin Baranov et Lara Turgeneva, dit-il. Comme beaucoup d'entre vous ici présents, je me souviens de leur naissance. Je me souviens de les avoir vus jouer ensemble lorsqu'ils étaient petits. Leurs mères ricanaient en imaginant leur futur mariage. Et maintenant, des années plus tard, après de nombreux rebondissements, ces paroles prononcées à la légère sont devenues réalité.

Ma gorge se noue.

Je ne peux plus attendre. Je m'approche de Lara, lui prends le bouquet des mains et le lance derrière moi, puis je prends son visage entre mes mains et l'embrasse passionnément.

Les invités éclatent de rire et applaudissent.

— Oh... d'accord.

Nikolai joue le jeu, feignant d'être surpris.

— On dirait qu'on passe à l'étape suivante. C'est très bien. C'est logique. Vous êtes déjà légalement mariés. Pourquoi auriez-vous besoin de moi, de toute façon ?

— Désolé.

Je romps le baiser et frotte mes lèvres l'une contre l'autre.

— Ça va mieux maintenant.

Nos invités rient à nouveau.

Je me sens mieux après l'avoir touchée. Toutes ces

émotions qui s'accumulaient pendant qu'elle remontait l'allée étaient trop fortes pour mon corps.

— Très bien, continuons.

Nikolai récupère le bouquet des mains de Leo, qui l'a attrapé.

— Pour information, c'est la mariée qui est censée lancer le bouquet, pas le marié.

Nouveaux rires.

Je reprends les fleurs et les mets dans les mains de Lara. Son sourire est radieux. Je lui souris en retour, absorbant la lumière qui rayonne de son visage.

— Et si on procédait à l'échange des alliances ? suggère Nikolai. Tu peux attendre, ou tu as besoin de l'embrasser à nouveau ?

Eh bien, puisqu'il me le propose. Je prends son visage entre mes mains pour l'embrasser à nouveau. Le bouquet est écrasé entre nous.

— Les fleurs ! s'écrie Lili.

Lara jette le bouquet par-dessus son épaule, et j'entends les invités rire et applaudir encore tandis que j'embrasse ma magnifique épouse.

Cette fois, quand je m'éloigne, je me sens *beaucoup* mieux.

— Bon, passons aux alliances, d'accord ? Lili, rends ce bouquet. Je vais me dépêcher pour qu'on puisse terminer cette cérémonie et commencer la fête. Ou peut-être que ces deux-là partent directement en lune de miel, je ne sais pas trop, plaisante Nikolai.

La cérémonie s'est transformée en spectacle comique, le public riant à chaque remarque.

La légèreté de ce soir contraste fortement avec le ton sérieux qui a marqué toute mon existence. La fin de mon enfance. Mon expérience à l'université. J'ai l'impression que mon cœur s'est doté d'ailes pour s'envoler.

— Vite, répète après moi, Ben, *je te donne cette bague en*

symbole de mon amour et de mon engagement aujourd'hui, demain et pour toujours.

Encore des rires.

Je prends l'écrin des mains de Leo et sors la bague que Lara et moi avons choisie ensemble. C'est une morganite taille émeraude, sertie de petits diamants.

— Lara, ma compagne, ma femme, ma meilleure amie, je te donne cette bague en gage de mon amour et de mon engagement aujourd'hui, demain et pour toujours.

Comme nous faisons les choses à l'envers, elle porte toujours la simple alliance que Lili avait achetée pour notre premier mariage, alors je glisse cette bague de fiançailles devant celle-ci.

Les yeux de Lara s'emplissent de larmes et ses lèvres tremblent.

Elle répète la phrase, remettant à mon doigt la bague que Lili m'avait achetée. Je m'y étais trop attachée, ainsi qu'à ce qu'elle symbolisait – le début de ce qui est devenu un beau mariage – pour vouloir autre chose.

— Benjamin et Lara, devant vos amis et votre famille, selon un rite ancien qui crée un lien et revêt une signification plus profonde que n'importe quelle loi, je vous déclare maintenant mari et femme.

Nos invités applaudissent.

— Vous pouvez embrasser la mariée... *encore une fois !*

J'embrasse Lara pour la troisième fois, puis je la soulève et la porte dans l'allée sous les acclamations de nos invités et les notes festives de l'orchestre. Nos garçons d'honneur et nos demoiselles d'honneur dansent derrière nous dans l'allée.

Au diable le dîner, nous sommes prêts à commencer la fête. Et pour une fois, je ne suis pas aux commandes.

———

Merci d'avoir lu *Le Prince du contrôle* ! Si vous avez aimé ce livre, cela me ferait très plaisir que vous laissiez un commentaire et/ou que vous le partagiez sur les réseaux sociaux. Vos recommandations aident les auteurs indépendants à toucher de nouveaux lecteurs et à réduire leurs coûts de marketing.

Pour recevoir des informations sur la sortie **du prochain tome de la série Les Héritiers de la Bratva** et lire un **épilogue bonus** sur ce qui s'est passé la nuit où Lara et Ben ont confronté leurs parents pour savoir comment leurs mariages ont commencé, cliquez ici pour vous inscrire à la newsletter de Renee. Si vous êtes déjà abonné à la newsletter, il vous suffit de cliquer sur le bouton en bas de n'importe quelle newsletter pour accéder au contenu bonus.

Pour lire l'histoire de Lucy et Ravil, plongez-vous dans *The Director*.

Pour lire l'histoire de Kat et Adrian, plongez-vous dans *The Cleaner*.

Abonnez-vous à la newsletter de Renee

Abonnez-vous à la newsletter de Renee pour recevoir livre gratuit, des scènes bonus gratuites et pour être averti·e de ses nouvelles parutions !

https://BookHip.com/QQAPBW

Joker Mortel
Dame de trèfle
Cartes sur Table
Bonne pioche

Alpha des montagnes
Le héros
Rebel
Le guerrier

Série Chicago Sin
Nid de Péché
Ancré dans le Péché

Série Made Men
Ne m'Aguiche Pas
Ne me Tente Pas
Ne m'Oblige Pas

Dompte-Moi
Son Maître Royal
Oui, Docteur
Son Maître Russe
Son Maître Marine
Soumise à leur Punition
Son Maître Pompier
Son Maître Cuistot

Les Rois des Yachts
Vengeance

Régence
L'Affaire Westerfield
Le Scandale Reddington

L'Incident Darlington

Alpha Bad Boys
La Tentation de l'Alpha
Le Danger de l'Alpha
Le Trophée de l'Alpha
Le Défi de l'Alpha
L'Obsession de l'Alpha
L'Amour dans l'ascenseur (Histoire bonus de La Tentation de l'Alpha)
Le Désir de l'Alpha
La Guerre de l'Alpha
La Mission de l'Alpha
Le Fleau de l'Alpha
Le Secret de l'Alpha
La Proie de l'Alpha
Le Sang de l'Alpha
Le Soleil de l'Alpha
La Lune de l'Alpha
La Serment de l'Alpha
La Vengeance de l'Alpha
Le Feu de l'Alpha
Le Secours de l'Alpha
L'Ordre de l'Alpha

Les Loups-Garous de Wall Street
Grand Méchant Patron: Minuit
Grand Méchant Patron: Folie Lunaire
Grand Méchant Patron: Marquée
Grand Méchant Patron : Accouplés
Grand Méchant Tyran

Les Ours Bad Boys
La Revendication de l'Alpha

Lycée Wolf Ridge
Brute Alpha
Chevalier Alpha
Alpha par Alliance
Le Roi Alpha
L'Alpha interdit

Le Ranch des Loups
Brut
Fauve
Féral
Sauvage
Féroce
Impitoyable
Bestial
Implacable

Deux Marques
Indomptée (libre)
Tentée
Désirée
Séduite

Les Dominateurs Alpha
La Faim de l'Alpha
La Punition de l'Alpha
La Promesse de l'Alpha
La Protection de l'Alpha

Maîtres Zandiens
Son Esclave Humaine
Sa Prisonnière Humaine
Le Dressage de Son Humaine
Sa Rebelle Humaine

Sa Vassale Humaine
Son Compagnon et Maître
Animal de Compagnie Zandien
Sa Possession Humaine

Les Épouses Zandiennes

La Nuit des Zandiens
Achetée par les Zandiens
Dominée par les Zandiens
Les Lumières de Zandia
Détenue par le Zandian
Revendiquée par le Zandian
Enlevée par le Zandian
Sauvée par le Zandian

Écrivez votre réussite

Écrivez votre réussite
Réussir sans peine

À PROPOS DE RENEE ROSE

RENEE ROSE, AUTEURE DE BEST-SELLERS D'APRÈS USA TODAY, adore les héros alpha dominants qui ne mâchent pas leurs mots ! Elle a vendu plus d'un million d'exemplaires de romans d'amour torrides, plus ou moins coquins (surtout plus). Ses livres ont figuré dans les catégories « Happily Ever After » et « Popsugar » de USA Today. Nommée *Meilleur nouvel auteur érotique* par Eroticon USA en 2013, elle a aussi remporté le prix d'*Auteur favori de science-fiction et d'anthologie* de Spunky and Sassy, et celui de *Meilleur roman historique* de The Romance Reviews. Elle a fait partie de la liste des meilleures ventes de USA Today sept fois avec plusieurs anthologies.

Abonnez-vous à la newsletter de Renee pour recevoir des scènes bonus gratuites et pour être averti·e de ses nouvelles parutions!
https://www.subscribepage.com/reneerosefr